MORIR DOS VECES

Edna Buchanan

Morir
dos veces

Traducción de
Marta Torent López de Lamadrid

Umbriel

Argentina • Chile • Colombia • España
Estados Unidos • México • Uruguay • Venezuela

Título original: *You Only Die Twice*
Editor original: William Morrow, an imprint of HarperCollins Publishers Inc.,
                  Nueva York
Traducción: Marta Torent López de Lamadrid

© 2001 *by* Edna Buchanan
© de la traducción, 2002 *by* Marta Torent López de Lamadrid
© 2002 *by* Ediciones Urano, S. A.
   Aribau, 142, pral. - 08036 Barcelona
   www.umbrieleditores.com

ISBN: 84-95618-29-X
Depósito legal: B. 31.453 - 2002

Fotocomposición: Ediciones Urano, S. A.
Impreso por Romanyà Valls, S. A. - Verdaguer, 1 - 08760 Capellades (Barcelona)

Impreso en España - *Printed in Spain*

A Michael Congdon

Siempre lo mismo, una y otra vez.
YOGI BERRA

Lo que es, ya fue; y lo que será, ya es.
ECLESIASTÉS, 3,15

1

La arena caliente chisporroteaba bajo mis pies. Un interminable mar turquesa se extendía hasta el infinito. Veleros rutilantes navegaban más allá de los rompientes. Sus velas de múltiples colores contrastaban con el azul inmaculado del cielo. Juguetonas brisas oceánicas me besaban la cara, me levantaban el pelo de los hombros y me agitaban la falda alrededor de las rodillas. Era un día magnífico, perfecto. ¡Lástima que hubiera un cadáver meciéndose en el oleaje!

Una sirena a la deriva, de aspecto tranquilo, maravillosa, con cintura de avispa, pechos prominentes y largas y delgadas piernas: un fascinante regalo de las profundidades. Tenía algas en el pelo, largo y de color miel, y una intensa luz lo hacía brillar mientras, debajo mismo de la centelleante superficie del agua, se arremolinaba como si estuviera vivo.

¿Habría sido sorprendida por la corriente, ese rápido caudal de agua que se apresura mar adentro, o se habría caído de un barco que hacía un crucero? A lo mejor se trataba de una turista que estaba chapoteando en el agua, y que ignoraba que a pocos metros de la playa la fuerza de ésta era brutal. Pero, en tal caso, ¿por qué estaba desnuda?

Estaba claro que no se trataba de una aventurera que se hubiera echado a la mar en busca de libertad y una nueva vida, o de joyas de oro y costosos pantalones. Las uñas de los dedos de sus manos y pies relucían con un brillo nacarado, como si la marea las hubiera pintado con esmero. Esta mujer parecía haber tenido una buena vida. Ni el mar ni sus criaturas habían tenido tiempo de desfigurar su cuerpo inerte. Era evidente que no llevaba mucho rato en el agua.

Casualmente, mientras estaba en la jefatura de policía de Miami Beach preparando un artículo para mi periódico, había escuchado en la radio el mensaje de alarma. Se me disparó la antena. Me llamo Britt Montero, y cubro el acontecer policial en esta ciudad donde todo es exagerado, donde los colores son demasiado intensos para ser reales, donde lo feo es horrendo, lo bonito es espectacular, y la vida bulle en cada rincón. En este trabajo, cada día veo caras nuevas. Muchas de ellas sin vida. Mi cometido es hacer la crónica de sus historias y conservarlas para siempre, recogiéndolas en las páginas del periódico, en nuestros archivos y en nuestras conciencias, para la eternidad.

Mis jefes del *Miami News* tienen opiniones un tanto diferentes a la hora de describir mi trabajo. Como resultado, me he visto obligada a leer minuciosamente enormes montones de grises impresos en la unidad de información pública de la policía. El Departamento Artístico planificó añadir a la edición dominical un mapa que acompañara mi artículo sobre la tasa de criminalidad. Mi tarea consistía en recopilar las estadísticas de criminalidad zona a zona e identificar la escena de cada violación, asesinato, agresión y robo a mano armada.

Odio los proyectos basados en números. Si las palabras son mi fuerte, las comas de fracción decimal son mi punto débil. Calcular el número de crímenes violentos por cada cien mil habitantes siempre me ha resultado problemático. ¿Treinta y dos crímenes por 100.000, son 320 o 3,2? Una historia real sobre una mujer muerta es infinitamente más fascinante.

Observando el cuerpo más de cerca, constaté que teníamos rasgos en común. Más o menos la misma edad y un aspecto parecido. Mis planes de pasarme el día entero en el agua y tomando el sol en esta parte de la playa se habían ido al traste por culpa del proyecto MPI (Monótono Pero Importante) que había aceptado terminar en mi día de fiesta. También sus planes se habían truncado. Todos. Definitivamente. Por avatares del destino, ambas habíamos acudido a esa franja costera que tanto me gustaba, el sol sobre mis hombros, la brisa del mar en mi pelo, pero no era el día de playa con el que ambas habíamos soñado.

Junto a un socorrista, dos polis uniformados y una multitud en aumento, vi a un detective abriéndose paso hacia nosotros por la arena. Emery Rychek era un veterano, uno de los pocos reacios a ponerse guayaberas en un momento en que las normas de vestimenta de la policía de Miami Beach eran laxas. Con un puro por encender apretado entre los dientes, la camisa blanca abierta a la altura del cuello, la informe chaqueta impermeable ondeando al viento, Rychek se ocupaba de más cosas que de un montón de muertos, la mayoría de ellas pura rutina. Los polis jóvenes prefieren llamadas más atractivas, no macabros recordatorios de su propia mortalidad. A Rychek nunca parecieron importarle las tareas desagradables que lleva implícitas un cadáver.

—Esta vez has llegado antes que yo, Britt —admitió con voz áspera.

—Estaba en la central preparando un artículo sobre la tasa de criminalidad. He oído la noticia.

Rychek mordió su puro. A menudo, sus malolientes puros servían para camuflar el hedor de los cadáveres que tardaban mucho en ser descubiertos, aunque los colegas nunca se ponían de acuerdo acerca de qué olor era más nauseabundo. Aquí no era necesario que encendiera el puro. Este cadáver estaba tan fresco como la brisa marina.

—Bien, veamos qué nos ha traído el mar. —La estuvo evaluando un momento, sus gruesas cejas arqueadas fingiendo sorpresa, luego se volvió hacia los polis—: ¿A qué esperáis, a que baje la marea y se lleve el cadáver?

—Pensé que teníamos que dejarla como está hasta que vosotros hubierais echado un vistazo —dijo uno.

Rychek sacudió la cabeza en señal de desaprobación mientras los dos polis se sacaban los zapatos y los calcetines, se arremangaban los pantalones, se ponían guantes de goma, y andaban cautelosamente por el bajío, moteado de rayos solares. Al arrastrarla hacia la arena, su pelo chorreaba agua verde. Sus ojos entreabiertos miraban fijamente al cielo con optimismo, con expresión reverente. Su único adorno era un pendiente de oro, el exquisito contorno de un pequeño corazón.

Estupendo, pensé. Las joyas distintivas son un buen comienzo para quienes estamos tratando de identificar a un muerto. Pero tanto la juventud como la belleza de esta mujer garantizaban que alguien lloraría su desaparición. Temía los gritos de sus seres queridos, que con toda seguridad aparecerían de un momento a otro, deshechos por el dolor, desgarrados.

—Es una verdadera pena perder un cuerpo tan fantástico como éste —murmuró uno de los polis.

Rychek lo ignoró mientras examinaba a la mujer desnuda, con el puro apretado aún entre los dientes. Refunfuñó al mover su pálido cuerpo hacia un lado, luego hacia el otro, en busca de alguna herida o mancha en la piel. Yo me limité a observar, dolorosamente consciente de que en la muerte no hay pudor ni intimidad.

—¡Hola, Red! —Rychek miró detrás de mí.

Lottie Dane se abría paso a codazos entre la creciente multitud de curiosos. Es la mejor fotógrafa de noticias de la ciudad y mi mejor amiga. El viento despeinó salvajemente su melena pelirroja mientras caminaba a zancadas por la arena enfundada en unos tejanos azules y unas botas artesanales de vaquero, con sus cámaras gemelas Canon EOS, una con gran angular y la otra con teleobjetivo, colgadas del cuello mediante correas de piel.

—¡Dios mío! ¿De quién se trata? —susurró Lottie, mientras el obturador emitía su característico clic—. Esta visión no es nada habitual. ¿Y su ropa? ¿Cómo ha llegado hasta aquí?

—Dame tiempo, ¿quieres? —protestó Rychek—. Yo también acabo de llegar.

Un niño tenía la vista clavada en los pechos de la mujer muerta. Pequeño y pálido, ataviado con un holgado bañador de una talla mayor que la suya, miraba boquiabierto desde la primera fila de la muchedumbre. ¿Dónde está su madre?, me pregunté, justo cuando un vigilante de la playa le trajo al detective una sábana de plástico amarilla extraída de su Jeep.

—¿Qué te parece? —le pregunté a Rychek, que se estaba quitando los guantes de goma.

—No hay herida de bala ni de arma blanca —comentó—. Sabremos más cosas cuando averigüemos cómo se llama. Lo más probable es que se haya ahogado accidentalmente.

—¿Vendrá el médico forense?

Rychek asintió con la cabeza.

—Ya está en camino. —En días como hoy los forenses no suelen atender ahogamientos, excepto en casos de heridas múltiples, crímenes evidentes, o contrabandistas refugiados que a menudo se deshacen de su cargamento humano en alta mar, algunas veces a demasiada distancia de la costa.

—¡Mi pequeño Raymond fue el primero en verla! —La orgullosa madre del chico aparecía por fin en escena. Llevaba puestas unas gafas de sol enormes, rulos rosas en el pelo debajo de una pamela, y un bikini que dejaba al descubierto en su reluciente ombligo una poco estética cicatriz fruto de una histerectomía. Olía fuertemente a bronceador con aroma de coco y hablaba con acento neoyorquino.

Raymond, sin prestar atención a su cubo y su pala, seguía mirando fijamente, traspuesto, el cadáver cubierto con la sábana.

—Es increíble —explicaba su madre a todos los que estaban ahí—. Raymond me lo dijo varias veces, pero no le hice caso. Este crío siempre anda metido en algún lío. —Sacudió la cabeza con suficiencia—. No sé cómo no me di cuenta. No paraba de decirme: «¡Mamá, mamá! ¡Hay una mujer desnuda!». Yo estaba ida —reconoció—, tomando el sol, medio dormida. Pensé que sería una de esas malditas modelos extranjeras, ya saben, ésas que hacen topless en la playa. Aunque la verdad es que la mayoría no tienen nada que enseñar. Las peores son las que se hacen piercing en los pezones y en el ombligo —resopló indignada.

Me agaché a la altura de Raymond. Resultaba difícil competir con la mujer desnuda.

—¿Raymond? ¿Raymond? Soy… —Dejó de mirar el cadáver para mirarme a mí, perplejo.

—¿Cree que esto lleva alas ahora? —preguntó en voz baja pero aguda—. ¿Que puede volar? ¿Como en la tele?

—No lo sé —le respondí—. Eso espero.

La madre de Raymond había llamado al número de la policía desde el teléfono móvil que llevaba en su bolsa de playa. Pero según Rychek no fue la primera en avisar a la policía. La primera llamada se había efectuado desde un apartamento de la decimosexta planta de

Casa Milagro, un rascacielos que estaba a nuestras espaldas. El inqui-
lino había oteado el horizonte con unos potentes prismáticos y había
localizado el cuerpo flotando en la marea ascendente.

El walkie de Rychek, que lo llevaba en la mano, sonó. El detective escuchó el mensaje, alzó la vista hacia las plantas superiores del imponente edificio con molduras turquesas y rodeado de terrazas, y se
volvió de cara al mar.

—¿Alguien ve algo?

Montones de ojos escrutaron la centelleante superficie del mar.

—¡Yo, sí! —gritó alguien. Los murmullos se extendieron entre
el gentío. Una oleada de nerviosismo: había algo flotando a lo lejos, a
unos cien metros. Un hombre echó a correr a toda velocidad por la
arena, seguido por otras tantas personas que se tiraron al agua en una
carrera para hacerse con el premio.

—¡Tranquilos! ¡No os abalancéis todos sobre él! —les gritó Rychek.

Un hispanohablante completamente bronceado y con unos pec-
torales de caerse de espaldas salió andando del agua agitando, triunfante, el trofeo sobre su cabeza como si fuera una bandera: la parte de
arriba de un bikini rojo.

El detective lo cogió por su delgado tirante, sosteniéndolo ante
mí para que pudiera escudriñarlo.

—¿Qué dices, Britt? ¿Crees que es suyo?

—Probablemente. Sólo hay un modo de saber si un traje de
baño te va bien o no.

—Se lo probaremos a Cenicienta en el despacho del médico forense. No hay ni rastro de la parte de abajo. Algún pervertido se lo
habrá llevado a casa de recuerdo —advirtió—. Debe de haber pensado que hoy es su día de suerte.

Lottie se fue porque tenía una sesión de fotos en Central Park.
Yo sabía que debía irme también. Sin embargo, anduve por la arena
en dirección norte hasta la lejana calle Treinta y cuatro, en busca de
una toalla de playa abandonada o una tumbona que la mujer muerta
pudiera haber utilizado, y junto a la que hubiera dejado sus pertenencias. No hubo suerte. Pero eso no quería decir que no hubieran
estado allí. Puede que un ladrón las hubiera encontrado primero.

Cuando volví al lugar de los hechos, Rychek estaba hablando con un hombre que debía de rondar los ochenta. Un vecino que vivía en la zona desde hacía bastantes años, que cada día hacía el pino y flexiones abdominales en la arena, y que luego, lloviera o hiciera sol, corría por la playa y nadaba varios kilómetros. En una ocasión tropecé con él en el supermercado, en el Departamento de Producción. Era un poco duro de oído y hablaba en voz muy alta, con acento de Europa del Este.

—Yo la he fisto. —Asintió con la cabeza, gesticulando sin reparos—. Esta mañana. La muguer istaba nadando, justo ahí. —Con un dedo índice deformado señaló un lejano punto azul del mar—. Al ferla pensé que era una fuena nadadora. Era muy tiempramo, paresía que ifa a llofer, perro luego el sielo se despegió. No hafía casi giente en la playa.

—¿Estaba sola? —le preguntó Rychek.

El hombre hizo una pausa antes de seguir hablando.

—Hafía otro niadador. Un hombre. Piensé que ifa con ella, perro —se encogió de hombros— quizá no.

No la había visto llegar o irse y no supo describirnos ni el color de su bañador ni cómo era el otro nadador.

—No puedo desir —declaró—. Yo istaba hasiendo gimnasia. Creo que aquel sinior no ifa con ella…

—¿Por qué lo dice? —inquirió Rychek.

—Si ifa con ella —se encogió de hombros y abrió sus peludos y musculosos brazos—, ¿dónde está ahorra?

—Buena pregunta —afirmó Rychek.

—¿Crees que ambos estaban metidos en algún lío y que hay otro cadáver por ahí? —pregunté. Las mujeres tenemos mayor proporción de grasa muscular que los hombres, cuyos cuerpos, más delgados, son menos boyantes. En el caso de que los dos se hubieran ahogado, ella sería la primera en salir a la superficie.

Miramos fijamente el mar, con sus valles y depresiones, elevándose y cayendo como el flujo y el reflujo de la vida, con todo su dolor y su dicha…

—Es una tragiedia. —El anciano sacudió la cabeza—. Una tragiedia. Era jofen, muy fonita.

Estaba en lo cierto. Normalmente, el sol, el mar y el cielo me levantan el ánimo. En cambio, me inundó una ola de tristeza. Mis pies se hundieron en la gruesa arena, irritándome los dedos mientras, con dificultad, caminaba hacia mi coche, mal aparcado frente a una parada de autobús, y con la tarjeta acreditativa colocada muy a la vista en el salpicadero. La deslumbrante luz del sol me daba dolor de cabeza, y de pronto me sentí sedienta y deshidratada.

Me senté en mi asfixiante Ford Thunderbird, preguntándome si su coche estaría aparcado por ahí cerca. De ser así, a estas alturas el ticket del parquímetro debía haber sobrepasado el tiempo permitido. Expirado. Igual que su conductora.

La imagen de la mujer se me aparecía con las nubes de calor que emanaban del pavimento mientras conducía de vuelta al edificio del *Miami News*. ¿Se habría levantado esta mañana, me preguntaba, con un presentimiento, una pesadilla, cualquier indicio de que éste sería su último día? ¿Cuántos corazones se desgarrarían, cuántas vidas cambiarían porque la suya había tenido un fin prematuro?

Bobby Tubbs era el responsable de local. Como de costumbre, su cara redonda mostraba un ceño fruncido en señal de enfado.

—¿Tienes aquello que te pedí para el Departamento Artístico? Lo necesitan inmediatamente.

—Por supuesto que sí —respondí—. También tengo una historia para mañana. Una ahogada que apareció en la playa, una mujer sin identificar.

—Que sea breve —me espetó.

Revisé los números dos veces, entregué las estadísticas criminales y releí las notas que había tomado sobre la mujer muerta.

Quizá la culpa sea de las corrientes, pensé. En ocasiones atrapan a un montón de bañistas, y los equipos de rescate se lanzan al agua mientras los helicópteros de los canales de televisión surcan los cielos. Yo misma lo había vivido. Cuando tienes la sensación de que la arena que está bajo tus pies se mueve rápidamente hacia la playa, en realidad eres tú quien se mueve deprisa, mar adentro. A los bañistas les entra el pánico, se cansan, y se ahogan. Nadando en línea paralela a la costa es posible esquivar la estrecha franja de violenta corriente. O simplemente relajarse y dejarse llevar por la Madre Naturaleza, disfrutando del salvaje paseo, hasta que finalmente, más allá de las olas, te libera y puedes volver nadando a la playa.

Hice algunas llamadas. La patrulla costera no había efectuado ningún rescate, ni constatado más víctimas ni corrientes fuertes. Así que la clave estaba en averiguar quién era esa mujer. Estaba convencida de que la identificarían antes del cierre. Me equivoqué. Un investigador de la oficina del forense me devolvió la llamada a las seis de la tarde. Seguía sin identificar, y la autopsia estaba programada para la mañana siguiente. Llamé a Rychek.

—Nada —comentó con seriedad—. Hazme un favor, ¿quieres, encanto? Incluye su retrato en el periódico.

—Precisamente para eso llamaba.

—Buena chica, así me gusta. —Le oí pasar las páginas de su libreta y me lo imaginé ajustándose las gafas de lectura con montura de oro que llevaba guardadas en el bolsillo de la camisa.

—Veamos. Échame una mano: esa mujer debía de rondar los treinta. Buen tipo, guapa, de metro sesenta y tres de estatura y cincuenta y cinco kilos de peso. Pelo rubio, por debajo de los hombros, ¿no? Ojos azules, la línea del bikini marcada. Manicura hecha, buena dentadura. Sabremos más cosas después de la autopsia.

—Y el pendiente —le recordé.

—Sí, también lo fotografiamos —afirmó Rychek—. Si mañana aún no sabemos su identidad, ¿por qué no publicas una de esas fotos?

—De acuerdo —accedí—. Pero si la identificáis esta noche, antes del cierre, que es a la una, llámame para que podamos cambiar el titular.

—¿Estarás en casa?

—Si no estoy, déjame un mensaje. Lo escucharé a la vuelta.

—Por cierto, ¿qué tal anda tu vida amorosa? Espero que hayas plantado ya al poli ése. Te mereces alguien mejor.

—Pero si ni siquiera le conoces —protesté.

—Es un poli, con eso está todo dicho.

Sonreí. Rychek era divertido e inteligente, y un gran conocedor, fruto de su profesión, de la naturaleza humana. Yo deseaba que se equivocara respecto a mi vida sentimental, pero tal vez tuviera razón. Yo misma había empezado a cuestionarla seriamente.

Inicié el artículo con una petición de la policía dirigida al público para ayudar a identificar a la víctima.

Lottie pasó por mi despacho, la nariz respingona quemada por el sol, el pelo encrespado por la humedad. Tiene cuarenta y un años, ocho más que yo, mide un escultural metro setenta y dos, me saca diez centímetros, y pesa diez kilos más que yo.

—Así pues, ¿quién era la víctima?

—No tenemos ninguna pista —respondí.

Ella arqueó las cejas:

—Bueno, ¿y si tal vez se alejó demasiado de la costa?

—Podría ser, o a lo mejor era drogadicta o tuvo un ataque epiléptico. —Una de mis primeras noticias en el *News* fue sobre un adolescente de Brooklyn que murió ahogado en una piscina de un hotel, delante de testigos que pensaron que estaba jugando. Cuando se enteraron de que era epiléptico, ya era demasiado tarde—. A lo mejor vivía sola —continué—, y nadie notará su ausencia hasta mañana, cuando vean que no va a trabajar. Entonces quienquiera que lea el artículo atará cabos.

—No tiene pinta de estar enganchada a las drogas o de vivir sola —dijo Lottie—. Una mujer con ese físico...

—Nosotras vivimos solas —le recordé.

—¡Joder! ¿Era necesario que me lo recordaras? —Lottie se echó a reír. Nacida en Gun Barrel, Tejas, ha visto de todo en busca de noticias por todo el mundo, captando en cada lugar en conflicto momentos que le cortan a una el aliento. Divorciada hace años, sin hijos, lo que más desea es volver a casarse.

—No desesperes —le aconsejé, melancólica—. A lo mejor no es tan malo tener un trabajo absorbente que nos mantenga solteras y célibes.

—Hazte un análisis. Me parece que te falta riego en el cerebro. Como siempre digo —prosiguió, con su acento tejano suavemente gangoso—, no se puede pescar un pez sin lanzar el anzuelo al agua.

Rechacé su invitación de aburrirme bailando toda la noche en Desperado's. Al salir de la redacción, vi que algún gracioso del Departamento de Fotografía había colgado en el tablón de anuncios una de las fotos que Lottie acababa de revelar: el pequeño y delgado Raymond arrodillado sobre la arena, con el cubo en una mano y la pequeña pala en la otra, el cadáver tapado en primer plano. Le habían añadido una leyenda, un eslogan para turistas: MIAMI DESDE LOS OJOS DE UN TURISTA. No tenía ni pizca de gracia. Eché un vistazo por la redacción. Los posibles autores de la broma estaban enfrascados en su trabajo. Arranqué la foto del tablón y la metí en un cajón de mi mesa que cerré con llave.

De camino a casa, y a pesar del brillo rojizo del crepúsculo, me pregunté qué descubriríamos al día siguiente sobre la misteriosa mujer. Ésa es la magia de este trabajo, pensé; es como vivir en el corazón de una intrigante e infinita novela, rica en personajes, llena de promesas y abundante misterio.

Di de comer a *Bitsy* y a *Billy Boots*, el gato, y luego me llevé a *Bitsy*, un caniche, una diminuta bola de pelo que heredé de un poli fallecido, al paseo marítimo. Nos sentamos en un banco de madera a la luz de la luna, contemplamos las olas, y después volvimos a casa por las oscuras calles.

No había ningún mensaje esperándome. Seguía teniendo la misma sensación de melancolía que antes en la playa. No me apetecía cenar. En cambio me serví un buen trago del botiquín que tenía en el armario de la cocina y me lo bebí de golpe, esperanzada —como si un Jack Daniel's etiqueta negra fuera un elixir ideado para olvidar aquello que hubiera sido mejor no haber visto—, y me fui a la cama.

A la mañana siguiente telefoneé al despacho del detective en Miami Beach, pero me dijeron que Rychek había ido al otro lado de la bahía, a la oficina del médico forense. Cogí el puente MacArthur en dirección oeste esquivando turistas, cuyos coches de alquiler entorpecían la circulación mientras observaban y fotografiaban el *Ecstasy*, el *Celebration* y el *Song of Norway*, que aguardaban en el puerto listos para partir hacia destinos tan exóticos como Cozumel, Ocho Ríos, Cayo Media Luna, Santa Lucía y Guadalupe; con los que todos hemos soñado.

La amable recepcionista del número 1 de la calle Bob Hope me informó de que Rychek estaba «con el jefe abajo, en la sala de autopsias». Avisó de mi llegada y luego me indicó cómo ir.

Dejé atrás el vestíbulo de relajantes colores pastel y atestado de archivos, atravesé las puertas dobles, bajé las escaleras y avancé rápidamente por el pasillo al descubierto hasta llegar al edificio del laboratorio. Mis pasos resonaron en el corredor iluminado, cuyas paredes estaban decoradas con fotos de tamaño póster de los enormes robles y helechos que hay junto al río Withlacoochee, en Inverness. Los fotografió el propio médico forense, aficionado a la historia, en un paraje virgen que sigue igual de intacto que en la época en que el líder Osceola y sus guerreros, huyendo de los blancos, se escondieron allí durante la segunda guerra de los semínolas, a mediados del siglo diecinueve. Francis Langhorne Dade, comandante del ejército norteamericano, condujo a sus derrotadas tropas a una emboscada en ese campo de batalla ahora histórico. En las noches calurosas y malditas, me pregunto si los habitantes de Miami atrajeron mal karma hacia sí bautizando su condado con el apellido de un líder inepto cuyo único mérito fue ser masacrado.

Pasé de largo el cuarto de revelado, el banco de huesos y tejidos, y encontré la atracción estelar en una sala de autopsias, atendida por el director, conocido como «el rey de los forenses» y como el genio que diseñó este edificio singular, y un ceñudo Emery Rychek.

Estaba echada boca arriba en una tabla, su cuerpo incandescente, bañado por la luz de dieciséis bombillas fluorescentes. Debajo de sus hombros, un taco de caucho le inclinaba la cabeza hacia atrás, dejándole la garganta a la vista. La tabla, de color gris neutro para hacerla compatible con las fotos en color, estaba diseñada con el fin de facilitar la transmisión de rayos X y montada sobre ruedas, con lo que los cuerpos sólo tenían que levantarse dos veces, al traerlos y al llevárselos.

La autopsia había acabado. Sus órganos vitales habían sido examinados a fondo bajo una potente lámpara quirúrgica en una tabla de disección, de acero inoxidable, adyacente. La incisión con forma de Y del torso y el corte intermastoideo que le había abierto el cráneo ya habían sido cosidos con bramante de lino blanco. Toda la superficie había sido limpiada escrupulosamente, no quedaba ni una gota de sangre. El instrumental relucía, sus hojas tan inmaculadas como los guantes y el delantal; este hombre trabajaba que era un primor. Me saludó con un alegre movimiento de cabeza.

—Hola, guapísima —masculló Rychek. El detective estaba de pie junto a la cabeza de la mujer, justo fuera de la zona de trabajo. También él llevaba puesto un delantal.

—¿Ya la habéis identificado? —Extraje mi libreta.

—No ha habido ni una sola llamada. Ni siquiera de los típicos pirados que dan pistas falsas. Nada de nada.

—¡Vaya! —Aquello me sorprendió—. Tal vez se tratara de una turista…

Di un paso adelante, y lo que vi me dejó boquiabierta.

—¿Qué le ha pasado? —La última vez que la había visto, la mujer muerta era tan etérea y cautivadora como la Venus de Botticelli emergiendo del mar. Hoy, parecía la perdedora de una pelea de bar. Las incisiones de la autopsia eran pura rutina. Lo que me sorprendió fueron su nariz, desollada y en carne viva, al igual que sus nudillos y orejas, y los cardenales de color marrón tirando a rojo que tenía en antebrazos, muñecas y piernas.

—Nada anormal. —El director hablaba deprisa—. Si la piel está mojada es casi imposible reparar en las abrasiones causadas por la arena y en el resto de lesiones. No aparecen al instante. Sólo se hacen perceptibles después de haber secado el cuerpo y haberlo refrigerado. Al secarlo, las heridas suelen oscurecerse.

—Pero sus ojos… —protesté. Aún entreabiertos, el blanco se había vuelto negro a ambos lados del iris.

—*Tache noir:* manchas negras —afirmó—. Aunque para ser exactos, son marrones oscuras. Forma parte del proceso de evaporación. Muy habitual en ahogamientos en el mar. Al tener un cinco por ciento de sal, el agua deshidrata los tejidos y les extrae la humedad, y cuando el tejido se seca se vuelve marrón oscuro.

—¿Y todas estas marcas? ¿Son mordeduras de pez?

El director negó con la cabeza:

—Más bien no.

—Tenemos malas noticias —apuntó Rychek.

—Me temo que nuestro querido detective está ante un homicidio —comentó el doctor con amabilidad—. Esta mujer fue asesinada.

—¿Y por qué yo? —suspiró Rychek.

No me sentía con ganas de bromear. Aquella mujer estaba muerta.

—¿Me está diciendo que la asesinaron y luego la tiraron al mar?

—No —contestó el director—. Como le acabo de explicar al detective Rychek, fue deliberadamente ahogada. —El médico consultó sus apuntes—. Esas contusiones en las muñecas y los antebrazos le fueron infligidas en el transcurso de un forcejeo, peleando debajo del agua. ¿Lo ve aquí?

El forense giró la cabeza de la mujer hacia un lado.

—Fíjese en las contusiones que tiene en la nuca. Alguien la agarró por la parte izquierda de la nuca, y le hundió la cabeza. ¿Ve las marcas? Aquí puso su mano izquierda —posó sus propios dedos cubiertos por los guantes sobre las contusiones—, en la nuca. Los dedos a la derecha, el pulgar a la izquierda. Si se acerca, verá que hay líneas de pequeñas abrasiones horizontales, justo donde el agresor le clavó las uñas mientras ella se retorcía, intentando deshacerse de él.

Los escalofríos recorrieron mi cuerpo, y sentí que en la sala, que estaba a 22 grados, hacía frío. Me la imaginé luchando para poder respirar, tosiendo y ahogándose a medida que tragaba agua, imaginé su pánico. Yo he estado a punto de ahogarme, dos veces. La primera vez en un oscuro canal en los Everglades, esa zona pantanosa al sur de Florida; la segunda en el mar, bajo las intensas luces de Miami. No sé por qué sobreviví en ambas ocasiones, pero desde luego nadie estaba sujetándome la cabeza deliberadamente bajo el agua.

El doctor estaba enumerando en voz alta las lesiones que tenía la mujer en el brazo izquierdo: «… contusión bajo la piel, aproximadamente de un centímetro de diámetro, tres o cuatro abrasiones producidas con las uñas, probablemente cuando él la cogió por la muñeca con la mano izquierda para impedir que lo golpeara y lo agarrara. ¿Ve las contusiones del antebrazo, aquí, en el dorso de su muñeca izquierda, y esta otra marca de uñas?».

—Cuando apareció el cadáver no se vio ninguna herida —declaró Rychek con hosquedad.

—El hombre que estaba nadando con ella —se me ocurrió—. ¡Seguro que fue él!

—Tal vez —concedió el detective.

—¿Cómo lo hizo? —inquirí—. Debió costarle someter a alguien que lucha por salvar la vida. ¿Por qué nadie vio nada ni la oyó gritar?

—El tipo de lesiones que tiene parece indicar que el agresor utilizó el movimiento tijera —explicó el director—. Le rodeó las piernas con las suyas, sujetándole los tobillos, y se sirvió de su propio peso corporal para sumergirla. El cuerpo de la víctima soportaba el del agresor mientras la dominaba.

—¿Cuánto se tarda en ahogar a alguien de este modo? —preguntó Rychek.

—Dos o tres minutos. Seguro que ella opuso resistencia mientras tragaba agua. Probablemente no pudo pedir auxilio.

Pensar en el miedo que debió de sentir, en sus desesperados últimos instantes de vida, me sacaba de mis casillas y me daban náuseas. Salvajemente atacada en el agua, como una víctima de *Tiburón*, menudo susto. Pero este predador primitivo era un hombre.

—Tantas contusiones y abrasiones dificultan discernir entre lo que es post mortem y lo que es ante mortem —prosiguió el forense—. Algunas son obviamente el resultado de la acción de las olas al mover su cuerpo de un lado a otro en el fondo del mar.

—¿Algo más? —Rychek, libreta en mano, miró por encima de sus gafas de lectura.

—¿Veis esto? —El forense dobló el labio inferior de la víctima para mostrarnos las hemorragias—. En el interior, una abrasión linear, con forma de diente. Aparentemente causada al sujetar la cara de la mujer para empujarla hacia abajo o para silenciar sus gritos. Y aquí, en el lóbulo de la oreja, un desgarrón de un milímetro que le arrancó un pendiente de cuajo. La víctima aún llevaba el otro cuando fue encontrada.

—¿Y qué hay del traje de baño? —pregunté.

—Esa parte del bikini podría ser suya. Le va bien —afirmó el forense—. Es imposible que un bañador se caiga solo. El asesino debió quitárselo intencionadamente, o arrancárselo sin querer durante el forcejeo.

—¿La violó? —pregunté.

—No hay evidencia de trauma en los genitales —respondió el forense—. Las pruebas de violación dieron negativo, aunque eso no descarta que haya lesiones sexuales.

—Lo que empezó con un simple ahogamiento —apuntó el detective, bajando el tono de voz—, se ha convertido en una película de suspense con un asesino en escena.

Nuestras miradas se cruzaron.

—Encontrarás al desgraciado que hizo esto —le dije a Rychek—, ¿verdad?

—Será imposible —contestó— hasta que no averigüemos quién es la víctima. Necesitamos saber su nombre. —Se volvió al médico forense—. Bueno, doctor, ¿se le ocurre algo más que pudiera ayudarme en la investigación?

El forense arqueó las cejas al consultar el historial:

—Tiene la dentadura perfecta. Empastes de porcelana en las piezas ocho y nueve. Un buen trabajo. Caro, sofisticado. Le pediremos al doctor Wyatt que la vea y nos dé su impresión. Y os daremos sus huellas digitales cuanto antes.

Un asistente del depósito de cadáveres, esbelto y de piel aceitunada, había estado todo el rato con nosotros. Estiró los dedos de la mano derecha de la mujer. Les puso tinta uno a uno, y los presionó contra un aparato en forma de cuchara forrado con estrechas tiras de papel brillante para tomar las huellas digitales.

—Se había depilado para llevar bikini —murmuré, pensando en voz alta—, y el pelo… Cuando publiquéis su descripción, cercioraos de que mencionáis que lleva reflejos en el pelo, hechos probablemente en una peluquería muy cara. ¿Veis estos mechones más rubios? Cuestan un dineral, y para hacérselos hay que pasarse una mañana entera en un salón de belleza. Tal vez alguien la reconozca por eso.

—¿O sea que no son naturales, del sol? ¡Ufff…! —El detective miró el pelo de la mujer con mayor detenimiento—. ¿Qué más? ¿Y su estado de salud, doctor?

—No hay indicios de enfermedad, lesiones previas, operaciones o afecciones crónicas —respondió el forense—. Pero hay un dato más que quizá le ayude. Era madre.

—¿Tiene hijos? —Sus palabras me sobresaltaron—. ¿Qué le hace pensar eso?

—Las estrías, esas marcas horizontales en el abdomen, y el cuello del útero, que muestra una irregularidad. Además, tiene los pezones un poco más oscuros de lo normal.

—¿Cuántos hijos diría que ha tenido? —preguntó el detective—. ¿Más de uno?

—Eso me es imposible saberlo. —El forense se encogió de hombros—. Pero lo que sí es seguro es que al menos estuvo embarazada una vez. Puede que más de una…

En alguna parte había un niño, o varios, sin madre. ¿Por qué nadie la echa de menos?, me pregunté cuando nos fuimos. Mientras los pájaros cantaban fuera, en el soleado parking, y el tráfico resonaba en la cercana autopista, Rychek me puso al corriente de lo poco que había averiguado. El estado del cuerpo indicaba que la víctima había muerto cuatro o cinco horas antes de que saliera a la superficie, por lo que el asesinato tuvo lugar entre las 5.30 y las 6.30 de la mañana.

—Probablemente más cerca de las seis, que es cuando la vio aquel anciano que hacía footing —precisé yo—. Debe de ser un hombre de horarios y costumbres fijas, un buen testigo. Yo me cruzo con él cada mañana que salgo a correr. Me sirve de reloj.

Rychek me pasó dos fotos en blanco y negro de 5x7: un primer plano del pendiente junto a una regla pequeña, para apreciar su tamaño, y una toma del cadáver:

—¿Crees que podrás publicarlas?

—La del pendiente, de todas todas. En cuanto a la otra… lo intentaré —afirmé, arqueando las cejas. Mis jefes son totalmente reacios a la publicación de imágenes de cadáveres a esas horas de la mañana, cuando los lectores están desayunando—. Pero no creo que me dejen —advertí.

La última vez que convencí a Tubbs de que sacara una foto de un cadáver, fue un éxito rotundo. Los lectores apenas tardaron en identificarlo: era un joven estudiante muerto por sobredosis de droga en la habitación de un motel. En lugar de felicitarnos, no hizo más que reprendernos. Aún no me lo había perdonado.

El argumento que había empleado para persuadirle era que la víctima no tenía el aspecto de un muerto, sino que podría haber estado dormida. Pero, sin duda alguna, la mujer de esta foto parecía y estaba muerta.

No adelantes acontecimientos, me dije, tal vez el mensaje que necesitábamos estaba esperándome en la redacción. Rychek no había recibido llamadas. Pero eso no significaba que yo tampoco fuese a recibirlas. Algunas personas se sienten más cómodas hablando con polis que con periodistas, y viceversa.

Por desgracia, no había ningún mensaje en respuesta al artículo de aquella mañana. La única pista nueva procedía de una fuente poco fidedigna: mi madre.

Como en realidad era mi día de fiesta, aunque hubiese ido a trabajar, había quedado con ella en La Hacienda para comer.

Aparcó garbosamente su descapotable blanco, la capota puesta. A sus cincuenta y cuatro años estaba imponente vestida de color morado. Escuché su vivaz y brillante charla sobre su burguesa vida social, sus conocimientos de alta costura y la ropa de la colección de invierno, agradecida de que no criticara la mía, mi trabajo o mi vida amorosa.

Saboreé un delicioso pollo al horno picante y crujiente con *moros* y plátano verde. La comida transcurrió con total normalidad hasta que busqué la tarjeta de crédito en el billetero y se cayeron las fotos, que estaban dentro.

—¡Oh! —exclamó mi madre con alegría, mientras cogía una para verla antes de devolvérmela—. Ésos son mis favoritos.

—¿Qué? —pregunté—. ¿Reconoces este pendiente?

—¡Pues claro! Es el corazón de Elsa Peretti. Lo diseña exclusivamente para Tiffany. —Se encogió de hombros—. Eso lo sabe cualquiera.

—¿Estás segura?

Me miró fijamente, como si en lugar de estar ante su única hija, tuviera delante a una especie de extraterrestre venida de otro planeta.

—Por supuesto que sí. Este diseño sólo está en Tiffany. —Cogió rápidamente la segunda foto—. ¡Dios mío! —La miró sólo de reojo—. ¿Esta mujer... está viva?

—No —murmuré con tristeza—. Ya no.

La puso boca abajo sobre la mesa como si se tratara de un naipe, y se estremeció de manera afectada.

—¿Qué le ha pasado? No, no. —Alzó una mano como un guardia urbano resignado—. Te lo ruego. No me lo cuentes. Ahórrate los detalles. No quiero saberlo.

Me observó en silencio durante un buen rato, disgustada, recelosa.

—¿Y qué demonios haces con una cosa semejante?

Una vez más, me di cuenta de lo decepcionante que le resulto. La mayoría de las mujeres de mi edad se enseñan unas a otras fotos de bebés, mientras que mi bolso revela primeros planos de cadáveres.

Ya sin apetito, aparté a un lado el flan con caramelo y me refugié contra su habitual bombardeo jugueteando con el poso de mi *café con leche*.

De repente, mostrando una maravillosa manicura, mi madre levantó una esquina de la foto para echar otra ojeada, extrañada.

—¡Qué horror! —Hizo una mueca mientras ponía la foto boca arriba—. Te juro que hay algo en esta pobre mujer… ¿quién es? —Alzó la vista y clavó en mí sus inquisidores ojos.

—¿Te resulta familiar? —Me incliné hacia delante—. Es la misteriosa mujer que se ahogó ayer en la playa.

—Leí tu artículo —recalcó, como si de algún modo la culpable de la tragedia fuera yo. Miró fijamente la foto, cerró un instante los ojos, volvió a mirarla, y luego me la dio—. Creo que no —susurró—. Ni su propia madre la reconocería ahora.

—Bueno —me apresuré a decir—, es muy posible que la reconozcas. Conoces a mucha gente: desfiles, modelos, compradores, clientes. Quizás ella se moviera en esos círculos. Toma, vuélvela a mirar —insistí. Sería irónico, pensé, que mi madre me ayudara a resolver este misterio.

—¡No! —Sacudió la cabeza enérgicamente, negándose a ver la foto de nuevo—. Lo he dicho por decir. —De camino hacia su coche estaba extrañamente callada. Un abrazo rápido y se fue, saliendo del parking a una velocidad inusual en ella, los neumáticos chirriando al pisar a fondo.

◆ ◆ ◆

Los almacenes Bal Harbour están situados cerca del mar, dando un corto paseo por el puente Broad, a años luz de la redacción del periódico, las miserias del casco urbano, la prisión del condado y el depósito de cadáveres. ¿Quién diría que durante la Segunda Guerra Mundial este sitio era un pantanoso campamento infestado de mosquitos y lleno de prisioneros de guerra alemanes, protegido por alambres de púas y hombres armados? Hoy en día, la *beautiful people* bebe vino y capuchinos a sorbos en mesas al aire libre, rodeada de lujosas tiendas y boutiques de Chanel, Gucci y Versace, mientras garbosas modelos pasean luciendo diseños de última moda.

Mis ojos se clavaron en el pañuelo de seda que llevaba la elegante mujer que me recibió en Tiffany. Estaba colocado y anudado a la perfección, con un estilo envidiable que yo nunca he tenido. A su vez, sus ojos se clavaron en mi reloj, que la dejó boquiabierta. Gracias a que *Billy Boots* consumía con deleite tanta comida para gatos, logré reunir las etiquetas necesarias para que me regalaran un absurdo reloj con un gato dibujado en él.

Me dijo que los pendientes podían proceder de cualquiera de las más de ciento cincuenta tiendas que Tiffany tenía repartidas entre Estados Unidos y capitales mundiales tales como Londres, París, Roma y Zúrich. O que podían haber sido pedidos por el lujoso catálogo de la firma, que por alguna razón no había llegado nunca a mi buzón.

No me atreví a enseñar ni de pasada la foto del cadáver en este refinado emporio donde todo el mundo hablaba en voz baja y suave. Se lo dejaría a la policía. Sintiéndome seriamente desaliñada, di las gracias a la vendedora, cogí un catálogo, y volví al *News*. Por el camino llamé a Rychek y le conté lo que me habían dicho en la tienda.

Le enseñé a Bobby Tubbs la foto del pendiente, que accedió a publicar con el artículo sólo si había espacio.

—También tengo una foto de la víctima —comenté con toda naturalidad.

Sacudió la cabeza y entrecerró los ojos:

—¿Está muerta en la foto?

—Sí, pero no está tan mal —afirmé—. Bastará con retocarle un poco la nariz.

—No quiero verla. ¡Sácala de mi vista! —Dio la vuelta a su silla giratoria, dándome la espalda. Estaba que se subía por las paredes.

—Tal vez la única manera de que esta mujer se reúna con sus seres queridos sea publicar esa foto... —le supliqué, viendo únicamente su cogote.

—¡Ni se te ocurra! —gritó, sin levantar la vista de la pantalla.

Ni que decir tiene que sí se me ocurrió. Las personas desaparecidas me fascinan. A lo mejor es porque durante casi toda mi vida no he tenido cerca a mi padre, del que se perdió el rastro en una misión para liberar su Cuba natal, o porque me desconciertan los seres humanos que desaparecen y no vuelven a encontrarse. «Todo el mundo tiene que estar en algún sitio.» Este remate, de un cómico llamado Myron Cohen muerto hace tiempo, lo dice todo.

Entregué mi artículo, me metí en el bolsillo un puñado de tarjetas con direcciones, les dije a mis colegas que me iba un rato, y no volví en todo el día. En la playa, aparqué diez manzanas al sur del lugar en que la mujer había sido localizada por primera vez y empecé a indagar, yendo de un complejo hotelero a otro, preguntando si había desaparecido alguna cliente o empleada.

Habría tardado menos haciendo las gestiones por teléfono, pero prefiero mirar a los ojos de la gente cuando hago una pregunta. Y me gusta salir del despacho. No hay cosa que me guste más que tener una buena historia entre manos, y estaba empezando a creer que ésta lo era. Tenía un presentimiento.

Di mi tarjeta a recepcionistas, directores y camareros, instándoles a que me llamaran si se enteraban de algo.

Me detuve ahora a diez manzanas al norte del lugar de los hechos. ¿Cuál de todos estos?, me pregunté, mientras mis ojos vagaban por el horizonte de colores pastel de hoteles, apartamentos y edificios en reconstrucción, viejos hoteles modernizados, renovados y convertidos en caros apartamentos. Si estuvieras aquí, le susurré a la mujer ahogada, ¿a cuál irías?

Al anochecer llamé a Rychek. Quedamos, tomamos una copa, comimos una pizza e intercambiamos información.

Nuestra víctima no encajaba con ningún informe de desaparecido alguno, ya fuera local, estatal o internacional. El detective había revisado los coches de las inmediaciones de la playa que, desde el último baño que se había dado la mujer, habían sido remolcados o multados por exceder el tiempo de parking permitido. Dos de los coches eran robados, uno de Miami, el otro de Chicago. El primero había sido utilizado en un robo a mano armada; y en el segundo se hallaron un kilo de marihuana, una escopeta de cañones recortados y una lápida mortuoria. Ninguno parecía tener conexión con una mujer desaparecida.

El detective también había pasado por Tiffany. Me lo imaginaba, con su oloroso puro y su nada pretencioso contoneo, bombardeando a los empleados con preguntas directas. Nadie reconoció la foto de la víctima. Se enviaron copias a otras tiendas, pero las posibilidades de éxito eran remotas. Lo más probable es que ella no se hubiera comprado los pendientes.

—Tenía pinta de ser la típica tía a la que los hombres agasajan con regalos. —El detective parecía pensativo.

Di un sorbo de vino tinto y me pregunté por el estado civil de Rychek. En todo el tiempo que hacía que nos conocíamos, nunca me había hablado de su vida privada.

—¿Te apuestas algo a que mañana nos llaman?

—¡Que Dios te oiga! —Rychek alzó la copa.

Nadie llamó. Tampoco al día siguiente ni al otro.

—Cada vez que parece que doy un paso hacia delante me encuentro en un callejón sin salida —se quejó Rychek cuando nos reunimos una semana más tarde para hacer un nuevo plan de ataque—. Es como si esa mujer hubiera salido de la nada. —Sus huellas dactilares no estaban archivadas. No tenía antecedentes penales—. Como si hubiera venido a Miami a morirse —comentó—. Lo que no sé es por qué tenía que hacerlo estando yo de guardia. ¿Qué puñetas tenía contra mí?

—A lo mejor era extranjera, una turista, y sus familiares aún no la echan de menos. ¿Qué te ha dicho Wyatt?

El doctor Everet Wyatt, uno de los odontólogos forenses más importantes de la nación, envió a uno de los asesinos en serie más peligrosos del país a la silla eléctrica de Florida tras haber identificado sus huellas dentales, marcadas en el cuerpo de una joven víctima.

Rychek se encogió de hombros:

—Que es muy posible que se haya arreglado los dientes en Estados Unidos.

Al igual que la cárcel, las calles y los pasillos de los tribunales, el depósito de cadáveres estaba hasta los topes. Rychek dijo que el administrador de la oficina del médico forense estaba haciendo los preparativos para enterrar a la mujer.

—Si no damos pronto con las respuestas —apuntó el detective—, la enterrarán en Potter's Field.

Espantada ante esa posibilidad, me pedí otra copa.

Dos veces al mes las excavadoras cavan zanjas y los prisioneros trabajan gratuitamente para meter a los indigentes y marginados de Dade en sus tumbas, dentro de ataúdes de madera barata. Los bebés que nacen muertos duermen para siempre junto a jubilados sin recursos, presidiarios suicidas, víctimas del sida y cadáveres de desconocidos, anónimos y faltos de alguien que llore su ausencia. Sus tumbas están marcadas únicamente con números en el cementerio local, también llamado Potter's Field, con la esperanza de que John, Jane o Juan Sin Nombre sean algún día identificados por un familiar ansioso por reclamarlos y darles sepultura de nuevo, lo que raras veces ocurre.

—Me niego —repliqué.

—En fin —la mandíbula del detective se tensó—, en algún momento alguien tendrá que echarla de menos.

Rychek se lo tomaba como algo personal. Yo también.

Rychek se marchó y yo anduve dando vueltas por la playa, contemplando el horizonte infinito y el inmenso cielo gris verdoso sobre un océano granate. ¿Quién eres?, le pregunté. ¿Quién quería matarte?

Aquella noche se me apareció en sueños, tratando de responderme, la mirada desesperada, los pálidos labios moviéndose bajo remolinos de agua salpicados por el sol. Alargué el brazo hacia ella, lo alargué más y más. Pero el agua, como un ente vivo y astuto, la mantenía fuera de mi alcance.

◆ ◆ ◆

—¿Cómo puede perderse alguien como nosotras? —le comenté a Lottie al día siguiente, malhumorada. Se sentó a horcajadas sobre una silla que había acercado hasta mi mesa tras el cierre de la primera edición.

—A lo mejor no era como nosotras —respondió, al tiempo que hojeaba mi catálogo de Tiffany con ligereza, sus excelentes y diminutas tazas de plata, joyas y cristales.

—Bueno, si compraba allí con frecuencia —aclaré—, está claro que no. Pero a los ricos se los echa en falta antes que al resto. Y en alguna parte hay un niño sin su madre. ¿Dónde demonios están su familia, sus vecinos, sus colegas, su jefe, su mejor amiga? ¡Demonios!, lo lógico es que alguien, aunque fuera su peluquero, informara de su desaparición. Tenía pinta de llevar un tren de vida muy alto.

—Bueno, de momento, está lista para hacerle de todo, un retoque, la manicura, otra depilación.

Mi cita prevista con el hombre que ocupaba mi corazón, el comisario de la policía de Miami Kendall McDonald, empezó con buenas promesas pero acabó mal. Olía bien, estaba *guapísimo*, y me saludó con un abrazo tan apasionado que pude notar que no llevaba el busca encima. Con las hormonas y los neurotransmisores alterados, también yo decidí dejarlo en casa. Esta noche sería sólo para nosotros.

Los problemas comenzaron ya durante el trayecto, cuando alargó el brazo hacia mí, eso pensé yo. Pero, en realidad, lo que estaba buscando era su walkie, que extrajo de la guantera.

Nuestro destino, una barbacoa en casa de un colega suyo, estaba en Pembroke Pines, un barrio suburbano densamente habitado por polis, para quienes la mayor de las dichas reside en tener como vecinos a otros polis.

Estuve charlando con las mujeres de los polis, muy simpáticas, a algunas de las cuales ya conocía de ocasiones anteriores.

—Pensaba que Ken y Kathy... —soltó una mujer morena y menuda, antes de enmudecer cuando nuestra anfitriona la fulminó con la mirada.

—Creo que Kathy no podía venir —comentó otra, no lo suficientemente alejada del grupo como para no poder oírla.

Se confirmaron mis tan temidas sospechas. McDonald y K. C. Riley, teniente de la Brigada de Violaciones, habían sido y al parecer seguían siendo más que amigos.

Los hombres se reunieron alrededor de la barbacoa, mientras nosotras, las chicas, picábamos frutos secos, galletas saladas y nachos, y hablábamos. El tema eran los bebés: las náuseas matutinas, los problemas en el trabajo, las depresiones pre y postparto, y los espantosos detalles de su maravillosa etapa actual.

Enseñaron fotos, fotos de bebés. Aunque son muy monos, todos los niños son parecidos. ¿Cómo harían las madres, pensé, para no llevarse la foto equivocada? ¿Acaso importaba? Mi vida carecía de interés. Sin bebés, recetas de carne ni anécdotas suburbanas que contar, ¿de qué podía yo hablar?

«Estoy obsesionada por una mujer con algas en el pelo.»

El walkie de McDonald sonó cuando estábamos cenando al aire libre envueltos por la agradable noche, las risas y la música, y el fuerte aroma de limón de las velas para repeler mosquitos.

Volvió de hablar por teléfono, con cara de sorpresa, y susurró algo al oído de un teniente de homicidios, que reaccionó como si le hubiera caído un jarro de agua fría. Intercambiaron expresiones de incredulidad.

—¿Qué pasa? —pregunté intrigada, mientras McDonald se sentaba de nuevo a mi lado.

—Nada —contestó con cara de preocupación.

Eso fue todo lo que dijo. Odio los secretos. De vuelta a casa, traté de sonsacarle algo. Me sermoneó sobre la ética profesional. Yo insistí. Él protestó. Y una cosa llevó a la otra.

Ya frente a mi casa, bajé del coche dando un portazo y caminé hacia la puerta sin mirar hacia atrás. Al introducir la llave en la cerradura, su Jeep Cherokee arrancó.

No confía en mí, me lamenté, después de todo lo que hemos vivido juntos. Lo comparte todo con la otra mujer que hay en su vida, la que ve a diario en el trabajo. ¿Cómo voy a competir con eso?, me pregunté. ¿Acaso quiero?

Haciendo caso omiso de la luz roja de mi contestador automático, saqué a *Bitsy* de paseo. Cada vez que pasaba un coche, pensaba que era él, pero no fue así. ¿Qué nos había ocurrido?

Estaba en bata, calentando un vaso de leche en el microondas, cuando alguien llamó a la puerta discretamente.

Me arreglé el pelo como pude y me apresuré a abrir la puerta, sonriendo aliviada.

La coronilla calva del visitante brillaba a la luz de la luna.

—Jovencita, no te lo vas a creer.

—¡Emery! ¿Qué haces aquí? —Me cerré bien la bata y miré qué hora era en el reloj de la pared—. Es la una de la madrugada.

—Me dijiste que te llamara si surgía algo, pero no cogías el teléfono. Y ahora pasaba por delante de tu casa y he visto que la luz estaba encendida.

Abrí del todo la puerta y Rychek entró.

—Ya tengo el nombre de nuestra sirena —anunció—. Llevo toda la noche trabajando en el caso. Pensé que querrías saberlo. La historia tiene tela.

—¿Cómo lo has descubierto? —Impaciente, le hice pasar a la cocina. Estaba despeinado y necesitaba un afeitado—. ¿Te apetece un café?

—No, pero no me vendría mal un buen trago. Después me voy directo a casa. ¿Esperas a alguien?

—No. —Saqué la botella de Jack Daniel´s—. ¿Qué tal un whisky?

—Perfecto. Nada que objetar. —Parecía confundido—. ¿Se puede saber qué te pasa? ¿Es que de pequeña no te enseñaron a mirar antes de abrir la puerta en plena noche? Me extraña viniendo de ti.

—Tienes razón. Ha sido un descuido.

Nos sentamos frente a frente en la mesa de la cocina, él con su copa, yo con mi vaso de leche, nuestras libretas delante. ¡Qué delicia! Me encantan esos momentos.

—Sabía que lo lograrías. —Le sonreí al elevar nuestras copas para brindar—. ¿De quién se trata?

Dio un trago, luego suspiró:

—Es natural de Miami, ha nacido y se ha criado aquí.

—¡Guau! ¿Y cómo es que han tardado tanto en identificarla?

—Porque el cadáver que encontramos el otro día era de una mujer muerta. —Contempló con candidez el líquido ámbar de su vaso, prolongando la escena.

—¿Y? Eso ya lo sabíamos. —Fruncí el ceño y dejé el bolígrafo en la mesa.

—Fue víctima de un asesinato…

—¡Emery! —imploré impaciente.

—… hace más de diez años. Ya estaba muerta. —Su mirada encontró la mía intencionadamente—. Hice comprobar sus huellas digitales de nuevo, esta vez contrastándolas con los archivos oficiales. El resultado fue un éxito. Claramente, sus huellas corresponden a la persona de Kaithlin Ann Jordan, asesinada en 1991.

2

—¡Pero eso es imposible! —exclamé—. Si sólo llevaba unas horas muerta. ¿Se lo has notificado a sus parientes cercanos?

—Aún no —le brillaban los ojos—. Habría que decírselo a su marido, pero ahora mismo está en el corredor de la muerte. Está ahí desde que fue condenado por haberla asesinado.

Debí de quedarme literalmente boquiabierta.

—De hecho —continuó—, perdió la última apelación, y el alcaide firmó su sentencia de muerte el mes pasado. Su ejecución está fijada para la semana que viene. Aunque, obviamente, ahora ya no habrá ejecución. De repente, el hombre ve luz al final del túnel.

Sacudí la cabeza, incrédula:

—¡Increíble! ¡Se ha salvado por los pelos! ¿Cómo has dicho que se llamaba, Jordan?

Rychek asintió con la cabeza:

—Es un caso de mucha envergadura. Grandes titulares. Mucho dinero en juego. Él es el heredero de unos grandes almacenes de Miami, de los almacenes Jordan.

—¡Claro! —Por poco no escupí la leche—. ¡Mi madre trabajó allí! Yo acababa de terminar la carrera, y aún no había entrado en el *News*, pero recuerdo las noticias que salieron y que todo el mundo hablaba de lo mismo. La mataron en el bosque, ¿verdad? Nunca encontraron el cadáver.

—Ahora ya sabemos por qué —afirmó Rychek—. En aquella época, cuando ocurrió todo, se pensó que él la había ahogado en la Corriente del Golfo o que la había enterrado en el bosque donde solía ir de caza. Por lo que sé, había motivos más que suficientes para condenarlo.

—Pero él no lo hizo —susurré—. ¡Dios mío, qué injusticia! Ahora será un hombre libre.

—¡Bingo! Él no la mató, pero ha tenido mucha suerte de que otro lo hiciera. Este crimen le ha salvado el pellejo.

—¿Estás seguro de que se trata de la misma mujer?

—¿Bromeas? ¿Crees que todo esto me resulta agradable? Les he hecho comprobar las huellas tres veces. Al final me las han dado y lo he comprobado yo mismo.

—¡Vaya historia!

—Una gran historia —concedió, y desvió la vista. Los míos se clavaron en el reloj. Demasiado tarde. Ya se estaba imprimiendo la última edición.

—¿Quién más lo sabe? —le pregunté, con la mente a cien por hora—. ¿Cuándo va a salir a la luz? La historia no podrá publicarse hasta el domingo. No quisiera que la televisión se nos adelantara.

El detective se encogió de hombros:

—Lo más probable es que salga a luz mañana a lo largo del día. Todavía no he localizado al abogado de Jordan. Está en un juicio, en Tampa. Lo primero que haré mañana será contactar con él. Ya le he comunicado la noticia al fiscal que lo acusó. El pobre desgraciado se hizo famoso a raíz de ganar este caso. No es nada fácil conseguir la pena de muerte sin que haya cadáver, sobre todo contando con una familia poderosa que paga la mejor de las defensas. Ahora está de fiscal en el condado de Volusia, planeando presentarse como candidato al Senado con una agresiva campaña en defensa del orden y la justicia. Posiblemente esta noche se replanteará su estrategia.

—¡Maldita sea! —exclamé—. Seguro que el abogado convocará una rueda de prensa en cuanto hable con su cliente. Alguien tendría que hablar con Jordan de inmediato. Hoy mismo. No quiero ni pensar lo que este hombre debe de haber sufrido. —Miré al detective con reprobación—. Imagínate cómo debió de sentirse sin nadie que le creyera.

—No fui yo quien llevó el caso. Dejaré que sean los abogados quienes le den la noticia. Yo no he visto a ese tipo en mi vida. ¡Y ojalá tampoco hubiera visto a su madre! —Se reclinó pesadamente, arqueando una ceja—. Con los contactos que tienes, me extraña que no te hayas hecho ya con la exclusiva. El Ayuntamiento ya está al corriente. A mí se me adelantó alguien de homicidios de Miami. Todo esto viene de lejos. Justo cuando tuvo lugar el homicidio, el presunto homicidio, estaban intentando acusar a R. J. de desfalco. Puede que él no cometiera el crimen, pero tampoco era ningún santo. Tenía antecedentes por malos tratos, dato que la parte acusadora usó en el juicio de Daytona para probar la existencia de un patrón de conducta.

Por eso, pensé, Kendall McDonald evitó hablarme de la llamada telefónica que había recibido. ¡Demonios, hasta puede que mi propia madre tuviera alguna pista! ¡Una no puede ni fiarse de sus seres queridos!

—Mis contactos —dije con rotundidad— son una mierda. ¡Ojalá lo hubiera sabido antes!

—Intenté localizarte a las nueve. —Emery sacudió la cabeza—. Incluso pedí en tu despacho que te llamaran al busca.

Mientras yo estaba ojeando fotos de bebés, la mejor noticia del año se me escapaba de entre las manos. No debería haberme deshecho del busca en aras de la felicidad. Probablemente, tanto el mío como el de McDonald habrían sonado al unísono. ¿Por qué cada vez que hago algo con buena intención acaba volviéndose en mi contra?

—¿Dónde narices ha estado esta mujer durante los últimos diez años? —le pregunté a Rychek—. ¿Es que fingió su propia muerte? ¿Tuvo amnesia? ¿La raptaron? ¿O deambuló por todo Miami delante de nuestras propias narices?

—No tengo ni idea —contestó cansino—. Lo único que sé es que cuando apareció en la playa, en mi distrito, no tenía pinta de haber pasado hambre, de haber sufrido abusos o de haber estado encerrada en un ático desde 1991.

Posó sus ojos tristes en la botella que había sobre la mesa.

—Se suponía que estábamos ante un ahogamiento ordinario —comentó afligido mientras yo le servía otra copa.

Impaciente, anduve de un lado a otro de mi diminuta cocina; luego, por la fuerza de la costumbre, empecé a preparar un pote de café cubano. Programé el molinillo para que el café saliera extra fino y fui metiendo los oscuros granos tostados, notando cómo su aroma se esparcía por toda la habitación.

—Me pregunto si sus padres seguirán viviendo aquí. ¿Crees que Jordan fue la verdadera víctima? —Llené de agua el compartimiento inferior de la cafetera hasta la válvula de vapor, añadí el recipiente con café, cerré encima la parte superior, y la puse al fuego.

—El caso no lo llevamos nosotros —comentó—. Pero no tardaré en averiguarlo. Necesito que mires en los archivos. ¿Crees que podrías pasarme copias de todos los artículos que escribió el *News*?

—Por supuesto —afirmé—. No hay problema. —El periódico no tiene por norma proporcionar información archivada a los polis, pero tampoco forma parte de las tareas habituales de la policía dar en persona a los periodistas datos sobre casos de asesinato, a altas horas de la madrugada. La vida es una calle de doble dirección—. Las tendré listas a primera hora de la mañana —le prometí, mientras se levantaba para irse—. Duerme y come algo. —Ya en la puerta, le puse bien las solapas de su arrugada chaqueta—. Sólo por si acaso, mañana ponte una camisa que quede bien en televisión. Pero procura no hablar con ningún otro periodista hasta que sea preciso. ¡Dios mío, espero que no nos roben la historia!

Rychek estaba atónito.

—¿Y qué tipo de camisas quedan bien en la tele?

—Las azules, las de color azul claro.

—¡Pues sí que estamos bien! Ni siquiera sé si tengo una camisa limpia que ponerme, sólo me falta que me pidas que sea azul.

—Lo siento, no tengo lavadora.

—Hasta luego, chata —se despidió. Tenía su cara tan cerca que pude percibir el olor a whisky de su aliento.

Ya había empezado a bajar las escaleras cuando le llamé:

—¿Emery? —Se volvió—. No estarás gastándome una broma, ¿verdad? ¿No te lo habrás inventado todo?

—Me halaga que me consideres tan creativo.

—Perdona. No sé ni lo que digo.

La leche caliente normalmente me da sueño, pero ya estaba dando botes al vestirme, incluso antes de dar el primer sorbo de ese letal café cubano negro. Me llevé al periódico un tazón lleno, sabiendo que la cafetería estaría cerrada y que la porquería que vomitaba la máquina de café era imbebible.

La luz de la luna brillaba sobre el agua oscura mientras, a toda velocidad, cruzaba el puente en coche en dirección oeste. El iluminado perfil urbano me atraía hacia sí a medida que mi ego aumentaba, consciente de ser la única conocedora de una historia que todo el mundo querría para sí. Ahora ya teníamos el nombre, pero la mujer ahogada seguía ocultando un montón de secretos. El misterio que desde el principio la había rodeado, se había vuelto más oscuro e intrigante. Me preguntaba cómo debía de sentirse un hombre tras perder diez años y haber estado al borde de perder también su propia vida por un crimen nunca ocurrido, hasta este momento.

Estacioné mi Thunderbird a la sombra, junto al edificio del *News,* y caminé hasta la pesada puerta trasera. Empujada por el viento, se cerró de golpe a mis espaldas sonando como un disparo. El vestíbulo, oscuro y desierto, estaba tan frío e inhóspito como mis pensamientos. El único ascensor que funcionaba de noche daba la impresión de que iba más lento que nunca. Mis pasos resonaron en el vestíbulo. La sala de redacción estaba vacía, la biblioteca cerrada con llave. Podía rescatar las antiguas noticias desde la terminal de mi ordenador, pero quería echar un vistazo a los artículos originales, a sus titulares, y a las fotos y rostros que contenían.

Hurgué en la mesa de la recepcionista, en busca de la llave. De súbito me quedé helada, sintiéndome observada:

—¡No se mueva de ahí!

Alguien emergió de entre las sombras. Un joven guarda de seguridad, con la mano en la funda de la porra, el larguirucho cuerpo en tensión. No me resultaba familiar.

—Hola. —Volví a respirar, aliviada—. Necesito entrar en la biblioteca. Tú tienes una copia de las llaves, ¿verdad?

—¿Se puede saber quién es usted, señora?

—¡Por Dios, pero si trabajo aquí! Aquella de ahí es mi mesa. La que está más desordenada, llena de papeles. ¿Y tú, quién eres?

—Rooney D. Thomas, señora. Del equipo de seguridad del *News*. ¿Me permite ver su carné de identidad?

Con impaciencia, lo extraje de mi billetero. Escudriñó el documento, mirándome primero a mí y después a la foto; luego leyó los datos.

—¿Eres Britt Montero? —Estaba eufórico—. ¡Haberlo dicho antes, mujer! Mi prometida es amiga tuya.

—¿Quién? —pregunté, insegura.

—Angel. Angel Oliver.

¡Oh, no!, pensé. Conocí a Angel, humilde madre de siete hijos, cuando la acusaron de la muerte de su hija recién nacida. Más tarde, los médicos descubrieron que el bebé había muerto a consecuencia de un extraño defecto congénito y retiraron los cargos contra la madre, pero no antes de que su ex marido intentara matarla junto con una pandilla de homicidas adolescentes. Cada vez que nuestros caminos se cruzaban, la vida se convertía en un desafío a la muerte. Por poco no recibimos un balazo en dos ocasiones. La mujer estuvo en un tris de conseguir que me mataran. Fueran cuales fueran sus intenciones, esa mujer era un virus en busca de huésped. La última vez que hablamos, me dijo que había terminado un curso de secretariado y me contó ilusionada que, tras la llegada al mundo de su hijo, empezaría a trabajar de secretaria del Departamento de Publicidad del *News*. Éste debía de ser el padre.

—¡Oh! —exclamé—. Yo creí que estabas en la Marina. —Entonces me mordí la lengua. ¿Sería el mismo hombre? ¿O una pareja nueva?

—Me di de baja el mes pasado —explicó Rooney, sonriendo—. El trabajo de guarda de seguridad me servirá para salir del paso hasta que encuentre algo mejor, pero en cuanto Angel empiece, será perfecto. Ella trabajará de día y yo de noche, así uno de los dos siempre estará en casa con los niños.

De modo que era en serio que iba a trabajar en el *News*, pensé con disgusto.

—¿Ha dado ya a luz? —le pregunté.

—Lo hará de un momento a otro. Por eso llevo el busca encima. —Sonrió y señaló el aparato sujeto al cinturón—. Nos casaremos justo después de que nazca el bebé.

Normalmente, pensé, tales acontecimientos se producen a la inversa, pero ¿quién era yo para opinar?

—¿Y cómo está Harry? —Sonreí, aunque no estaba contenta. Harry, uno de los hijos de Angel, de cinco años, era mi favorito.

—Es un chico estupendo. No para de hablar de ti —me comentó—. Sigue preguntando por los caramelos que llevabas en el bolso.

—Oye —me apresuré a decir—, estoy trabajando en una historia y necesito entrar en la biblioteca.

—No hay problema. —Introdujo la mano en el bolsillo—. Tengo la llave maestra. —La balanceó con provocación ante mis ojos, con una especie de sonrisa entre pícara y bobalicona.

—Pues vamos —ordené enérgicamente—, y tráete también la llave de la fotocopiadora.

Mientras él ponía en marcha la fotocopiadora, yo busqué lo que habíamos publicado sobre Robert Jeffrey Jordan, más conocido como R. J., y su bella esposa, Kaithlin.

Clasificados por fechas, los artículos parecían una novela. Yo escribiría el siguiente capítulo, esperando poder escribir también el último. Me senté ante una mesa de la biblioteca y empecé por el principio.

R. J. Jordan era el descendiente de una familia pionera que estableció la primera fábrica en el sur de Florida, junto al río Miami, en las postrimerías del siglo pasado. Los Jordan compraban pieles a los indios, que remaban en sus canoas río abajo para vendérselas a los primeros colonos. Al cabo de cien años, la fábrica se había convertido en una próspera y gigante cadena de almacenes que se extendía por siete estados del sur.

Según podía leer, R. J. era alto y guapo, un héroe del fútbol americano y un incondicional de las fiestas; expulsado de dos colegios, uno de ellos de primaria y privado. Un trágico accidente de coche siendo adolescente había acabado con la vida de un ocupante de su Corvette y herido de gravedad a otros cuatro jóvenes que iban en un Camaro. R. J. fue el único que salió ileso. Vivía de maravilla. A pesar de las denuncias por conducir borracho y hacer carreras en plena calle, nunca fue acusado. Él y otros compañeros de la asociación de estudiantes se habían librado de acusaciones de índole sexual contra ellos tras una desenfrenada fiesta en el campus de la Universidad de Miami.

Todo lo que hacía este chico travieso, el predilecto de la sociedad de Miami, desde pilotar su propio avión hasta escalar una montaña pasando por acompañar a Miss Estados Unidos al baile anual de Miss Universo, era noticia.

Al soltero más deseado se le relacionaba con mujeres guapas y conocidas. Al casarse rompió un sinfín de corazones, aunque la vida de su joven novia llenó de alegría a los escritores de la prensa del corazón. R. J. se fijó por primera vez en Kaithlin Warren cuando ésta trabajaba a tiempo parcial en el mostrador de cosmética de los almacenes Jordan durante las Navidades. Tenía tan sólo dieciséis años y vivía en un pequeño piso con su madre, una viuda que había trabajado duro para poderla sacar adelante. R. J. le doblaba la edad.

Cuatro años más tarde tuvo lugar la boda, «la boda del año», en la pintoresca Iglesia Congregacional de Plymouth. El banquete que siguió a la ceremonia reunió a trescientos invitados en el lujoso Club de Surf. Los famosos padres de Jordan declararon que estaban muy ilusionados y contentos de que su hijo sentara la cabeza de una vez por todas.

La novia aparecía radiante en el centro de una foto familiar publicada en las páginas de sociedad. R. J., sonriente, estaba imponente vestido de esmoquin. La madre de la novia era la única que no sonreía. Rigurosamente ataviada para la ocasión y con un arrugado pañuelo en la mano, Reva Warren parecía mayor que los padres de R. J., y su afligida expresión era la de alguien que acabara de recibir un puñetazo en el estómago. Sólo está llorando, me dije. Es lógico. Si yo me casara algún día, mi madre lloraría a lágrima viva.

Rooney volvió a asustarme, con su torpe silueta junto a la puerta.

—La fotocopiadora ya está lista —manifestó, desenvuelto, y se sentó frente a mí—. Tendrías que ver lo contentos que están los niños con nuestra boda. Harry quiere llevar los anillos. Los gemelos tirarán los pétalos de rosa, y Misty será dama de honor. No será una gran boda, pero nos gustaría que vinieras.

¿Cómo que no muy grande?, me pregunté. Si ya sólo los hijos de Angel son un montón.

—¿Puedes fotocopiarme esto mientras echo una ojeada al resto? Dos de cada, ¿vale?

Rooney se mostró dubitativo, su mirada gris insegura:

—Una de mis responsabilidades es impedir que personas no autorizadas utilicen las fotocopiadoras fuera de las horas de trabajo. ¿Crees que debo hacerlo?

—Levanta la mano derecha —ordené—. Te autorizo oficialmente a que me ayudes con este caso.

—Está bien —concedió no muy convencido—. En cinco minutos acabo la ronda y vengo a ayudarte.

A medida que leía, iba seleccionando en un montón aparte los artículos que quería para mi archivo y el de Rychek. Un periodista de la sección de economía escribió que el padre del novio, Conrad Jordan, había puesto a R. J. al frente del buque insignia de los almacenes, en el corazón de Miami, poco después de su boda. Al parecer tenía la esperanza de que tal responsabilidad comprometiera a su hijo con la empresa familiar.

Sin embargo, artículos posteriores indicaban que fue Kaithlin quien empezó a volcarse en el negocio. A los veinticinco años fue nombrada directora de la empresa.

Recuerdo cómo mi madre elogiaba su perspicacia, estilo y brillantez como mujer de negocios. En los siguientes artículos y fotos, Kaithlin Jordan se había transformado en una elegante e imponente ejecutiva con poder de mando y comprometida con las necesidades ciudadanas. Fundó un programa de asesoramiento para ayudar a las madres solteras a salir de la precariedad, preparándolas y mandándolas luego a entrevistas de trabajo vestidas con trajes de chaqueta donados por los almacenes. Ella misma se ocupó de que se les suministraran accesorios a juego y productos cosméticos para aumentar su autoestima. ¡Quién sabe cuántas cosas más hubiera conseguido de no haber muerto tan pronto!

A los seis años de casados un artículo de los ecos de sociedad informó que el matrimonio estaba en crisis, y que la pareja se daba un tiempo para «limar sus diferencias». El portavoz de Jordan confirmó que Kaithlin seguiría como directora del buque insignia de los almacenes y miembro del consejo de administración, junto a R. J. y el padre de éste.

El matrimonio se estaba yendo al traste. Kaithlin y su madre consiguieron órdenes de restricción contra él, aduciendo amenazas de maltrato físico. Poco después, a R. J. lo pillaron conduciendo borracho, se enfrentó a los agentes de policía, y lo detuvieron. En las páginas de sociedad un periodista explicó que Kaithlin había visitado a un prestigioso abogado de la ciudad, especialista en divorcios.

Un articulista de la sección de economía sacó a la luz las escandalosas irregularidades financieras del buque insignia de la empresa. Si había habido desfalco, la cantidad no era nada desdeñable: un agujero de tres millones de dólares. Kaithlin y R. J. fueron interrogados, al igual que el director financiero que él había contratado, y otros altos cargos.

Luego Kaithlin Jordan se esfumó. Su madre y su mejor amiga dieron parte de su desaparición, en circunstancias del todo siniestras, en la noche del domingo 17 de febrero de 1991.

R. J. y Kaithlin habían cogido la avioneta para pasar juntos un romántico fin de semana en un aparente intento de reconciliación. Él mismo pilotaba su bimotor Beechcraft King Air; el destino, Daytona 500. Las carreras de NASCAR eran, sin duda, una extraña elección para una escapada romántica, sobre todo después de una luna de miel de ensueño en París, pero sobre gustos no hay nada escrito, y a R. J. siempre le había fascinado la velocidad. Le apasionaban las carreras.

La madre de Kaithlin y Amy Hastings, íntima amiga de la desaparecida desde la infancia, dijeron que Kaithlin les había expresado sus dudas con respecto al viaje, pero que mantenía la esperanza de poder salvar su matrimonio que duraba ya seis años. Ese domingo Kaithlin llamó a Amy. Le explicó que R. J. estaba enfadado, violento y fuera de sí. Que el viaje había sido un tremendo error. Que lo único que quería era volver «sana y salva» a Miami. Amy aseguró que se ofreció a recorrer los cuatrocientos kilómetros en coche hasta Daytona para rescatar a su amiga, pero que Kaithlin declinó su oferta, diciéndole que todo saldría bien.

Sin embargo, una hora después estaba llorando al hablar con su madre por teléfono. Parecía asustada. «¡R. J. me quiere matar!» Su madre trató de calmarla, pero la comunicación se cortó de golpe. Aterrorizada, incapaz de recordar el nombre del motel, la desesperada madre llamó a la policía. Al decírsele que debía contactar con la jurisdicción correspondiente, llamó a la policía de Daytona, que la mantuvo a la espera. Finalmente, tras haber transferido su llamada de una extensión a otra, le pidieron que telefoneara el lunes si su hija seguía sin aparecer.

La pareja había planeado regresar a Miami esa misma noche. La madre llamó al aeropuerto de Opa-Locka. El mecánico de R. J. dijo que la avioneta había aterrizado hacía una hora. Que R. J. ya se había ido. ¿Y Kaithlin? No la había visto.

Reva Warren pudo finalmente dar con R. J. en casa aquella noche. Declaró que, al preguntarle por su hija, su yerno profirió una retahíla de epítetos y le colgó el teléfono.

Volvió a llamar a la policía.

A la mañana siguiente, la policía de Daytona inspeccionó la habitación del motel que Kaithlin y R. J. habían ocupado y se encontraron con una escena curiosa. Un espejo hecho añicos. Indicios de pelea. El cable del teléfono arrancado de la pared. Las sábanas manchadas de sangre, y ni rastro de la cortina de la ducha.

Más tarde, la acusación sostuvo la hipótesis de que Kaithlin, muerta o gravemente herida, fue envuelta en la cortina de la ducha, escondida en el maletero del coche que R. J. había alquilado, y llevada al hangar del aeropuerto donde aguardaba la avioneta.

Si estaba a bordo, viva o muerta, cuando R. J. despegó de Daytona, desde luego ya no lo estaba al aterrizar en Miami. Testigos del aeropuerto, incluido su propio mecánico, aseguraron que R. J. había llegado solo. Dijeron que estaba enfadado y que se había largado, llevando únicamente una maleta.

La policía halló rastros de sangre en el fuselaje. Acosado por la policía y por la prensa, R. J. insistió en que el fin de semana había sido pacífico, y en que su mujer y él se habían reconciliado. Negó que se hubieran peleado; afirmó que los arañazos que tenía en la cara y en los brazos se los había causado Kaithlin con las uñas jugueteando.

Contó que justo antes de partir hacia Miami, Kaithlin había salido de la avioneta para acercarse a una máquina expendedora a comprar refrescos. Ya no volvió. R. J., impaciente, fue a buscarla. Explicó que la llamó incluso por el altavoz. Como no aparecía, se fue a casa, solo y furioso.

El equipaje de Kaithlin, que llevaba etiquetas con su nombre, fue encontrado al día siguiente, esparcido junto a la autopista 9 en dirección hacia Cabo Cañaveral oeste. Sus pertenencias, desparramadas, rasgadas y con manchas de sangre, fueron identificadas por su madre y su amiga Amy.

R. J. confesó a regañadientes a la policía que había mentido. Se habían peleado, pero Kaithlin estaba bien al ir a buscar las bebidas. La policía no halló constancia alguna de que la hubieran llamado por el altavoz. Acorralado, R. J. admitió que también había mentido sobre eso. Pero reiteró que no le había puesto la mano encima a su mujer; que ésta simplemente huyó. Los detectives calcularon el tiempo transcurrido desde que R. J. despegó en el Beechcraft, teniendo en cuenta que recorrió en total más de mil seiscientos kilómetros a una velocidad de crucero de 280 km/h, hasta que tomó tierra en Miami, y a continuación trazaron el contorno del área que podía haber sobrevolado. Por desgracia incluyeron el Bosque Nacional de Ocala, mil kilómetros de océano, el Refugio Nacional de Vida Salvaje de Loxahatchee y el vasto lago Okeechobee. R. J. no había programado ningún plan de vuelo. El avión de la policía, equipado con sensores de calor diseñados para detectar restos humanos en estado de descomposición, sobrevoló el bosque a baja altura. El Servicio de Guardacostas fue alertado de que el cuerpo podía haber sido arrojado al mar. Las autoridades de más de una docena de estados entre Daytona y Miami-Dade iniciaron una masiva operación de búsqueda del cadáver.

—¡Demonios, esto es como buscar una aguja en un pajar! —exclamó un detective en un artículo—. Es posible que aterrizara en cualquier carretera, finca o campiña y que la enterrara en un hoyo.

A medida que crecían las protestas, los padres de R. J. prestaron declaración. El matrimonio de su hijo estaba «pasando por una crisis, como la que puede tener cualquier pareja a lo largo de su relación, pero él jamás haría daño a Kaithlin, a la que todos queremos tanto». Ofrecieron cincuenta mil dólares de recompensa a quien la trajera a casa sana y salva. Manifestaron públicamente la inocencia de R. J., y contrataron privadamente al mejor penalista del sur de Florida.

«Por consejo de su abogado» R. J. rehusó volver a hablar con la policía. Ya había hecho demasiadas confesiones condenatorias. Pero

sí hablo con la prensa. Su intento por ser cauteloso se le desmoronó
cuando afloró su genio. Jurando que no había hecho daño a su mujer
desaparecida, se salió del guión preparado por su abogado para man-
darle un mensaje: «¡Deja ya de jugar y ven a casa de una maldita
vez!», gruñó. Se quedó mirando fijamente las luces de la cámara y no
quiso responder a ninguna pregunta. En las fotos que se le hicieron
parecía tenso, asustado, y tremendamente culpable.

Grupos de mujeres boicotearon los almacenes Jordan, y las mujeres a las que Kaithlin había ayudado se manifestaron frente a la
tienda del centro de la ciudad, coreando: «¡Justicia para Kaithlin Jordan!».

Cuando se desvanecieron las esperanzas de encontrar el cuerpo
de Kaithlin, la policía y el fiscal trasladaron el caso a un gran jurado
del condado de Volusia. El jurado no tardó mucho en acusar a R. J.
de asesinato en primer grado. La policía vigiló su avioneta y lo sorprendió en un intento de fuga en plena noche. En el petate llevaba setenta y cinco mil dólares en efectivo, el pasaporte y una pistola.

Retenido en prisión incondicional, permaneció cinco meses en
una celda de la cárcel del condado de Volusia antes del juicio. Aunque el fiscal amenazó con pedir la pena de muerte, R. J. se negó a llegar a un pacto: declararse culpable a cambio de cadena perpetua. Rei-
terando que estaba siendo presionado, le confió su vida a un jurado.

Nuestra cobertura diaria del juicio la llevó a cabo Howie Janowitz, que aún sigue trabajando para el *News*. Captó todo el drama, el
color, los detalles.

Los expertos en la selección del jurado contratados por la defensa al parecer consideraron que el atractivo y la morena belleza de
R. J. atraían a las mujeres. Seleccionaron a ocho mujeres, cuatro hombres y dos sustitutos.

Eunice Jordan, la elegante madre de R. J., acudía cada día al juicio rigurosa e impecablemente vestida de negro. La madre de la víctima, con los ojos llorosos, las uñas totalmente mordidas, tuvo que ser
instada con frecuencia por el juez a que controlase sus emociones.

Poderoso testigo, Reva Warren miró con malevolencia al acusado mientras describía cómo R. J. había abusado de su hija y lo que había ocurrido al tratar de intervenir.

—Nos amenazó con matarnos a las dos —lloraba en el estrado.

Amy Hastings dio testimonio del conocimiento de Kaithlin de que R. J. le era infiel y de su temor de que fuera el responsable de la desaparición del dinero. Pero desde los dieciséis años había sido el único hombre de su vida. Tras negarse a visitar a un terapeuta matrimonial, Kaithlin tuvo que apañárselas sola. Cuando R. J. se volvió más agresivo, ella recurrió a la justicia, y hasta pidió ayuda a sus suegros, pero no encontró quien la ayudara, ella, que tanto hacía por los demás.

Incluso la profesora de R. J. testificó en su contra. Dallas Suarez subió pavoneándose al estrado vestida con una ceñida blusa blanca y una falda negra, una explosiva testigo de cargo. Ahora contrita, facilitó el móvil. Era la instructora de vuelo que había enseñado a R. J. a pilotar. Su apasionado romance empezó en la cabina del piloto. Volaron, bucearon y fueron en canoa por los pantanos del sur de Florida mientras Kaithlin estaba trabajando. R. J. le compró a Suarez un Jaguar descapotable y le regaló un apartamento.

El punto álgido de su testimonio tuvo lugar cuando dedicó una emotiva mirada al atónito acusado y rompió a llorar, añadiendo: «Nunca pensé que llegaría a matarla». Dijo que R. J. le había jurado que abandonaría a su mujer, pero que no le comentó nunca que pensara tirarla desde lo alto de un avión.

La parte acusadora le atribuyó haber malversado el dinero para costearse su estilo de vida mujeriego, haber asesinado a Kaithlin para impedir que lo denunciara o que hablase con sus padres. Fue durante el testimonio de Dallas Suarez, advirtió Janowitz, cuando muchas de las mujeres del jurado empezaron a mirar al acusado con ojos encarnizados.

Y siguieron haciéndolo cuando los agentes de policía testificaron de peleas domésticas entre R. J. y Kaithlin en su casa de la calle Old Cutler. Otros investigadores declararon que los sospechosos de malversación de fondos se habían reducido a tres empleados: Kaithlin, R. J. y Walt Peterson, director de finanzas de los almacenes y antiguo compañero de universidad de R. J., que era quien lo había contratado.

Peterson se acogió a la quinta enmienda, negándose a dar testimonio de asuntos financieros, alegando que de esa manera podría incriminarse a sí mismo.

Al dinero confiscado a R. J. en el momento de su detención no se le pudo seguir la pista hasta ninguna fuente fidedigna. La acusación sostuvo que era parte del dinero que él y Peterson planeaban robar.

Un empleado del Motel Silver Shore de Daytona declaró haber oído una voz de hombre, gritando con enfado, en la habitación de la pareja.

Las manchas de sangre halladas en esa habitación, en la avioneta y en la ropa de la maleta despedazada eran todas del mismo grupo sanguíneo: el de Kaithlin. Su madre había proporcionado una muestra de sangre para hacer una prueba de ADN, y los resultados confirmaron que las posibilidades de que la sangre fuera de cualquier otra persona aparte de su hija eran nulas.

La defensa estaba en un apuro. R. J. era todo lo que tenían. Todavía con aires de suficiencia, R. J. subió al estrado. Claro que había mentido desde el principio. ¿Quién no lo habría hecho en mi lugar?, preguntó. La policía iba a por él. El fin de semana había sido borrascoso, admitió R. J. finalmente. Se habían peleado. Él le había dado una bofetada. Pero eso era todo, una simple bofetada. Reconoció que ella lo había arañado, pero juró no haber hecho daño a Kaithlin. La amaba. Dallas Suarez, dijo, era una mera diversión, porque su mujer estaba ocupada trabajando y él se aburría. Su entrometida suegra, afirmó con amargura, era la causa de todos sus problemas. Juró que el dinero que llevaba encima cuando le arrestaron procedía de sus propios fondos, eran ganancias de apuestas que tenía para casos de emergencia. Dijo que había intentado usar el dinero para iniciar por su cuenta una investigación con el fin de demostrar su inocencia. El fiscal señaló mordazmente que R. J. debía de haber planeado hacerlo a distancia, dado que también llevaba consigo el pasaporte.

La última vez que vio a su mujer, insistió R. J. una y otra vez durante el interrogatorio, fue antes de que se fuera de la pista de aterrizaje del aeropuerto de Daytona para acercarse hasta una máquina expendedora a comprar un refresco.

La defensa recurrió a la habitual táctica de acusar a la víctima, insistiendo en la teoría de que Kaithlin estaba aún con vida, escondida, para vengarse de un marido infiel. Si estaba muerta, afirmaron, a causa de sus penas maritales, la culpa era sólo suya.

El fiscal bromeó. ¿Se habría suicidado Kaithlin para luego esconder su propio cadáver? Presentó la agenda de Kaithlin, llena de citas y notas sobre planes futuros. Si estaba viva, ¿por qué no había utilizado su dinero, talonarios o tarjetas de crédito? No había desaparecido nada del piso de Key Biscayne, donde estaba instalada desde que se separara. Cuentas bancarias, objetos de valor, su permiso de conducir, el pasaporte, todo estaba intacto. Su coche, cubierto de polvo, seguía aparcado en su plaza de parking.

No había ninguna duda de que Kaithlin estaba muerta, afirmaron, y de que R. J. la había matado.

Pese a la creatividad y las ocurrentes tácticas de un montón de prestigiosos abogados defensores, el jurado decidió el veredicto en menos de cuarenta y cinco minutos: culpable de asesinato en primer grado. Menos tiempo tardó aún en aconsejar la pena de muerte en otro momento del proceso. El juez estuvo de acuerdo. R. J. escuchó la sentencia con expresión hosca y siguió proclamando su inocencia.

El principal abogado de la defensa, Fuller G. Stockton, contó posteriormente a los periodistas que nada había deseado tanto como salvar la vida de su cliente. Comentó que nunca debiera habérsele acusado de homicidio en primer grado, condenándolo a la pena de muerte, sino de homicidio en segundo grado, sin premeditación y cometido en un arrebato de pasión.

El Tribunal de Apelación se decantó por la muerte, aduciendo los siguientes antecedentes: la violencia doméstica de R. J., sus previos escarceos con la ley, las órdenes de restricción y su falta absoluta de remordimiento. En la apelación, el Tribunal Supremo del estado de Florida decretó, aunque de manera circunstancial, que la evidencia probaba que había habido premeditación y corpus delicti, y dictó sentencia de acuerdo con otros casos que garantizaban la ejecución.

Otra circunstancia agravante, concluía Janowitz en su último artículo sobre el caso, fue que el juicio contra R. J. tuviera lugar en el condado de Volusia, situado en la zona sur, donde los habitantes ricos y arrogantes de Miami y sus listillos abogados de la gran ciudad eran del todo impopulares, por no decir menospreciados.

Las preguntas se agolparon en mi mente. ¿Era la condena de R. J. una conspiración femenina? ¿Sabía la madre de Kaithlin desde el principio que su hija estaba viva? En la biblioteca del *News* busqué información sobre Reva Warren. Su nombre sólo había aparecido una vez desde el juicio: 11 de mayo de 1996, muerta a los setenta años de edad. Nada de texto, únicamente esta breve nota necrológica.

El nombre de Amy Hastings no había vuelto a aparecer desde el proceso. ¿Se había ido de la ciudad, me preguntaba, o se había casado y tenía otro apellido?

Introduje más nombres en la casilla de búsqueda. Me encontré con otro difunto: Conrad B. Jordan, el padre de R. J., muerto por complicaciones fruto de una operación de corazón en 1994 a la edad de setenta y tres años. La dinastía familiar de ciento diez años tocaba a su fin; la cadena de almacenes se vendió a una multinacional canadiense. La saga terminaba como una tragedia griega.

Eunice, la madre viuda de R. J., seguía viviendo en Miami. La prensa rosa se hacía eco de sus frecuentes apariciones en comidas y actos benéficos. Su foto más reciente, en la recaudación de fondos para la adopción de animales domésticos, había aparecido en el periódico sólo un mes antes. Elegante como siempre, seguía vistiendo de negro. ¿Cómo reaccionaría ante la sorprendente noticia del regreso de su hijo del valle de las sombras?

3

Una silueta se proyectó sobre mí, perfilada en la puerta, mientras yo bebía el poso frío y amargo de mi café.

—¿Qué tal? —preguntó Rooney.

—Muy bien —respondí—. Avaricia, sexo y violencia; esta historia tiene de todo.

—Supongo que, si no fuera así, no estarías aquí a estas horas. —Se sentó en una silla frente a mí y sonrió. Su uniforme estaba completamente almidonado, y él olía a espuma de afeitar—. Te he traído algo. —Como si de un regalo se tratara, me puso delante un paquete de celofán que contenía mantequilla de cacahuete y galletas de queso—. Pensé que a lo mejor tendrías hambre. Es todo lo que quedaba en la máquina —dijo con timidez.

—Me encantan —le tranquilicé—. Gracias.

—Nunca te he dado las gracias por todo lo que hiciste por Angel y los niños mientras yo estaba en alta mar —explicó—. Fue una época difícil. Podría haberla perdido.

—Angel es fuerte —comenté—. Sabe cuidar de sí misma.

—Bueno, ahora he aceptado ese trabajo nuevo. Me ocuparé de ella y los niños y ya no tendrán más problemas. —Parecía muy joven, sus ojos marrones rezumaban honestidad. ¿Tenía idea, me pregunté, de dónde se metía? Debió de leer mis pensamientos.

—Algunos de mis amigos dicen que hay que estar loco para casarse con una mujer que tiene hijos.

—A lo mejor están preocupados por ti —sugerí—. Las relaciones entre hijastros y padrastros no son nada fáciles.

—Pero a mí me hace mucha ilusión —afirmó con entusiasmo—. Cuidar de los niños, educarlos como se debe, es lo más importante en esta vida. Todos los niños necesitan un padre.

—Tienes razón. —Su sinceridad me conmovió—. Yo nunca conocí al mío —expliqué—. Lo mató en Cuba un pelotón de fusilamiento de Castro cuando yo tenía tres años. Pero guardo buenos recuerdos de él subiéndome a un pony, levantándome en brazos para ver una estrella en lo alto de un árbol de Navidad. A lo mejor mis recuerdos son reales, a lo mejor son imaginaciones mías, pero lo cierto es que siempre pienso en él.

—¿Ves lo importantes que son los padres? —Vibraba de emoción, su cara resplandecía—. Sé que aquello será un casa de locos, pero me entusiasman los niños. Mi padre siempre decía: «Si tienes una gran familia, nunca estás solo y nunca te aburres».

—Eso es cierto, tienes demasiadas cosas que hacer.

Sonrió y se levantó:

—Tengo que hacer otra ronda, pero no te perderé de vista. Si necesitas algo, no dudes en decírmelo, y dame un toque cuando te vayas para escoltarte hasta el coche.

Se fue por el pasillo con paso airoso mientras yo volvía a mirar la foto de la boda de los ricos y guapos Jordan, que lo tenían todo. ¿Qué oportunidades tenían Angel y el chalado éste, me preguntaba, empezando su vida en común sin nada más que niños en un mundo donde el amor es en tantas ocasiones mortal?

Junté los datos recogidos para el artículo principal y luego busqué información adicional sobre otros casos de pena de muerte en los que nunca se encontró el cadáver.

En las películas y series de policías hay una norma: «Si no hay cadáver, no hay crimen ni hay caso». No es verdad. Encontré más de los que me esperaba, incluyendo el tremendo caso de un abogado de Delaware con contactos políticos, que asesinó a su novia, secretaria del gobernador, y arrojó su cuerpo al Atlántico. Probablemente es el único abogado blanco rico de este país que está en el corredor de la muerte, aunque no me cabe duda de que muchos otros deberían estar allí también.

Otro caso, también en Daytona Beach, implicó a una adolescente. Se llamaba Kathy. Sus abuelos la dejaron frente a una tienda de comestibles, donde se encontró con dos amigas y un chico. Luego Kathy se fue sola con él. Nunca más volvieron a verla.

La policía interrogó al joven. Dijo que se habían detenido frente a otra tienda donde él estuvo hablando con otras dos chicas mientras ella hacía una llamada desde una cabina de teléfono. Cuando miró de nuevo en dirección a la cabina, afirmó, ya no estaba. Los agentes vieron que tenía arañazos y un moratón en el costado. Con forma de pisada. El moratón encajaba con los zapatos que llevaba la joven desaparecida.

El sospechoso, con antecedentes de violencia, explicó a algunos conocidos que una chica se había resistido a tener relaciones sexuales con él, por lo que se había visto obligado a cortarle el cuello y esconder su cadáver. La joven tenía dieciséis años.

Los abogados del muchacho, al igual que los de R. J., argumentaron que sin cadáver no había forma de demostrar el crimen. Los jueces del Tribunal de Apelación rechazaron el argumento. Kathy no había huido. Había dejado el bolso en el coche de sus abuelos, diciendo que no tardaría en volver. Su exigua cuenta bancaria y sus pertenencias permanecieron intactas y, como nueva integrante del grupo de baile del colegio, estaba ansiosa por que empezara el siguiente curso. La suma de todas esas circunstancias convencieron a los jueces de que Kathy estaba muerta, de que había sido asesinada.

Una chica que había desaparecido sin siquiera una tumba para que sus seres queridos pudieran visitarla. Mientras estaba allí sola sentada, en plena noche, su alegre cara me sonreía desde la foto, una adolescente curiosa como todas, demasiado joven para darse cuenta de que, a menudo, una mala decisión tomada en una fracción de segundo puede resultar funesta.

¡Cuánta tristeza, cuánta maldad hay en el mundo!

Hacia las seis de la mañana, impaciente por que saliera el sol y amaneciera el resto de la ciudad, llamé a mi madre.

—Britt, cariño, ¿ocurre algo?

Por un instante me sentí culpable, pero qué narices, yo ya estaba despierta, ¿acaso no deberían estarlo los demás también?

—No, estoy trabajando en un artículo.

—¡Pues sí que empiezas pronto! —Tenía la voz más ronca que dormida.

—Mamá, casi no te reconozco la voz. ¿Estás enferma?

—No, estoy bien. Es sólo que no he dormido bien.

—Yo no he pegado ojo. ¿Por qué no me dijiste que la mujer de la foto era Kaithlin Jordan?

Hubo un prolongado silencio.

—Me recordaba muchísimo a Kaithlin…

Estupendo, pensé. Sí que la había reconocido.

—… pero la pobrecilla, que Dios la bendiga, hace ya muchos años que murió y desapareció. —Sus palabras sonaban extrañamente huecas.

—No. Desapareció pero no murió, al menos hasta ahora.

No hubo respuesta, otro silencio.

—Britt, cariño —comentó al fin, con voz cauta—, ¡qué cosas más raras dices! ¿Seguro que estás bien?

Le expliqué por qué me había pasado la noche en vela, y lo que había descubierto:

—Mamá, podías habérmelo dicho. Tú los conocías, ¿no?

—Claro que sí —contestó con suavidad—. Yo conocía a Kaithlin. ¡Era una mujer tan inteligente e ingeniosa! Su risa era maravillosa. Yo la formé, y antes de que pudiera darme cuenta ya era mi jefa. Nunca me importó. Trabajaba tanto que era imposible reprocharle nada. Era especial.

—¿Y qué me dices de R. J.?

Profirió un breve e impaciente suspiro de desaprobación:

—Era un consentido. El negocio nunca le interesó mucho, excepto para flirtear y cuchichear con todas las dependientas, a quienes, cómo no, les encantaba que el hijo del jefe les hiciera caso. Si tenía un buen día, R. J. podía embelesar hasta a las paredes; si no, se comportaba como un perfecto cretino. Cuando las cosas no salían como él quería, su mal humor era tremendo. Recuerdo una vez, estando aún en el colegio, que discutió con su padre y tuvieron una sonora bronca en los mismos despachos de la dirección. Los que lo conocieron jamás dudaron de que él hubiera asesinado a la pobre Kaithlin.

»Fue muy triste. —Su voz se redujo casi a un susurro—. Conrad y Eunice querían crear una dinastía, pero Eunice tuvo dos abortos y una hija prematura que murió al nacer. Sólo les quedaba R. J. Estaban tan agradecidos de que fuera sano y guapo…

Se detuvo y la oí encenderse un cigarrillo. Creía que había dejado de fumar.

—Los Jordan nunca supieron decirle que no a nada, y él se aprovechó de eso. —Exhaló profundamente—. Después de todo lo que ocurrió… tal vez haya personas que no deberían tener hijos.

—¿Qué tal se llevaban con Kaithlin?

—Lamentaban que no fuera de su misma clase social. Pero cuando vieron que R. J. iba en serio con ella, se alegraron mucho, al principio. Ella era su única esperanza para la continuidad del linaje, y del negocio familiar. Yo oí cómo le prometieron a R. J. doblarle la herencia si él y Kaithlin daban a luz un varón. Estoy segura de que lo decían en serio.

—¿Cómo fue el noviazgo?

—Bueno, lo del cuento de Cenicienta fue una exageración. Puede que diera la impresión de que el zapato de cristal era de la medida de Kaithlin y de que de inmediato él se arrodilló y se le declaró. Pero en realidad la cosa fue turbulenta. R. J. no era una persona fácil. Pasaron muchos altibajos antes del anillo y de la boda de cuento de hadas. Ella era muy joven, su madre estaba todo menos contenta con esa relación, y él, en fin, él era R. J. En una ocasión rompieron la relación. Él se vio con otras mujeres. Todos suspiraron aliviados. Pero al parecer no aguantaron separados. Pese a lo joven que era Kaithlin, no tenía ni punto de comparación con las demás. Tenía… algo especial.

—¿Y qué pasó? ¿Por qué no fueron felices y comieron perdices?

Silencio. La oía respirar; de lo contrario habría pensado que la línea se había cortado.

—Por lo que he leído —me adelanté—, la nombraron directora.

—Así es —confirmó en voz baja—. Kaithlin quería trabajar hasta que tuvieran hijos. Tenía mucho talento. Sus novedosas ideas dieron un aire y un estilo nuevos a la imagen de los almacenes Jordan. Las ventas anuales se incrementaron en más de un treinta por ciento, era muy lista. Con tal de no tener que hacerlo él, para R. J. era un alivio que alguien, fuera quien fuera, se ocupara de la empresa. Pero creo que le molestó que ella tuviera tanto éxito.

—Si Kaithlin hubiera querido desaparecer —intervine con impaciencia—, ¿adónde crees que habría ido? ¿Qué crees que habría hecho?

—Tesoro, simplemente no puedo imaginarme a Kaithlin haciendo algo semejante. Me cuesta creer que haya estado viva todos estos años. ¿Estás segura?

—Completamente —respondí.

—¡Qué espanto! ¡Qué cruel! —Su voz se apagó tanto que tuve que aguzar el oído—. Seguro que los almacenes no se habrían vendido... y Con seguiría con vida. Nunca superó que sentenciaran a muerte a su hijo.

¿Con?

—¿Tanto conocías a Jordan padre?

Mi madre dudó:

—Trabajé para él, con él, durante muchos años.

Poco a poco, a medida que crezco, voy conociendo más a mi madre, pero el proceso es largo, lento y nada fácil. Decidí que ése no era el momento de intentar hacer que hablara.

—¿Tuvo Kaithlin alguna aventura? ¿Robó dinero?

—¡Por supuesto que no! R. J. fue su primer y único amor, y los almacenes Jordan, su primer y único trabajo. Tenía mucha ética. Era leal.

—Entonces, ¿quién se llevó el dinero?

—¿A qué viene todo esto ahora? —preguntó irritada—. ¡Ha pasado tanto tiempo!

—Es importante, mamá. Es un asunto de gran magnitud.

—Después del asesinato, o lo que sea que fuese, los Jordan dejaron de investigar la desaparición del dinero —explicó de mala gana—. R. J. ya tenía suficientes problemas. Todo el mundo sospechaba de él y de Walt Peterson, ese contable que contrató. Eran viejos colegas, a los que se había relacionado con extrañas aventuras desde que terminaran el colegio. Ni que decir tiene que a Peterson lo expulsaron. Creo que Con y Eunice encubrieron a ambos. Ellos atribuían el agujero financiero a deficiencias contables que habían sido corregidas. Por suerte para ellos, la familia era la propietaria de la compañía.

Notaba los ojos cansados, los cerré un momento.

—¿Te acuerdas de ella? —pregunté—. ¿Cómo era?

—No me gusta hablar de esto —protestó—. Pero había algo en sus ojos, incluso cuando sonreía. Los meses previos a su ase…, bueno, ya me entiendes, su mirada era más oscura, como si pudiera ver cosas que los demás no veíamos. Eso lo recordé más tarde. Ya no se reía tan a menudo. Parecía que la estuvieran acosando, o persiguiendo… ¡Estoy hablando por los codos! Debo parecer ridícula. Me tengo que ir, cariño, tengo una reunión.

—Pero, mamá…

—Te quiero, mi amor.

La línea se cortó.

Las conversaciones con mi madre solían dejarme una sensación de incomodidad, no tanto por lo que en ellas se decía como por lo que no se decía. ¿Por qué esas palabras siempre parecen ser las más importantes?

Me encontré con Rychek en la puerta de entrada del personal a las 6.45 de la mañana. Ansiosa por estirar las piernas, había bajado rápida y enérgicamente los cinco pisos que hay entre la sala de redacción y el vestíbulo. A pesar de mis protestas, Rooney me siguió, cumpliendo con su obligación, empeñado en protegerme tanto si lo necesitaba como si no.

El detective me estaba esperando, recién afeitado, con su pelo ralo perfectamente peinado y una camisa nueva azul clara. Lo malo era que de cerca la prenda tenía el aspecto de haber sido adquirida en los almacenes Kmart, en los días de liquidación de existencias de temporada.

—Hola, Britt.

—Toma. —Le puse en las manos el grueso sobre de papel de manila—. Aquí está todo lo que publicamos sobre el caso, más algunos datos sobre el pasado de los protagonistas de la historia. ¿Has podido dormir?

—Un par de horas. ¿Y tú?

—Aún no. Luego dormiré. Por cierto, la madre de Kaithlin murió en el año noventa y seis.

—Hummm… —gruñó—. Sí, eso dicen todos.

—¿Cómo? —No se me había ocurrido. ¿Y si las noticias acerca de la muerte de la madre también se habían exagerado? ¿Y si simplemente había desaparecido para reunirse con su hija en algún lugar secreto?—. ¡Pues vaya! Será mejor que compruebe los datos demográficos y me acerque a la funeraria. ¿Cuál es tu plan de ataque?

—Revisaré toda esta información, le pasaré el parte al jefe, y luego dejaré que la bomba estalle en manos del abogado de Jordan. Espero que esté preparado para la que se le viene encima. Me tiene que llamar a las ocho y media. —Miró a mis espaldas—. ¿Quién es ese chico?

Rooney permanecía de pie junto a la puerta como un centinela, con la mano en la porra.

—Equipo de seguridad del *News* —respondí en voz baja—. Es nuevo. Estoy tratando de sacármelo de encima. ¿Y si le envío a la Academia de Policía?

—Asegúrate de que me haya jubilado antes —susurró.

Le ofrecí mi más cálida sonrisa.

—Muy astuto —le dije—. Dales en las narices. Resuelve este caso, y tendrás tus quince minutos de gloria en los medios de comunicación. ¡Sí, señor! —Y añadí, dando una palmadita en el sobre—: El padre de R. J. también ha muerto. Su viuda vendió los almacenes y su mansión de Cocoplum. Ahora vive en Williams Island y se distrae con su círculo de amistades.

—¿Vio alguien el cadáver del padre?

—Seguramente. Murió en el hospital tras ser operado. Le falló el corazón. Dicen que se le partió el día en que su hijo entró en la cárcel.

—Buen trabajo. Te debo una.

Rooney escoltó a Rychek hasta el coche mientras yo volvía a colarme en el edificio y me subía en el único ascensor que funcionaba. Puede que baje cinco plantas corriendo para estirar las piernas, pero para subir, sin haber dormido la noche anterior, prefiero ir en ascensor. Un ascensor que ascendía a trompicones, con tal lentitud que Rooney, que subió por las escaleras, llegó antes que yo, sonriendo y apenas sin aliento.

—¿Sabes una cosa? —empezó a hablar con entusiasmo—. El detective Rychek me ha dicho que en abril empiezan las clases en la academia. Nunca había pensado en ser poli, pero cuando me ha contado las ventajas que tiene…

Dios mío, gracias, pensé.

Ya en mi mesa, marqué un número de teléfono.

—¡Haz el favor de levantarte! —le grité reiteradamente al contestador automático.

—¿Quién demonios es? —musitó Janowitz al fin, con voz soñolienta.

—Soy Britt. Estoy en la redacción y llevo toda la noche trabajando. ¿Por qué no has venido todavía?

—¡Joder! ¿Qué hora es? Mierda, si ni siquiera son las siete de la mañana. No tengo que estar allí hasta las diez. ¿Qué coño pasa? ¿Algo que deba saber?

—¿Te acuerdas de R. J. Jordan?

—Ese bastardo asesino. ¡Diablos, claro que me acuerdo! Yo cubrí su juicio.

—Él no la mató. Su mujer estuvo viva hasta hace dos semanas. Era ese cuerpo sin identificar que apareció sin vida en la playa.

—¿Me tomas el pelo? —Ya sin voz de dormido, sonaba totalmente despierto.

Le puse al corriente:

—¿Crees que su madre estaba metida en el asunto?

—Imposible —afirmó rotundamente, sin atisbo de duda—. De ser así, se merecería un Óscar. Es imposible que esa mujer, con lo menuda que era y lo frágil que parecía, pudiera fingir tanta rabia y tanta emoción a menos que creyera realmente que su hija había sido asesinada. Todo ese dolor no podía ser fingido.

—¿Y cómo es que lo condenaron si ella ni siquiera estaba muerta?

—Yo también lo hubiera declarado culpable. Tendrías que haberlo oído. El muy hijo de puta cruzó la sala con aires de superioridad y con cara de comerse el mundo. Joder, ese jurado se moría de ganas de machacarlo. Y además, ¡qué diablos!, nadie lo presionó; el fiscal tenía entre manos un caso muy importante. Míralo en los artículos del periódico.

—Ya lo he hecho. Tu reportaje fue magnífico. El único problema es que el crimen no había tenido lugar.

—¡Mierda! Ese hijo de puta no sólo será puesto en libertad sino
que además se convertirá en un mártir, en el santo patrón de todos los
colectivos antipena de muerte. Se abalanzarán sobre el asunto. ¡Joder! Si Kaithlin Jordan fuese la artífice de toda esta historia, tendrían
que acusarla de intento de asesinato. De intento de asesinato de su
marido. Me cuesta creer que le hiciera una cosa así a su madre. ¿Estás segura de que no ha estado congelada todo este tiempo?

—El forense dijo que el cuerpo estaba fresco. Si su sangre hubiera estado congelada, lo sabrían.

—¡Maldita sea! ¿Necesitas que te eche una mano?

—No, llevo toda la noche trabajando, lo tengo todo bajo control.

—Está bien. —Me pareció decepcionado. Me dio pena, pero no
la suficiente como para compartir la investigación. Este caso era mío.

Entré desde el ordenador en la base de datos del Instituto de Datos
Demográficos y encontré un certificado de defunción de Reva Warren, pero, como no podía ser menos, también había uno de su hija
no fallecida. Me pregunté cómo encajarían los burócratas la tramitación de un segundo certificado de defunción para Kaithlin Jordan.
¿Tenían algún procedimiento que diera cabida a los que mueren dos
veces? ¿O sólo hacían un certificado por cliente?

Releí la nota necrológica de Reva Warren y llamé a la funeraria.
La mujer que estaba de servicio buscó su historial. La misa se había
celebrado en la iglesia Saint Patrick, y había sido enterrada en Woodlawn Park.

—Aquí dice que sufrió un colapso en la calle. Un derrame cerebral —comentó la mujer alegremente—. Tenía antecedentes de hipertensión.

Le pregunté por sus familiares.

—Por lo que se ve, no tenía familia. Su hija murió antes que ella.

—¿Pone algo de su marido? Era viuda.

—Aquí no dice nada de su marido. Lo había predispuesto todo antes de morirse. —En el historial figuraba un nombre de contacto: Myrna Lewis, una amiga de la familia. Anoté su dirección y el número de lápida del cementerio.

Lottie entró en el vestíbulo cantando contenta, y la saludé con la mano. Debía de venir de alguna cita.

—¿Qué tal anoche? —Completamente despierta, quiso que le contara todos los detalles.

—¡Increíble! ¡Lottie, no te lo vas a creer!

—¡Dios mío! Se te ha declarado.

Reparó en mis ojos cansados, en las carpetas y notas esparcidas por toda mi mesa, en mi pantalla de ordenador, y se quedó boquiabierta.

—¡Oh! No estamos hablando de lo mismo, ¿verdad? —Ahora su expresión era de alarma—. No me digas que te quedaste aquí encerrada y que no pudiste ir.

La desdichada noche anterior y las fotos de los bebés me vinieron a la memoria.

—Sí que fui —la tranquilicé—. Fue un desastre. ¡Pero espera a que te cuente la historia en la que estoy trabajando! Vamos a desayunar y te explico.

Dejó el carrete para revelar, con fotos de un terrible incendio que se produjo en los Everglades. Dejé en el departamento un resumen detallado de mi artículo y nos fuimos a una cafetería cubana que había a un par de manzanas.

La puse al corriente del tema entre bocado y bocado de pastelitos de hojaldre rellenos de queso y un café bien caliente y cargado que resucitaron mis neuronas y me pusieron las pilas.

—Ahora tengo que encontrar una tumba. —Dejé la taza sobre la mesa y miré en mi reloj qué hora era—. No creo que tarde mucho.

—¿Tenemos que ir a un cementerio? —me preguntó, limpiándose suavemente los restos de migas de la boca con una servilleta de papel—. ¿O necesitamos una pala?

—Es en Woodlawn —dije—. Hasta que no la vea, no estaré segura de que está allí.

—Para eso no hace falta que vaya contigo. Pero quiero colaborar en este asunto, Britt. Llámame cuando haya algo que fotografiar. Esta historia es un bombazo.

—¡Eso parece!

Franjas rosas y malvas iluminaban el cielo mientras un ardiente sol naranja extendía sus rayos por el terreno desnivelado y una neblina emergía de la abundante hierba verde del cementerio de Woodlawn Park.

El ruido del tráfico se expandía en todas direcciones. La autopista de Palmetto estaba bloqueada porque había volcado un camión con remolque. Los conductores habían quedado bloqueados por las obras en la Interestatal 95, y los chirriantes autobuses exhalaban humos venenosos en cada parada, pero aquí la hierba olía a fresco y limpio, los insectos zumbaban, y las flores aparecían en toda su lozanía. En este lugar lleno de muertos, me sentí rebosante de vida. Los pájaros cantaban, el agua caía alegremente en una fuente de piedra, y el tiempo se había detenido. Quienes aquí dormían no conocían la prisa.

La caseta del encargado estaba vacía, de modo que me acerqué al mapa colocado en la entrada, conduje hasta la zona señalada, y continué el camino a pie.

Un montón de olorosa tierra recién cavada y apilada con adornos florales cubiertos de rocío indicaba que allí había una tumba desde hacía menos de veinticuatro horas. A pocos metros pude contemplar la conmovedora belleza de un ángel de piedra que llevaba desde 1946 llorando a un niño enterrado.

Debe de ser aquí, pensé, leyendo un epitafio en mojones de piedra y placas de bronce. Luego descubrí que, en efecto, ése era el sitio y entendí por qué no me había dado cuenta hasta entonces. No esperaba encontrarme una tumba tan cuidada y recién visitada. Alguien había quitado con esmero las malas hierbas y la maraña de cepas y había dejado un ramo de rosas blancas de tallo largo en un jarrón de bronce. La doble placa llevaba dos nombres:

MADRE

Reva Rae Warren

25 de abril de 1926 – 11 de mayo de 1996

AMADA HIJA

Kaithlin Ann Warren Jordan

27 de enero de 1965 – 17 de febrero de 1991

Las rosas se habían secado y marchitado, achicharradas por el sol. Flores y capullos secos se habían desprendido de los espinosos tallos. El marchito ramo daba la impresión de llevar allí unas dos semanas, precisamente desde antes de que Kaithlin Jordan llegara al depósito de cadáveres y nadie la reclamara.

¿Cómo debe ser, me pregunté, arrodillarse ante tu propia tumba?

4

Al irme, encontré al encargado del cementerio en la entrada, señalando una zona del mapa a una pareja de mediana edad. Era un hombre de unos cincuenta años, encorvado, menudo, que asintió y me miró con curiosidad tras sus lentes de cristales coloreados cuando le dije el nombre y número de placa.

—De repente esa tumba ha recibido muchas visitas —comentó, con aspecto burlón.

—¿Ah, sí? —me extrañé.

—Que yo sepa, no tuvo nunca movimiento ni gente que la visitara —explicó, tapándose deliberadamente la boca con la mano para disimular el chasquido de su dentadura postiza de dudosa calidad—. Pero hará unas seis semanas más o menos, vino un tipo preguntando por ella.

—¿Un hombre? ¿Cómo era?

Se encogió de hombros.

—Bajo, inglés, de pelo oscuro, entre treinta y ocho y cuarenta y tres años. Me miraba de manera extraña. Tenía prisa, y necesitaba ayuda para encontrar la tumba de esa mujer. No se quedó mucho rato. Volvió enseguida, y quiso saber si había venido alguien más a visitarla o a preguntar por ella.

—¿Dejó su nombre o alguna tarjeta?

—No. —Se reajustó la gorra de béisbol sobre el fino pelo.

—¿Vio su coche?

—Tenía pinta de ser de alquiler.

—¿Quién trajo las flores?

—Debió de ser aquella mujer. Vi su coche aquí fuera hará un par de semanas. Estuvo arreglando la tumba. No dijo ni mu. Cuando pasé con la segadora por ese tramo que hay entre la primera hilera del cementerio y la fuente, la vi allí arrodillada, en silencio. No pude verle la cara, escondida tras unas gafas de sol y un pañuelo, pero parecía joven. ¡Qué curioso! —prosiguió llevándose la mano a la boca—. No ha venido nadie en todos estos años. ¿A qué viene tanto interés?

—Esperaba que usted pudiera decírmelo —respondí. Le di mi tarjeta y le rogué que me llamara si alguien más venía a ver a Reva Warren.

En la acera de enfrente, a una o dos manzanas de la entrada del cementerio, había tres pequeñas floristerías. ¿Vendieron rosas blancas, pregunté en cada una de ellas, hará un par de semanas? En las dos primeras me dijeron que no con la cabeza cuando les enseñé una foto de Kaithlin Jordan del archivo del *News*.

—*Tal vez*—me contestó en castellano en la tercera tienda un importador de flores de Colombia. Dejó las afiladas tijeras que había estado usando para cortar los gruesos tallos de un ave del paraíso, se limpió las manos en el delantal y cogió la foto con gesto exagerado, casi teatral. Apretando los labios, la examinó concentrado, mientras nos envolvía un aire húmedo, frío y fragante.

—*Un poco mayor.* —Levantó la vista de la foto, los ojos enormes y tristes—. ¿De cuándo es esta foto?

—Más de diez años —respondí conteniendo la respiración.

—Tal vez sí, tal vez no. —Volvió a mirar la foto, se encogió de hombros de manera afectada y se acarició el lustroso bigote. *La clienta*, en el caso de que fuera ella, llevaba un pañuelo, explicó. No le pudo ver los ojos. No se quitó en ningún momento sus enormes y oscuras gafas. Al principio pensó que se trataba de algún personaje famoso, pero no logró recordar quién era, y además, una celebridad nunca iría sola—. *¿Sí?* Llevaría un guardaespaldas, un séquito detrás. *¿No?*

Estadounidense y bien vestida, había venido en taxi y pagado al contado. El vendedor tenía unas preciosas rosas de un rojo intenso, recién llegadas en barco, frescas, abiertas y exuberantes. Pero la mujer había insistido en que quería las blancas.

—*Una dama muy bonita, pero triste, ¿sabe?* —Gesticuló exageradamente. Una dama bonita, pero triste. Había hablado poco, pero le dio la impresión de que había recorrido un largo camino para presentar sus respetos a un ser querido. Al marcharse, el florista se asomó a la ventana y vio cómo el taxi giraba y cruzaba las grandes verjas de hierro forjado del cementerio. No recordaba de qué marca era el coche pero era un taxi amarillo. Sí, amarillo.

Había algo misterioso en ella, reconoció, que le hizo sospechar que el muerto era un antiguo amante, un ex marido, a lo mejor el marido de otra persona. Seguro que era algún amor, me contó. Me dijo que le hubiera encantado verle los ojos. Son el espejo del alma.

Abandoné su diminuta tienda, llena de aromáticas y románticas fantasías, y telefoneé a Rychek.

—Ciertamente, la madre está muerta —le expliqué—. Estoy en el cementerio. ¡Adivina quién ha estado aquí!

Rychek me contó que Fuller G. Stockton, el abogado de R. J., ya estaba de camino hacia la cárcel estatal de Florida para informar a Jordan del asunto. Sorprendido por la noticia de que su cliente, en realidad, era inocente, había recobrado rápidamente el equilibrio para convocar una rueda de prensa a las 18 horas. Para entonces ya habría vuelto de la cárcel, situada en Starke, un pequeño pueblo rodeado de pinares al norte de Florida. Ya se estaban dando los pasos necesarios para la liberación inmediata de R. J. El ritmo con que se estaban desarrollando los acontecimientos jugaba a mi favor. Los reporteros de televisión apenas tendrían tiempo de informarse y ponerse en antecedentes. Puede que dieran a conocer la noticia de última hora, pero nosotros éramos los únicos que teníamos la historia entera.

Conduciendo en dirección norte, llamé al departamento de noticias locales y a Lottie para avisarles de la rueda de prensa y para pedirle a Lottie que fuera a hacer fotos a las flores de la tumba. Al cabo de veinte minutos di con la dirección que buscaba.

El perfil de Miami cambia constantemente, al igual que los nombres de las calles, bancos y empresas. No es de extrañar que los ciudadanos se sientan confusos y desorientados ante esquinas de calles desconocidas, dado que sus pretendidos destinos, tiendas, locales o restaurantes, se han desvanecido como las personas desparecidas, sin dejar huella.

Se me disparó la adrenalina porque todo me sonreía. Menuda sorpresa. Los Apartamentos Southwind, un viejo edificio de tres pisos, seguían en pie.

Entre los nombres de la oxidada hilera de buzones del desmoronado vestíbulo encontré el de LEWIS.

Llamé al apartamento por el interfono.

—¿Quién llama? —respondió una mujer con voz áspera.

—¿Señora Lewis? ¿Myrna Lewis?

—¿Quién es? —Se oyó otra voz de fondo que no paraba de hablar y que me resultaba extrañamente familiar.

—Britt Montero, del *Miami News*. Soy periodista. Tengo entendido que Reva Warren era amiga suya.

—Ya hace algunos años que murió.

—Lo sé. Necesito hablar con usted sobre su hija.

—Kaithlin también está muerta.

—No era mi intención molestarla. Se trata de algo importante. No le robaré mucho tiempo.

—Está bien —concedió a regañadientes—, pero sólo un par de minutos.

A sus sesenta y largos años, o incluso más, tenía la cara ajada y con profundas arrugas. De aspecto serio y con andares majestuosos, a pesar de su deformada bata de estar por casa y su cojera artrítica, me condujo a su pequeña y escrupulosamente limpia cocina. Unas cortinas planchadas a la perfección, casi decoloradas, enmarcaban la única ventana que había, que tenía vistas a un parking. La otra voz que había oído seguía hablando desde una radio de la encimera de la cocina; la presentadora de un programa de consultas daba consejos sobre la menopausia a las personas que llamaban.

—Ya sé por qué ha venido —anunció Myrna Lewis, y me señaló una silla junto a la mesa de madera. Sobre la mesa, llena de rasguños, había una taza vacía. En un platito, junto a los fogones, yacía una bol-

sita de té usada. Apagó la radio en el momento en que la locutora re-
prendía a un radioyente: «Sin anillo ni fecha, no hay compromiso».

—¿Ah, sí?

Asintió solemnemente con la cabeza:

—Porque van a ejecutar al hombre que asesinó a la hija de Reva.
—Encendió una cerilla para prender el quemador de debajo de la tetera—. ¿Le apetece un té?

Ya había tomado demasiado café, le dije.

—¡Ojalá Reva aún viviera para verlo! —exclamó con tristeza.
Apagó la cerilla bajo el agua del grifo y la tiró a la basura—. Ella tenía
pensado ir, ya ve. Quería estar allí. Creo que eso es lo que la mantenía
con vida en los últimos años, cuando estaba enferma. Se aferraba a la
idea de ver a ese hombre pagar por lo que hizo. Pero con tantos recursos… —Sacudiendo la cabeza, cojeó hasta la mesa y, lentamente,
se sentó en una silla frente a mí—. El sistema va tan lento que el muy
hijo de puta la ha sobrevivido. Acabó con su resistencia y volvió a ganar. El día que muera no se hará verdadera justicia porque ella no estará para verlo.

—Todavía es más injusto de lo que usted cree. —Abrí mi libreta
de notas.

Sus ojos claros, marchitos, se agrandaron mientras yo se lo explicaba. Su boca se abrió. Sus labios se movieron, pero no emitió sonido alguno.

—No puede ser —susurró al fin—. ¿Dice que no estaba muerta?

—Señora Lewis, ¿cree que existe alguna posibilidad de que la
señora Warren lo supiera? ¿De que ella y su hija hayan estado en contacto durante todos estos años?

—Pero, ¿cómo se le ocurre pensar eso? —Se irguió con dolor
para ir de un lado a otro de su diminuta cocina, murmurando para
sus adentros—: Reva era religiosa, una buena católica. Esa niña era su
vida. Trabajó duro, tenía dos empleos para llevar a su hija a un buen
colegio, apuntarla a clases de baile y darle lo mejor. —De nuevo, se
desplomó en la silla con los hombros caídos, como si mis preguntas
fueran una pesada carga.

—¿Eran ustedes buenas amigas?

Sus afligidos ojos se clavaron en mí.

—Trabajamos a destajo cuando éramos jovencitas, hace ya muchos años, en una fábrica textil en Hialeah. Entraron nuevos dueños, cubanos, que sólo querían contratar a cubanos, así que nos despidieron. Reva encontró otro trabajo, se pasaba el día entero de pie en una panadería. Además, ayudaba a tiempo parcial en Discount Office Supply, una empresa de material de oficina, donde yo trabajaba, en la calle Ciento veintitrés. Por las noches cosía y hacía caligrafía, ya sabe, ese elegante y antiguo arte de escribir a mano. Era una mujer con talento artístico. La gente le pagaba por hacerles las invitaciones, de boda, fiestas y ceremonias de iniciación judías. Hacía anuncios de nacimientos, y hasta felicitaciones navideñas.

El estridente silbido de la tetera nos interrumpió y Myrna se levantó para hacerlo callar. Con las manos temblando, vertió agua hirviendo en la taza con la bolsa usada.

—¿Seguro que no quiere? —me ofreció—. Le daría una bolsita nueva, por supuesto. Las reutilizo porque así tienen menos cafeína y duran más.

Sacudí la cabeza mientras ella revolvía con una cuchara.

—¿Se lo imagina? —prosiguió—. ¡Hay gente que ni siquiera escribe sus propias felicitaciones navideñas! Reva trabajaba toda la noche en la mesa del comedor, haciendo sobres para desconocidos; luego, ya de día, acudía a su empleo. Y, mientras, criaba a una hija, la llevaba a misa y a clases de música y ballet. Ella misma cosía toda la ropa de Kaithlin, hacía cosas preciosas, a mano y bordadas.

—Debió de ser difícil —afirmé, garabateando notas—. ¿Cuándo falleció el marido de Reva?

Desvió la mirada y tardó en responder:

—El muy caradura no murió. Se fue estando Reva embarazada de seis meses. Vio al bebé una vez, quizá dos, después abandonó la ciudad en compañía de su novia de turno. La última vez que Reva supo algo de él, de eso hará veinticinco o treinta años, le dijeron que lo habían visto en Nueva Orleans. Probablemente aún viva. Ese tipo de personas se pegan la gran vida, hacen lo que les viene en gana... En todos estos años no ha dado nunca un duro para la manutención de la niña. Hoy en día esta gente es perseguida, les llaman padres en capilla, y se les hace pagar por sus pecados. Lo vemos constantemente en la tele. En aquellos tiempos a nadie le importaba.

—Pero cuando Kaithlin se casó con R. J. —protesté—, en la prensa se dijo que había sido educada por su madre viuda.

Myrna resopló, riéndose.

—Usted más que nadie debería saber que no se puede uno creer todo lo que dicen los periódicos. La madre de Jordan se inventó esa patraña, decía que «viuda» sonaba mejor que «divorciada». Le preocupaba lo que sus amigas pudieran opinar. Reva, por su hija, así lo afirmaba, pero se juró a sí misma contar la verdad si alguien le preguntaba. Reva no mentía por nadie.

La observé mientras bebía su té flojo, los ojos insondables. ¿Era alguna de estas personas lo que aparentaba ser? ¿Cómo podían no perder de vista la verdad sobre quién estaba realmente muerto o no?

—A la señora Jordan le daba vergüenza que Reva estuviera divorciada —continuó Myrna Lewis—. En fin, nunca se puede decir de esta agua no beberé. —Sonrió, triunfante—. Me pregunto qué opinarán sus amigas acerca de que su hijo esté en el corredor de la muerte.

—Pero él no lo hizo —comenté en voz baja—. Le van a soltar.

—No deberían hacerlo. —Se frotó los hinchados nudillos—. No es justo.

Reva, dijo, había permanecido soltera hasta los cuarenta años. Eric Warren, guapo y simpático, entró en su vida repentinamente. Y tal como entró se fue, tras haber reducido sus modestos ahorros y haberla dejado embarazada. Al nacer su única hija, estando ya Reva en edad avanzada, se encontró completamente sola.

—Espere un segundo. —Myrna anduvo con dificultad hasta la habitación contigua—. Quiero enseñarle algo. —Volvió con una foto enmarcada de una niña rubia graciosamente vestida con un tutú rosa y unas zapatillas de ballet. Su madre estaba detrás de ella rígidamente sentada en una silla con respaldo recto, llevaba el pelo grisáceo recogido en un apretado moño, miraba a su hija, y tenía las manos palma contra palma en silencioso aplauso. Kaithlin debía de tener unos nueve años, por lo que su madre, al menos, tendría unos cincuenta en la foto.

—Mírelas —suplicó Myrna Lewis. Tenía los ojos llorosos—. Ya

no están ninguna de las dos, y la culpa fue de ese hombre. Las matara o no con sus propias manos, él es el responsable.

Observé las marcadas arrugas del rostro de la madre:

—¿Era estricta?

—Tal vez lo fuera, pero no tenía otro remedio. Era una mujer religiosa. Sólo veía lo que estaba bien y lo que estaba mal, sin mucho más en medio. Reva quería que Kaithlin se concentrara en sus estudios, pero no se encontraba bien y Kaithlin insistió en ayudarla. Dijo que no quería ver a su madre trabajando tanto. De modo que Reva la dejó aceptar un trabajo de media jornada en los almacenes Jordan durante las Navidades. La pusieron detrás de un mostrador de cosmética, porque era guapa, me figuro. Pero no necesitaba pinturas ni maquillaje para sobresalir entre la multitud. Todos los que la veían notaban que tenía algo especial. Especialmente Reva.

Le envió rosas blancas a Kaithlin cuando ésta cumplió los dieciséis. Reconoció que era un despilfarro, pero dijo que su hija se lo merecía. En adelante, Kaithlin mandaría rosas blancas a su madre por sus cumpleaños y en cada Día de la Madre.

De modo que era Kaithlin la que había estado en el cementerio.

—Kaithlin cambió mucho desde que cogió ese trabajo y conoció a R. J. Se volvió insolente y desagradecida. A su madre le partió el corazón, pero fue por culpa de él; él era el causante de todo.

—¿R. J.?

Myrna asintió con la cabeza, sus dedos envolvían la taza vacía como si eso le diera calor:

—Ese hombre le doblaba la edad, y tenía mala reputación. Él influyó en ella, le llenó la cabeza de pájaros. Kaithlin empezó a salir por las noches y a llegar a casa a las tantas. Reva no volvió a conocer la tranquilidad. Consiguió más o menos controlarla mientras fue menor de edad. Pero en cuanto cumplió los dieciocho, volvió a las andadas. Aquel hombre sabía cómo manipular a una niña. Reva estaba preocupada, lloraba y rezaba a San Judas. Me suplicó que rezara con ella, pero ni todas las oraciones del mundo pudieron salvar a Kaithlin. Esa criatura era todo lo que tenía.

—Pero seguro —intervine— que Reva debió de sentirse aliviada y feliz por su hija cuando se casaron.

Los ojos de Myrna Lewis parpadearon.

—Su marido era un consentido, un celoso y un egoísta. Reva nunca le perdonó por todo lo que… —Se le apagó la voz—. Se odiaban.

—Pero los dos querían a Kaithlin. ¿Por qué no intentaron llevarse bien?

Myrna agitó la cabeza:

—Hay pecados que sólo Dios puede perdonar.

—Pero San Judas respondió a sus oraciones —reiteré—. Kaithlin siguió viviendo hasta mucho después de que R. J. fuera a parar al corredor de la muerte.

—Fueran o no escuchadas las oraciones de Reva —afirmó la mujer, inclinándose hacia delante para alzar uno de sus artríticos dedos—, se murió sin saberlo. Me hizo prometer que, si se moría antes que yo, Kaithlin sería enterrada como Dios manda. Quería encontrar el cadáver de su hija para que también pudiera ser sepultado decentemente. Reva compró un nicho doble y una preciosa lápida para Kaithlin y para ella. Quería a su niña con ella, como antes de conocerle a él. Escribió cartas a la cárcel, incluso se las hizo escribir al párroco, rogándole a R. J. que revelara dónde estaba su hija. Nunca respondió.

»El día que Reva murió, se dirigía a la iglesia para hablar con el padre O'Neil para que hiciera una misa especial. Lo hacía dos veces al año, por el cumpleaños de Kaithlin y en cada aniversario de su muerte.

»Se dijo que bajó del autobús frente a la iglesia de Saint Patrick y que se desplomó en plena calle. Estando allí tumbada, alguien le robó el bolso. Al llegar al hospital no pudieron identificarla. Pero el encargado de mantenimiento de este edificio había pasado por allí en coche; vio cómo se la llevaba la ambulancia y me telefoneó para preguntarme por su estado de salud. Yo llamé una y otra vez al hospital, pero seguían negándome que estuviera allí. Finalmente, me pusieron en contacto con una asistente social que me dijo que tenían un cuerpo sin identificar.

»Tuve que ir hasta allí para identificarla. —Miró por la ventana, los ojos anegados en lágrimas.

—¿Vio usted el cadáver?

Asintió. Una lágrima descendía por su arrugada mejilla.

—¿Está segura de que era ella?

—¿Qué clase de pregunta es ésa? —me espetó frunciendo el ceño, confundida—. ¡Pues claro que sí! Cómo se le ocurre…

—Le pido disculpas —dije—. ¿Todavía trabaja en Discount Office Supply?

Sacudió la cabeza bruscamente y pestañeó:

—Eso también se ha esfumado. Las dos grandes cadenas comerciales, Office Depot y Office Max, las han trasladado a otro sitio. Mi jefe se fue del negocio. Hizo las maletas y se mudó al norte, donde según tengo entendido abrió una tienda de alimentación. Sólo Dios sabe que no ceso en el empeño de encontrar algo. La Seguridad Social no hace milagros. La mayoría de la gente no quiere contratar a una mujer de mi edad.

Me dejó llevarme la foto, siempre y cuando firmara en un papel mi promesa de devolvérsela.

—R. J. no debería salir de allí —afirmó, mientras con la vista me seguía hasta la puerta—. Mire lo que ha hecho. Reva y yo hicimos un pacto hace años. Las dos estábamos solas y nos prometimos estar la una para la otra si pasaba cualquier cosa. Yo cumplí mi parte del trato. Y ahora, ¿qué haré yo si me ocurre algo?

Pasé por casa para ducharme y cambiarme. Al abrir la puerta, *Bitsy* me saltó encima y por poco no vi la tarjeta. Tenía el escudo de la ciudad de Miami con el nombre de McDonald impreso. En la cara en blanco tenía unas palabras garabateadas: «¿Quién? ¿Por qué?»

Arqueé las cejas, desconcertada, mientras pulsaba el botón de PLAY de mi contestador automático.

—¿Qué pasa, Britt? ¿Buscabas camorra porque tenías otra cita después o qué? ¿Quién demonios era ese tío?

Distraída por los amores y las vidas del clan Jordan, me detuve para considerar la pregunta.

Luego me di cuenta de lo que debía de haber pasado.

Anoche, tras pasarse un buen rato dando vueltas en coche con los nervios de punta, McDonald debió de pensárselo mejor y volvió justo a tiempo de ver a Rychek, llegando o yéndose. Hice una mueca de dolor, visualizándome con la silueta recortada sobre la puerta abierta, arreglándole a Rychek el cuello de la camisa y dándole consejos acerca de su vestimenta a las dos de la mañana y enfundada en mi bata.

—¡Oh, por el amor de Dios! —musité mientras *Bitsy* sonreía, brincaba y movía la cola.

¿Tenía en este momento el tiempo, la energía y la paciencia para explicarle todo a McDonald?

Cumpliendo con mi obligación, aunque sin estar completamente convencida, marqué su número utilizando la memoria de mi teléfono.

—¡Soy yo! —grité alegre.

—Hola —sonaba tranquilo pero distante.

—Acabo de llegar a casa y he oído tu mensaje.

—¡Oh!

La inflexión de esa mera sílaba me crispó los nervios mientras pensaba en el poco tiempo que tenía para hacer todo lo que aún me quedaba por hacer.

—Si viniste ayer noche —dije—, tendrías que haber llamado a la puerta.

—Vi un coche de policía camuflado.

—Era Rychek, ¿te acuerdas de él? Te lo presenté en una ocasión.

—No sabía que erais tan amigos.

—Está a punto de jubilarse. —Resistí el impulso de nombrar a K. C. Riley—. Es un buen tipo, una fuente. Tenía información sobre un caso.

—¿Por eso reparte noticias a domicilio por la noche?

—¡Por Dios, McDonald! ¿Nunca has tenido un informante, un canal de información femenino?

—Claro, muchas veces. Pero nunca les he servido copas en mi casa de madrugada.

¿Copas?

—¿De modo que estabas escondido entre los arbustos? ¿Merodeando y espiando por la ventana? ¿Asustando a mi casera? Tiene ochenta y dos años, y su marido ochenta y ocho. Podía haberles dado un infarto. —En realidad, Helen Goldstein le habría atizado con su escoba—. He tenido mucha suerte de que Rychek contara conmigo. La historia en la que estoy trabajando es el gran secreto que no quisiste revelarme anoche. ¿R. J. Jordan, verdad?

—Es un caso que pertenece a otro departamento. Yo no era el más indicado para contar nada.

—¿Por qué no? Mañana lo sabrá todo el mundo. Podría haberlo publicado en el periódico de hoy.

—Sólo traté de ser profesional.

—¿Te parece profesional ocultarte entre los arbustos? —Toma ya, pensé, lo tengo contra las cuerdas.

—Deja de decir eso —respondió con voz tranquila—. No me había escondido. Tú eres la que deberías cerrar las cortinas.

—¿Por qué? No tengo nada que esconder. Si hubieras entrado, te habrías dado cuenta de que no estaba ocurriendo nada.

—Ya lo intenté en su día.

Mierda. Un golpe bajo, pensé, ruborizada. Estaba sacando los trapos sucios. Después del huracán, aquel tan impresionante, cuando los teléfonos estaban cortados, igual que la luz, el agua y las carreteras, cuando reinaba el caos y la gente estaba dispuesta a matar por una bolsa de hielo o una ducha caliente, McDonald vino a rescatarme, y me encontró con otra persona. Todavía me atormenta el modo en que me miró aquella noche.

—Hace mucho tiempo de aquello —comenté en voz baja—. Creía que ya era agua pasada. Lo siento.

—Yo también lo siento. —Parecía cansado.

Me desmoroné. Me sentí agotada y deseé estar con él, relajarme en sus brazos. Luché contra ese sentimiento.

—Debo irme. —Procuré sonar animosa, para elevar mi nivel de energía—. Tengo un cierre dentro de poco. Luego hablamos.

Después de colgar, un horrible pensamiento tomó forma en mi cabeza lentamente, materializándose como algo espantoso en una película de terror. Sólo faltaba una música escalofriante en algún tono menor. Esas palabras, ese tono, ya lo había oído con anterioridad. Así hablaba mi madre. ¿Me estaba volviendo como ella?

Entré en el cuarto de baño, me desnudé y me miré en el espejo.

No. Me niego, me dije. Es por el caso, por el cierre, mi cerebro estaba cargado como un ordenador a punto de reventar.

Cuando termine esta historia, prometí, me dedicaré a él. Haré que se olvide de K. C. Riley. Le conquistaré amorosamente con una suculenta comida, alguno de los exóticos brebajes cubanos de mi tía Odalys, una cremosa sopa de frijoles, o una sopa de llantenes espesada con almendras picadas, y un pargo recubierto de *malanga* con olivas y pimientos. Le daré un masaje en la espalda, le meteré en la ducha, le lavaré el pelo con mi champú aromático y le colmaré de besos. Sí, pensé, entrando en la ducha. Cerré los ojos y sentí que no estaba sola en ese cubículo caliente y lleno de vapor. La presencia que estaba conmigo no era la de McDonald, era la de Kaithlin.

¿Cómo era posible que reapareciera una mujer muerta hacía diez años, sólo para volver a morirse? ¿Había sido secuestrada? ¿Había permanecido en estado comatoso? ¿Había tenido amnesia? ¿Qué provocó su regreso en vísperas de la ejecución de su marido? ¿Vino atraída por la ejecución? ¿O vino para llorar la muerte de su madre? Y si el forense estaba en lo cierto, ¿dónde estaba el hijo de Kaithlin? ¿Y quién era el padre de esa criatura? Si su primer «asesinato» no era lo que aparentaba ser, ¿qué pasaría con el segundo? ¿Quién la había matado y por qué?

El suave olor a fresco se extendía por mi cuerpo desnudo, mientras yo elaboraba mentalmente una lista de posibilidades y escuchaba las preguntas que me llegaban en forma de susurro bajo el chorro de agua.

5

Animada por un café caliente y cargado, por mi pintalabios más llamativo y mi blusa azul predilecta, puse al corriente a Fred Douglas, el editor, por teléfono mientras me dirigía en coche a Collins Avenue. No necesitaba ayuda, le dije. Tenía todo bajo control y seguía haciendo el reportaje.

A diferencia de la modesta vivienda de Myrna Lewis, esta vez mi lujoso destino estaba en primera línea de mar, con un parking vigilado por cámaras, una inmensa piscina con vestuarios, y un restaurante de cuatro tenedores. Utilicé el teléfono blanco y dorado del vestíbulo de mármol del edificio, que estaba bajo una reluciente araña de cristal.

—Estoy aquí abajo —anuncié, presentándome.

Sin dudarlo un instante, me invitó a subir.

Un ascensor me condujo a toda prisa a un amplio pasillo del piso dieciséis, con alfombra en el suelo, recargadas molduras y elegantes ribetes dorados.

Al llamar, la puerta de la habitación 1612 emitió un zumbido, se oyó el giro de la llave y se abrió de par en par, pero la estancia parecía vacía. Esperé de pie.

—¿Hola? —Mi voz resonaba en el silencioso apartamento—. ¿Hay alguien?

Ni la radio ni la tele estaban encendidas. Ni una alfombra, pocos muebles. Un montón de espacio libre. Las distintas tonalidades azules de las paredes y de las estrechas cortinas, toda la gama del azul marino y del verde botella, se reflejaban en el caro embaldosado del suelo. Daba la sensación de estar sumergido en el mar en vez de estar tocando el cielo en un altísimo edificio. Más allá de estas enormes ventanas parecería más normal ver bancos de peces que pelícanos y gaviotas planeando. Un tabique ocultaba una elaborada zona de ocio. Otro, lleno de espejos del suelo al techo, reflejaba un cielo azul y agua.

—¿Hola? —volví a gritar—. ¿Señor Marsh?

—Estoy aquí. —La voz, informatizada, procedía de un altavoz que había sobre mi cabeza—. A su derecha.

Mis talones taconearon nerviosamente sobre las baldosas del suelo.

Una cerradura se abrió cuando me acerqué a otra puerta.

—¿Hola? —Dudé un instante, luego la abrí.

Me quedé boquiabierta, al encontrarme de pronto cara a cara conmigo misma, estupefacta ante mi propia imagen, en tamaño real y a todo color, en un inmenso monitor de televisión. Ni siquiera había reparado en las cámaras ocultas. Una luz azulada inundaba la habitación, lo que la hacía parecer aún más aséptica que las demás; en el aire flotaba un ligero olor a esterilizado. Había un hombre sentado frente a la pantalla, de espaldas a mí. Tocó el mando de control, y su silla de ruedas motorizada dio un giro de ciento ochenta grados.

Su cuerpo parecía encogido y arrugado, pero le brillaban los ojos, oscuros e inteligentes, y su pelo grisáceo curiosamente sano en contraste con el resto de su persona.

—Soy Zachary Marsh. —Me saludó con la cabeza enérgicamente, de manera casi militar—. De modo que es usted Britt Montero. He leído sus artículos. —Me miró aprobatoriamente—. Es más joven y guapa que en la foto.

Ese hombre no había visto una foto mía, decidí, nada impresionada. Me había confundido con los columnistas cuyas fotos carné aparecen junto a sus trabajos. Pero no le corregí. Estaba más interesada en sus juguetes.

Frente a las ventanas con vistas al mar, había dos potentes telescopios sobre un par de trípodes bajos, ajustados para adaptarse a un espectador sentado. Cuidadosamente dispuesto encima de una mesa adyacente con una cubierta de cristal inmaculado había un calendario de las fases lunares, una radio para conectar con las transmisiones de ANOA, una antena policial, un teléfono inalámbrico, dos cámaras de fotos, un montón de potentes prismáticos, y un aparato teledirigido que parecía lo bastante sofisticado como para accionar cada elemento del equipo electrónico del apartamento.

—¿Son para ver de noche? —Señalé unos enormes prismáticos de color negro.

—Correcto. ¡Pero no los toque! —advirtió—. Sólo yo manejo mi equipo de instrumentos.

—Lo siento. —Di un paso hacia atrás—. Es que estoy impresionada.

La Guardia Nacional usó las gafas de visión nocturna, creadas en su inicio para los comandos israelíes, cuando gran parte del sur de Florida estuvo sumergida en la penumbra más absoluta tras el tremendo huracán. Actualmente los narcos y la policía secreta los empleaban para vigilar.

—¿Cómo empezó… todo esto? —inquirí, aún perpleja ante su arsenal de aparatos.

—Siempre me ha gustado contemplar el cielo —respondió Marsh—, pero nunca tenía tiempo. Estaba demasiado ocupado dirigiendo la mayor delegación de Rolls-Royce que hay al noreste del país. Entonces mi salud se deterioró, me obligó a ir en esta silla, y bajé al sur porque el clima es más cálido. Me compré el primer telescopio de verdad al trasladarme aquí. Durante meses estudié el cielo. Y luego, un día, por casualidad, fijé la vista un poco más abajo.

Sus labios dibujaron una media sonrisa, sus ojos se clavaron en las ventanas, y el tono de su voz descendió hasta convertirse casi en un susurro.

—No se puede imaginar lo que ocurre allí fuera por las noches. —Ladeó la cabeza en dirección al mar, inundado por la dorada luz del sol y centelleando inocentemente—. Cualquier cosa, desde las tortugas marinas que salen a la superficie para poner sus huevos, pasando por las ballenas varadas en la playa, hasta los barcos ilegales que vierten basura. He visto de todo: balsas que llegan, barcos, contrabandistas en acción, pero eso no es nada comparado con los siniestros rituales religiosos y los hábitos de apareamiento de la especie humana.

Sus manos, la izquierda levemente agarrotada, se volvieron hacia arriba mostrando las palmas.

—Para alguien que esté en mi situación, lo terrenal es mucho más intrigante que cualquier cosa que esté fuera de nuestro alcance. Es, con mucho, mejor que lo que sea que den en televisión.

—Fue usted quien dio la voz de alarma —me apresuré a decir— hace un par de semanas. —Me aproximé a la ventana para ver la franja de arena donde Kaithlin yació tras ser arrastrada por el agua.

—En efecto —contestó Marsh, con gesto despreocupado—. Pero eso no fue nada. ¿Se acuerda de aquellos pasajeros de un barco haitiano cuyos cadáveres empezaron a aparecer en la playa el año pasado?

Asentí con la cabeza.

—Fui yo. —Apoyó el huesudo pulgar en su hundido pecho—. Fui el primero en localizarlos y avisar a los guardacostas y a la policía. ¿Y de ese avión con un alijo de droga que se estrelló en el mar el pasado octubre? Me llamaron otra vez y me mantuvieron en la línea hasta que los helicópteros sobrevolaron el lugar del accidente.

De nuevo asentí, cada vez más impresionada.

—¿Recuerda aquella ocasión en que su propio periódico informó de que «los guardacostas habían localizado» un velero de cuatro metros atestado de refugiados cubanos que intentaron defenderse a golpe de machete? ¡Eso —enfatizó, alzando la voz—, no era cierto! No fueron los guardacostas quienes los encontraron. Fui yo, yo. ¿Y cuando durante aquella convención de música aparecieron en la playa un montón de paquetes con cocaína y la gente empezó a cogerlos? ¿A que no sabe quién los detectó primero?

—Ya me acuerdo, fueron siete kilos de cocaína.

—Doce. —Se irguió un poco en la silla—. Doce kilos. Yo vi a la persona que «rescató» los otros cinco. —Dirigió los ojos hacia una cámara con teleobjetivo que había en la mesa—. Incluso los pillé en acción.

—¡Guau! —Aunque no me había invitado a sentarme, supuse que había sido por descuido y me dejé caer en una moderna silla tallada que había frente a él—. ¿Qué dijo la poli al ver las fotos?

—No las vio. —Se encogió de hombros—. Sin preguntas, no hay respuestas. No me preguntaron, y yo no conté nada.

—Pero…

—Le diré algo —dijo en tono acusador—, usted es la única persona que ha venido a verme, que valora lo que hago.

—Pero estoy convencida de…

—Estoy convencido —me espetó Marsh— de que se atribuyen el mérito para justificar su existencia, para hacer ver que se ganan su sueldo. He visto lo que hacen allí abajo por las noches, estando de servicio, en sus coches oficiales, aparcados junto a la playa, en los extremos de las calles, a oscuras. Nadie me ha llamado nunca para darme las gracias, aunque gracias a mí estén bien considerados.

—Tal vez piensen que prefiere mantenerse en el anonimato, protegiendo su intimidad.

—Exacto —afirmó sarcásticamente—. Los incompetentes se protegen a sí mismos. Si reconocieran mi labor, la gente y sus propios superiores empezarían muy pronto a preguntarse cómo es posible que yo vea tantas cosas mientras los corpulentos hombres y mujeres a los que se les paga por proteger nuestras fronteras y a nuestra población civil ven tan poco.

—Seguro que al detective Rychek le encantaría…

—¡Oh, ése! —Despreció su nombre con un gesto de rechazo—. Me llamó el otro día, quería venir a verme. Le dije que estaba demasiado ocupado.

—¿Por qué?

—¿Acaso me ha llamado alguna vez para darme las gracias? Siempre está ocupado. En fin, si ahora quiere mi ayuda para algo, soy yo quien está ocupado. —Su cara era de pocos amigos.

—Aquella mujer fue asesinada. —Me incliné hacia delante intencionadamente—. ¿No ha leído el artículo? Alguien acabó con su vida.

Parecía aburrido.

—Eso ya lo sabía, lo supe mucho antes que nadie. Usted estuvo allí, en la playa, aquel día. La vi. Cuando al día siguiente leí el artículo en el *News*, supe que era usted.

Su mirada me produjo un repentino escalofrío.

—Permítame un momento. —Accionó una palanca del panel de control de su silla, desplazándose por la habitación hasta un pequeño archivador de dos cajones. En su interior había docenas de carpetas, minuciosamente etiquetadas y agrupadas por colores—. Ya la tengo —declaró alegremente. Extrajo una carpeta, ojeó un fajo de fotos de 20×25, luego volvió hacia donde yo estaba sentada, deteniendo la silla tan cerca de mí que sus rodillas casi me rozaban. Quise echar mi silla hacia atrás, pero me lo impedía la mesa que había a mis espaldas. Marsh seleccionó una foto, la examinó durante un rato, y después me la enseñó, mirándome a los ojos.

Al principio, no reconocí a la mujer de la fotografía. El pelo y la falda agitados por el viento. Unas gafas de sol, un bloc de notas en una mano, un bolígrafo en la otra, mi boca abierta, hablando con alguien, probablemente con Rychek, que no salía en la imagen.

Mis piernas no estaban nada mal, pensé en un momento de vanidad. Me dio otra foto y reaccioné como si me hubieran dado una bofetada. Su objetivo de largo alcance, para ver con un solo ojo, había logrado acercarse a los pechos desnudos de Kaithlin, mojados y brillantes bajo el sol. Era un primer plano tan intenso, un enfoque tan nítido, que los diminutos granos de arena que tenía pegados en la piel se veían perfectamente. Los pequeños pies descalzos que aparecían delante de todo debían ser de aquel chico, Raymond. Junto a él, sobre la arena, olvidado, su cubo.

—Nunca se sabe qué tesoros nos entregarán el mar y la madre naturaleza —comentó Marsh con decisión. Sus labios dibujaron una inquietante sonrisa—. Es bastante atractiva, ¿no cree? Paso bastantes horas en el cuarto de revelado. —Al estirar el brazo para coger las fotos me rozó la rodilla con la mano, deliberadamente, pensé convencida. Es minusválido, me recordé, reprimiendo mi indignación.

—¿Fotografió al asesino?

—Por desgracia, no. —La sonrisa se le esfumó de la boca—. Craso error. —Gesticuló un mea culpa—. Al amanecer había estado haciendo fotos al único grupo de nubes que había en el cielo. Un cúmulus vertical. Un inmenso géiser rojo, naranja y morado, de forma increíblemente similar a una seta. Se parecía a Armagedón, el maldito fin del mundo. Gasté el carrete entero. La cámara se quedó a cero. No sólo habría tenido que ir hasta el armario del pasillo a coger uno nuevo —profirió un leve sonido de irritación— para recargarla, sino

que habría tenido que abrir ese infernal envoltorio de celofán, la caji-
ta de cartón, y luego el bote del carrete. Algunos días se me agarrotan
los dedos. Si lo hubiera intentado, se me habría escapado todo lo demás. Ocurrió a la velocidad de la luz. Pero tengo las fotos —me aseguró, dándose golpecitos en la sien con su encogido dedo índice—,
justo aquí.

—¿Qué pasó? —Mi voz sonaba débil, tal vez porque el corazón
me latía con fuerza.

—Fue cruel. Muy cruel. —Sus ojos brillaban con el ardor de un
fanático del boxeo que revive un combate especialmente violento—.
No podía salir de mi asombro. El cabrón le cubrió la boca. La hundió, aunque el agua le opuso cierta resistencia.

—¿Cómo era el tipo?

—Sólo sé que era blanco y de pelo oscuro. Desde aquí arriba, todas las cabezas tienen forma de coco. No vi mucho más. El hombre
estaba de cara al horizonte. Con los prismáticos pude apreciar fugaz-
mente la expresión de la mujer. Primero de sorpresa, luego de horror.
Para entonces él ya la estaba hundiendo con el peso de su propio
cuerpo. No le llevó mucho tiempo. No llegué a ver en qué dirección
se fue tras haber nadado hasta la playa. Fui a mi habitación para verlo mejor, pero tuve que descorrer el cerrojo de la puerta de la terraza.
Cuando salí, ya se había ido.

—¿Por qué no avisó a la policía en ese momento?

—¿Y decirles qué? —me preguntó, echando la cabeza hacia
atrás, indignado—. ¿Que había un cadáver en medio del Atlántico?
Ya no se divisaba a la víctima. —Mi ingenuidad le había disgustado—. No tengo más que mi palabra. Cuando informo de que hay algo
ahí fuera, es porque lo veo desde este preciso ángulo. Puedo ir dando
indicaciones a las autoridades para que lleguen hasta el lugar. Pero
¿qué pasa si no la encuentran? ¿Y si no la hubieran encontrado nunca? A veces ocurre, ya sabe. Si avisas de que viene el lobo y te equi-
vocas, aunque sea una sola vez, cuando viene de verdad nadie te toma
en serio.

—Pero —protesté— se habrían enterado muchas horas antes.
La policía podría haberlo detenido o haber encontrado más testigos,
quizás incluso a alguien que lo conociera.

Marsh me miró fijamente como si la lunática fuese yo.

Yo le devolví la mirada, atónita.

—He dado con la solución —manifestó en tono conciliador—. Una segunda cámara, siempre cargada. Y, además, he encargado una cámara de vídeo. Compacta, ligera, la última que ha salido al mercado, el modelo más sofisticado. La próxima vez lo tendré todo grabado en vídeo. —Hizo una pausa, provocativo—. Veo cosas antes que nadie. En ocasiones son noticiones. Tal vez usted y yo podríamos llegar a un acuerdo... —Volvió a acariciarme la rodilla derecha con los dedos. Esta vez se entretuvieron un poco—. Podría llamarla a usted primero, y pasarle el parte. —Acercó su silla a la mía.

—¿Vive aquí solo? —Mis ojos vagaron esperanzadamente por el apartamento, deseando que apareciera un guarda de seguridad para rescatarme.

—Más o menos. —Me observó los pechos—. No me gusta que mis empleados duerman aquí. Quiero ser independiente mientras pueda. Cada día me envían dos veces a una persona que me ayuda a bañarme y que se asegura de que como. La asistenta viene dos días a la semana. Aparte de eso, estoy solo, haciendo lo que me apetece, gracias. —Pulsó un botón de su mando y, al instante, unos altavoces estéreo que estaban escondidos respondieron radiando por todo el apartamento una absurda música ambiental. Se inclinó hacia delante; tenía los labios húmedos y los ojos fijos justo debajo de mi escote—. Estamos solos —afirmó en voz baja—, si eso es lo quería saber.

—No sabe cómo lo siento, pero tengo que irme. Es la hora del cierre —grité animada, al tiempo que empujaba su silla hacia atrás y me levantaba de un salto.

—Gracias por haber venido —comentó sofocado—. Por cierto, ¿han averiguado ya quién era la víctima? —inquirió con astucia, la mirada audaz.

—Sí —contesté, camino de la puerta—. Estoy redactando el artículo para la edición de mañana.

—Entonces sabrán también dónde se alojaba, ¿no?

—No. Y la policía tampoco lo sabe. ¡Hay tantas cosas que siguen siendo un misterio! —Hice una pausa. Algo en su expresión me llevó a preguntarle—: ¿Y usted, lo sabe?

—No creo que sea importante.

—Lo es —me apresuré a corregirle.

—Sin preguntas no hay respuestas. —Su silla runruneó y la música siguió sonando mientras se dirigía otra vez hacia las ventanas. Cogió los prismáticos, como si yo ya no estuviera allí.

—Le he hecho una pregunta. —Retomé mi asiento, no sin antes colocar la silla de tal forma que no pudiera volver a ser arrinconada—. Si quiere que su nombre salga en el periódico, lo pondré, se lo juro.

Lentamente bajó los prismáticos y se giró, visiblemente encantado de haber captado mi atención de nuevo.

—La vi caminar hasta la playa. Era muy hermosa —explicó—. Sencillamente imponente. Delgada, pero femenina y con curvas, no como esas modelos flacuchas que parecen chicos en la edad del pavo.

—¿Cómo sabe dónde se alojaba?

—Muy fácil. Estaba en el Hotel Amsterdam. —Reveló el nombre con toda naturalidad—. Llevaba una de sus toallas de playa colgada del brazo. Conozco el logo, una gran letra dentro de un recuadro. También llevaba una de esas bolsas de playa azules y blancas a juego que el hotel da a sus clientes. Un signo de prestigio. Constantemente se ven turistas con esas bolsas.

»Puso la toalla sobre la arena y se sentó a contemplar el horizonte, esa misma formación de nubes que yo fotografié. Había en ella algo… Me pregunté si, como yo, pensó que aquello parecía el fin del mundo. Luego, de repente, se levantó, corrió hasta el mar y se zambulló en el agua. No era una de esas personas que se adentra en el mar de puntillas esquivando las olas. No vaciló un instante. El mar que la rodeaba estaba plateado, con franjas rosas.

—¿Vio llegar al hombre?

—No. Yo la estaba mirando a ella. Nos sorprendió a ambos. Ninguno de los dos lo vio hasta que ya era demasiado tarde.

—¿Hay algo más que deba preguntarle para que me responda?

—Es todo por el momento —contestó Marsh, pensativo—. La próxima vez me prodigaré más.

Me siguió con la silla. Llegué antes que él a la puerta de entrada, pero no se abría. Me volví y fruncí el ceño:

—¿Por qué no…?

Sonriendo, apretó un botón de su mando. Las cerraduras se abrieron emitiendo un chischás metálico.

En el pasillo, después de que la puerta se cerrara a mis espaldas, me estremecí. ¿Por qué este tipo de edificios son siempre tan fríos?, me pregunté. Fue un alivio volver a respirar el aire tibio y sentir los rayos del gentil sol de febrero.

6

Fuller G. Stockton miró con detenimiento desde su despacho a través de una rendija de la maciza puerta de caoba, su cara era de un rojo intenso. Reprimió su brutal indignación por la condena de un hombre inocente hasta que las luces estuvieron dispuestas y las cámaras en marcha. El abogado iba impecable con un traje a rayas que le debía de haber costado una fortuna. Su corbata era de seda, y su actitud, agresiva. Satisfecho de que los periodistas que atestaban su espaciosa sala de conferencias, ahora caótica y llena de cables enredados, estuvieran casi listos, volvió a esconderse detrás de la puerta.

Lottie estaba agachada con sus cámaras delante de todo. Yo me puse algo más lejos, era la única manera de no ser aplastada por los enormes equipos de vídeo en el caso de que hubiera una desbandada general de los medios. En cuanto la historia saliera a la luz y cobrara vida por sí misma, todo este grupo de gente se convertiría en una multitud. Cuando R. J. abandonara el corredor de la muerte, habría a su alrededor un espectáculo mediático.

Rychek apareció poco antes de que empezara la rueda de prensa, acompañado por un desconocido. En forma, delgado y guapo, el recién llegado tenía una seria mirada gris y el pelo rubio y corto. Se apretujaron en un hueco junto a mí, frente a la pared del fondo.

—Tengo que hablar contigo —le susurré a Rychek, mirando con cara de interrogante a su acompañante.

Él asintió, luego señaló a su compañero con la cabeza:

—Dennis Fitzgerald, investigador de la oficina del fiscal del condado de Volusia.

—¿Qué está haciendo aquí? —le murmuré a Fitzgerald.

—Yo también estoy encantado de conocerla. —Su fría sonrisa era una pizca burlona.

—Lo siento. —Dirigí la mirada hacia el montón de periodistas.

—Nuestra oficina —me susurró suavemente al oído— procesó a Jordan. Me han hecho venir para averiguar en qué nos equivocamos.

—Si esto se convierte en un circo —le comenté a Rychek en voz baja—, sugiero que nos veamos después, por aquí cerca. Tendré que volver pronto y ponerme a escribir.

—¿Qué te parece el garaje que hay debajo del *News*? Nos pilla de camino hacia Miami Beach —propuso.

—Tengo información interesante —le prometí, esperando despertar su curiosidad, por si acaso le distraían los reporteros televisivos.

Dennis Fitzgerald arqueó sus rubias cejas y sonrió. Bonitos dientes. Además, olía bien.

Los periodistas se lanzaron sobre Stockton como fieras mientras caminaba hasta el racimo de micrófonos. Le acompañaban un portavoz de la archidiócesis católica, antiguos oponentes a la pena de muerte, así como Eunice Jordan, que debía de haber entrado por una puerta trasera.

Stockton habló con dramatismo de «este fatídico error judicial», citando la prueba irrefutable de la inocencia de su cliente, de la que afirmaba no haber dudado nunca. No mentía.

—El poder policial es inmenso —soltó, casi vociferando—, y esto no deja de ser otro ejemplo de sus abusos. Un caso insólito de un hombre inocente coaccionado hasta acabar en el corredor de la muerte. Este estado se está volviendo fascista. —Meneó el dedo índice en señal de advertencia.

Eunice Jordan asentía con la cabeza y apretaba un pañuelo adornado con encajes. Alta y estupenda vestida de negro, con un mechón plateado en su pelo oscuro, tenía el aspecto de quien acaba de salir de un salón de belleza. El hombre de la archidiócesis se removió en su asiento durante el ataque del abogado a la policía y se animó cuando Stockton explicó que R. J. sería el inocente número ochenta y cuatro en ser liberado del corredor de la muerte desde que Florida restaurara la pena de muerte en 1976.

—Durante ese mismo período —prosiguió el abogado, apretando el puño con fuerza— el estado de Illinois ha ejecutado a doce reclusos y puesto en libertad a otros doce inocentes. ¡Lo que significa que Illinois tiene el cincuenta por ciento de probabilidades de ejecutar a la persona equivocada!

Hizo un alto para impresionar a la audiencia, y a continuación dijo que su cliente «estaba encantado y aliviado» con la noticia. «Lo que le ha llamado la atención es que se haya tardado tanto. R. J. siempre se declaró inocente.»

—¿Está enfadado su cliente? —preguntó un periodista.

—¿Cómo se sentiría usted si perdiese diez años de su vida y hubiera visto la muerte de cerca? Pero R. J.... está deseando irse a casa, ver a su madre —posó con suavidad la mano, cuidada a base de manicuras, sobre el delgado hombro de Eunice— y llorar como se debe al padre que perdió en el transcurso de su injusto encarcelamiento.

Eunice se frotó los ojos con delicadeza, procurando no estropearse el maquillaje.

—¿Qué es lo primero que quiere hacer Jordan en cuanto salga?

—Podrá preguntárselo directamente a él el lunes —respondió Stockton, comprobando qué hora era—. Esperamos que a la hora de comer ya esté fuera. —El abogado tenía planeado volar a Daytona para una audiencia de emergencia, aseguró. Rychek también iría, para presentar la prueba forense, la prueba de que la reciente víctima de asesinato había sido identificada como Kaithlin Ann Jordan.

—¿Cuál fue la reacción de Jordan al enterarse de que su mujer había sido asesinada?

—Naturalmente, está destrozado —contestó el abogado sin vacilar—. Kaithlin era el amor de su vida.

—¿Y dónde ha estado desde su desaparición? ¿Quién la mató?

Silencio general en la sala.

—¡Aquí está la persona indicada para responder a esta pregunta! —anunció Stockton. Puso el brazo sobre el de Rychek con ademán afectado, mientras el brillante rosáceo de su anillo titilaba bajo las luces de las cámaras—. Está investigando su asesinato. Con suerte, esta vez conseguirán detener al hombre adecuado.

—Si lo hacen, ¿será usted quien le defienda? —preguntó Way-

man Andrews, del Canal 7. El resto de periodistas se rió disimulada-
mente.

—Creo que diez años en el mismo caso es tiempo más que suficiente —respondió Stockton—. Al final se ha demostrado la inocencia de mi cliente, y me atrevería a afirmar que mis colegas estarán de
acuerdo conmigo en que ha llegado el momento de dejar el caso. Ha
sido un proceso largo y arduo para todos los que hemos estado invo-
lucrados en él, especialmente para R. J. y su familia.

Tras lo cual, Eunice hizo una breve intervención.

—Gracias por venir. —Habló con elegancia, como si ésta fuera
su fiesta y nosotros sus invitados. Su alegría estaba atemperada, confesó, por la angustia de lo que habían padecido—. Todo esto mató a
mi marido —comentó en voz baja—, y casi pierdo a mi hijo. Estoy feliz de que vuelva a casa.

Por lo que tenía entendido, R. J. siempre había creado problemas en casa. Ahora estaría ella sola para afrontarlos. A menos, claro
está, que el corredor de la muerte lo hubiera hecho madurar.

—¿Piensa usted que su nuera incriminó a su hijo deliberadamente?

Eunice miró al abogado en busca de ayuda, pero estaba ocupado sonriendo a un fotógrafo.

—No tengo ni idea —contestó lentamente.

—Creo que sé dónde se alojaba Kaithlin —le dije a Rychek cuando nos encontramos en el aparcamiento del *News*.

—¿En serio? —se sorprendió—. ¿No sería en Miami Beach?
¿En el número setecientos de Ocean Drive?

—¿Cómo lo sabes?

—Di con el taxista que podría haberla llevado al cementerio.
Dice que la vio andar hasta la parada de taxis.

—Quedamos en que no te pasaría información —comenté decepcionada— si no registrábamos juntos su habitación.

—Se trata de un homicidio. —Frunció el ceño—. Un homicidio
de mucha envergadura.

—Te prometo que no tocaré nada, ni le diré a nadie que he estado allí —le supliqué, haciendo caso omiso de mi busca, que sonaba insistentemente—. Estamos juntos en esto desde el principio.

Rychek suspiró.

—Si me descubren, lo negaré todo y te detendré por allanamiento de morada. ¿Estás de acuerdo, Fitzgerald?

—La conoces mejor que yo. —El detective de Daytona se encogió de hombros—. Si confías en ella, yo no tengo inconveniente. Este es tu distrito, allá tú.

Me di cuenta de que ese hombre me gustaba.

—Y bien, ¿dónde se hospedaba? —preguntó Rychek.

—En el Amsterdam —respondí—. Uno de los lugares en los que indagué. La recepcionista me mintió.

—A lo mejor no hablaste con la recepcionista adecuada —intervino Fitzgerald.

—¡Ja! —exclamó Rychek—. Siempre mienten. Debe de formar parte del manual del empleado. No es la primera vez que pasa. Pensaba empezar por ese hotel, es el más caro de la zona.

Enseguida les expliqué lo de Marsh.

—Me ha impresionado mucho. Ese hombre me da pena, al menos me la daba hasta que me tocó la rodilla.

—No es culpa suya tener buen gusto —Fitzgerald me guiñó el ojo.

—El muy hijo de puta —refunfuñó Rychek—. Le pregunté por teléfono y me contestó que no tenía nada que decir.

—Hay que saber preguntar —le advertí.

—Unas buenas rodillas ayudan —añadió Fitzgerald.

—No es más que un pobre viejo verde postrado en una silla de ruedas que juega al despiste. —No pude evitar sonreírle a Fitzgerald—. Esperad a ver sus juguetes y lo amargado que está. Quiere que se valore su trabajo, y le molesta que todo el mundo se ponga las medallas que le corresponden a él.

Rychek suspiró al enterarse de que el padre de Kaithlin no había muerto, tal como se creía, sino que había desaparecido.

—¿Qué demonios le ocurre a esta gente? —gruñó—. El único modo de saber si cualquiera de ellos está muerto es cavar sus tumbas con una pala, desenterrarlos e identificarlos.

—O fotografiarlos —añadió Fitzgerald amablemente.

Volvieron a llamarme de la redacción, y les dije a los detectives que más tarde me reuniría con ellos en el Amsterdam.

Entré volando en la sala de redacción mentalizada para el momento del cierre. La subida en ascensor me había disparado la presión sanguínea.

—¿Dónde estabas, Britt? —Fred miró el reloj con las cejas arqueadas—. Necesitamos el artículo.

—Pues haced algo con el maldito ascensor —me quejé—. Vengo hasta aquí a toda pastilla, corro como una desesperada hasta la puerta, y la cosa ésa suena, rechina y tarda una eternidad.

—¿Por qué no subes por las escaleras? —Sonrió—. Es bueno para el corazón.

Acerqué la silla hasta el ordenador. Hay algo emocionante en la inmediatez —la urgencia— del cierre de una edición. Con excitación, bombeas adrenalina y trabajas a contrarreloj, cansada y con miedo a que todo salga mal. La emoción que produce derrotar a los demás es increíble, y crea adicción.

Tubbs revisó mi artículo con Fred. No estaban seguros de poner a Marsh como testigo ocular del asesinato.

—No pasará nada —insistí—. No puede identificar al asesino y quiere un poco de reconocimiento. He ocultado su dirección, y vive en un lugar bastante aislado. Le rodean excelentes medios de seguridad, todo tipo de equipos electrónicos, y no goza de buena salud.

—¿Se puede saber qué hace este hombre? —Fred se frotó la barbilla, pensativo.

—Otea el horizonte desde una silla de ruedas. Eso es todo. Será una fuente fantástica. Cuando tenga tiempo, escribiré sobre él, es un tipo interesante. Podría titularlo: «El héroe anónimo que ayuda al prójimo pese a su hándicap físico».

—Si sus medidas de seguridad son tan fuertes, ¿cómo demonios conseguiste entrar? —Tubbs frunció el ceño, escéptico.

—Porque soy buena, realmente buena —contesté con dulzura.

◆ ◆ ◆

La sala de redacción estaba emocionada con la historia. Janowitz estaba escribiendo para la edición del lunes una recapitulación del juicio, y la junta directiva se había reunido para preparar una dura crítica a la pena de muerte.

Con esta noticia, la polémica estaría servida. Yo, personalmente, estoy a favor de la pena de muerte en ciertos casos. Los perros que tienen la rabia son sacrificados, pero yo he conocido a personas mucho más peligrosas. Aquellos que sostienen que la pena de muerte no sirve como fuerza disuasoria, se olvidan de que disuade definitivamente a quienes sí se les aplica. Ésos ya no vuelven a matar.

—Menudo bombazo —dijo Fred, de pie junto a mi mesa—. Buen trabajo, Britt. Sigue así. Es una historia magnífica. —Me miró con los ojos entornados tras sus gafas de gruesos cristales y se pasó los dedos por su ralo pelo castaño—. ¿Dónde coño se ha escondido esa mujer durante todos estos años?

—Con suerte —afirmé—, lo sabremos a tiempo para la primera edición de mañana.

7

Casi anochecía cuando llegué al Amsterdam, con la esperanza de que los detectives no hubiesen acabado aún su trabajo y se hubiesen marchado. Halos de neón de color azul y rosa chillón rodeaban las magníficas palmeras del exterior. ¿De quién había sido la brillante idea, me pregunté, de adornar con neón algo tan perfecto como una palmera?

Me sentí aliviada al ver el coche de Rychek en la rampa de la entrada. El edificio de cuatro plantas con vistas al mar permite íntimos y lujosos apartamentos privados a los ricos que desean disfrutar de su tiempo de ocio con discreción. Las abolladuras y suciedad del coche de Rychek y la etiqueta amarilla de vehículo oficial me facilitaron la tarea de reconocerlo entre los relucientes turismos de lujo y las limusinas con chófer.

No vi a ninguno de los dos polis en el elegante aunque austero vestíbulo. La mujer que estaba en recepción no era la misma con la que yo había hablado el día de mis indagaciones. Le mostré rápidamente mi carné de identidad, tapando con el pulgar la palabra PRENSA.

—¿Dónde puedo encontrar al detective Rychek? —pregunté con seriedad.

La recepcionista no respondió, pero sus ojos furtivos miraron de soslayo al despacho de al lado. Al aproximarme a éste oí voces. El director, bajo y moreno, se estaba frotando las manos cuando entré. Rychek gritaba por teléfono.

—... exactamente tal como estaba, de lo contrario demandaré a todos los empleados por obstrucción a la justicia y por desmontar la escena de un crimen. Si tengo que cerrar el garito, lo haré. Usted verá. Llame al comisario, al gobernador, llame al Papa si quiere. Me importa un carajo. Hágalo, y entonces seré yo quien llamará a todos los periodistas de la ciudad, incluido Geraldo Rivera, que da la casualidad de que es amigo mío.

Por lo que me dijo Fitzgerald, que me puso al corriente, Rychek estaba hablando con el dueño del hotel, que estaba en Nueva York. El detective exigía que el personal, que había guardado las pertenencias de Kaithlin, las volviera a sacar y las devolviera a su habitación para recrear la escena.

—Y rece para que no falten ni un pasador de pelo ni ningún Tampax —advirtió.

—A esta gente habría que echarla a la puta calle —gruñó Rychek mientras esperábamos en el despacho a que llegara el nuevo turno de empleados. Sólo tras haber enseñado su insignia y haber insistido, nos contó, la dirección reconoció a regañadientes que Kaithlin se había hospedado en el Amsterdam. Se había registrado como Kathleen Morrigan, con domicilio en Epona Drive 7744, Chicago. Nunca hubo comprobación de sus datos.

Después de que su cadáver apareciera flotando a tan sólo unas manzanas de distancia, la dirección había vaciado su habitación y guardado sus cosas, aunque afirmó desconocer la tragedia. En South Beach la imagen lo es todo.

—Seguro que algo sabían —protestó Rychek—. Una clienta baja a la playa. No vuelve. Ni vuelve a dormir en su habitación. Una mujer de descripción idéntica aparece ahogada cerca de ahí. ¿Y nadie suma dos más dos?

Su muerte no implicaba al hotel. No había sido asesinada en su habitación, ni la habían ahogado en la piscina; sin embargo, era perfectamente factible, pensé, que la dirección, preocupada, enviara a alguien a recoger la reveladora toalla y la bolsa de playa. La tan temida frase: «La víctima, hospedada en el Hotel Amsterdam», podría resultar contraproducente.

—Los muy cabrones hicieron lo mismo el año pasado —musitó

Rychek—. ¿Te acuerdas de aquella pareja de recién casados que estrelló su motocicleta contra el autobús eléctrico?

Lo recordaba, pero ignoraba cuál había sido el desenlace de la historia.

Distraídos contemplando a Madonna haciendo footing cerca de Flamingo Park, la joven pareja canadiense se había estrellado con la motocicleta de alquiler contra uno de los nuevos autobuses eléctricos de la ciudad. Él murió al instante. Ella sólo sufrió algunas lesiones sin importancia.

La joven viuda salió de la sala de urgencias del hospital y volvió a su suite del hotel, pero se encontró con la cerradura cambiada. Sus maletas la esperaban en el vestíbulo. En lugar del pésame, la dirección le ofreció un taxi. A los periodistas que llamaron les dijeron que la pareja no se había registrado en su hotel.

La muerte asustaba a su posible clientela.

—Chicago —murmuré—. ¿Qué hacía Kaithlin allí?

—Probablemente no estuvo allí jamás —refunfuñó Rychek—. En el Departamento Policial de Chicago no hay constancia de ninguna Kathleen Morrigan ni de esa dirección. Nada de Epona Drive.

—Eso es lo que yo dije —comentó Fitzgerald contento— en cuanto lo oí. Mi abuela solía contarme historias antiguas. Morrigan era una diosa irlandesa de la guerra.

—Bueno, pues si vino aquí a librar alguna batalla —apuntó Rychek—, la ha perdido de todas todas.

—¿Y su tarjeta de crédito? —pregunté.

Rychek sacudió la cabeza:

—Se registró tres días antes de ser asesinada, pagó cinco días por adelantado, con cheques de viaje emitidos por el Sun Bank que hay aquí en la playa.

El director del hotel, aún frotándose las manos, volvió con una petición.

¿Podían «recrear» el cuarto de Kaithlin en otro piso? Su suite, explicó, la ocupaban actualmente un empresario sueco y una modelo brasileña.

—Sáquelos de ahí. ¡Ahora mismo! —ordenó Rychek—. Quiero que *esa* habitación vuelva a quedar tal como estaba. Y necesito una lista con los nombres y direcciones de cada uno de los clientes que haya pasado por ahí y de cada empleado que haya entrado en el cuarto desde que la ocupante en cuestión desapareció. Necesitamos las huellas dactilares de todos ellos para ir acotando las posibilidades.

El director reaccionó como si Rychek tuviese la intención de detonar en el recibidor un pequeño artefacto explosivo; corrió a hacer una llamada.

—¿Crees que el asesino estuvo alguna vez en la habitación? —le pregunté a Rychek.

—¡Quién sabe! Difícilmente encontraremos algo a estas alturas, pero estoy haciendo todo conforme al reglamento. No quiero que luego venga nadie a decirme lo que podría y debería haber hecho. Lo que está claro es que los idiotas que dirigen esto podrían habernos ahorrado un montón de tiempo y quebraderos de cabeza. Lo único que tenían que hacer era descolgar el teléfono y decir que una de sus clientas había desaparecido.

El director volvió con gesto ceñudo llevando una caja metálica, la caja fuerte de la habitación.

—¿Y la llave? —pidió Rychek.

La única llave existente estaba en manos de los clientes, explicó el director. Si no se devolvía, se añadían 250 dólares a la factura.

—Ábrala —ordenó el detective.

Un encargado de mantenimiento forzó la cerradura, y el detective vertió su contenido sobre la mesa del director.

Dólares, destellos de un objeto de oro y de diamantes, pero ninguno de los objetos valiosos que buscábamos. Ni el pasaporte, ni el carné de conducir, ni un solo documento de identidad.

El dinero metálico rondaba los 10.000 dólares, más 5.000 en cheques de viaje a nombre de Kathleen Morrigan. El oro era un anillo de boda minuciosamente cincelado. Los diamantes tachonaban un Patek Philippe de oro.

Con la cabeza vuelta hacia atrás, mirando desde sus gafas de lectura, con el puro entre los dientes, Rychek examinó a fondo el reloj bajo la luz de la lámpara que había en la mesa.

—¿Está grabado? —preguntó Fitzgerald.

—Sí —refunfuñó el veterano detective en voz baja, y se lo dio a Fitzgerald.

—¿Qué pone? —quise saber.

Fitzgerald me lo pasó a mí.

«Para siempre.» Por alguna razón dudé que fuera un regalo de R. J.

—¿Y el anillo?

El estrecho anillo de oro parecía pequeño y frágil entre sus gruesos dedos. Ella fue la última persona en tocarlo, pensé, imaginándome cómo se lo sacaba.

—A ver si puedes descifrarlo. —Cogí el anillo.

El anillo estaba hecho a medida, con dos corazones entrelazados esculpidos. La inscripción era una promesa. La leí en voz alta: «Amor eterno».

—¿Ya está? ¿No pone nada más? —se quejó Rychek—. Pero ¿es que esta gente no sabe que se pueden grabar iniciales, fechas y números de la Seguridad Social?

—Tendría que haber una ley para estas cosas. —Fitzgerald coincidió con él.

Las cortinas de su suite eran alegres y de flores, el papel de la pared tenía motivos dorados. Su terraza tenía vistas al mar. Las encargadas de la habitación eran hermanas, dos hondureñas bajitas y achaparradas. El mozo que los había atendido era de El Salvador. Ninguno de ellos hablaba inglés.

—¿En qué se parecen estos tres empleados a una pelota? —murmuró Rychek, sin que ellos le oyeran—. En que cuanto más fuerte chutas, menos tardan en ponerse las pilas. —Una broma de mal gusto que parecía divertir mucho a Rychek y a Fitzgerald.

Intenté hacer las veces de traductora, pero nadie parecía entender nada hasta que Rychek empezó a hablar de inmigración, y les pidió sus permisos de residencia y de trabajo.

Los tres empleados se despertaron de golpe. Sonrieron con impaciencia, asintieron con la cabeza, y comenzaron a hablar español entre ellos a toda prisa. Sí. Sí. ¡Por supuesto! De pronto se acordaban de la mujer, de la habitación, de sus pertenencias. ¡Sí! Las volverían a colocar en su sitio exacto, tal como habían estado antes.

Y así dispusieron las hermanas los objetos, dando unos pasos atrás para observar su trabajo, cambiando las cosas de nuevo, discrepando la una de la otra en los aspectos artísticos tan acaloradamente como los decoradores de Hollywood. Introdujeron la lencería de seda doblada en los cajones de la cómoda pintada a mano, pusieron los artículos de aseo y el perfume en el tocador del vestidor adyacente al cuarto de baño. Andando de puntillas, colgaron las prendas de alta costura en los amplios armarios.

Volvieron a dejar un diario, con las páginas en blanco, en la mesita de noche contigua a la cama, además de un bolígrafo y un bloc de notas con el logo del hotel para apuntar recados. Para finalizar, una de ellas colgó con gesto afectado un sujetador de encaje de color crema, con pequeños aljófares bordados, en el pomo de la puerta del cuarto de baño. ¿Están improvisando, deseosas de complacer?, me pregunté. ¿O la anterior ocupante de la habitación lo colgó exactamente así? ¿Dejó realmente la cama deshecha de esta manera?

Sí, juraron ellas. Habían recreado la habitación exactamente como la clienta la había dejado. Un técnico en escenas de crímenes hizo fotos mientras los detectives y yo mirábamos.

Sentí que la arrugada cama, con sus mullidas almohadas y su colcha de flores, me llamaba. De repente tuve ganas de tumbarme a dormir la siesta entre sus sábanas de seda. ¿Desde cuándo no dormía?

—¿Qué te pasa? —me preguntó Rychek—. ¿Estás cansada?

—En absoluto. —Reprimí un bostezo—. Echemos un vistazo.

—La vista es espléndida —comentó Fitzgerald desde la terraza.

El maquillaje de Kaithlin era de Christian Dior, su perfume, de Chanel. Inhalé la fragancia, sintiendo su presencia. La visualicé llevando su ropa, hecha exquisitamente a medida con lujosas telas. Sus jerseys de cachemir, su blusa de seda, su suave chaqueta de ante, podrían ser de mi talla. Pero era imposible saberlo. Porque todo, hasta sus conjuntos de encaje, era parecido. No había ninguna etiqueta. Cualquier pista sobre el diseñador, el dueño de las prendas, la talla o la procedencia había sido cortada metódicamente con tijeras. Las etiquetas de las maletas de piel con sus datos personales y lo que debía de haber sido un monograma habían sido cortados, probablemente con las tijeras de manicura de la encimera de mármol del baño.

El técnico del laboratorio de criminología estaba cogiendo con pinzas pelos de su peine y su conjunto de cepillos, para compararlos con los del cadáver. Fitzgerald se centró en la mesita de noche al tiempo que Rychek inspeccionaba los bolsillos y forros de la ropa de Kaithlin, y yo examiné sus zapatos, del número 38, prácticamente nuevos. Dos pares de zapatillas de deporte, un par de botas de piel y unas sandalias de sport, todas carísimas, aunque de diseñadores conocidos que se encuentran en cualquier zapatería.

—¡Eh! —Fitzgerald inclinó la lámpara de la mesita de noche, enfocando la primera hoja del diario—. ¡Mirad esto!

Lo hicimos. La página estaba en blanco.

—¿Y? —Se extrañó Rychek.

—Da la impresión de que alguien la usó, de que alguien escribió aquí —dijo Fitzgerald—. Se aprecian ligeramente unas muescas de escritura. Es posible que sea una carta. Tal vez al laboratorio le pueda servir de algo.

—Eso sí que me haría feliz —afirmó Rychek—. El original no debe de estar, debió de enviarlo.

El director nos entregó una copia de la factura de Kaithlin. Los gastos del servicio de habitaciones indicaban que había cenado sola en su cuarto salvo una excepción: cena para dos con vino, servida en su dormitorio la noche antes de morir.

—Esto ya me gusta más —musitó Rychek, masticando su puro sin encender. El camarero, de Ecuador, recordó que Kaithlin solía comer en la terraza, pero esa noche preparó la mesa en el salón. Encendió unas velas, abrió el vino. La recordaba bien. Daba excelentes propinas. No, no vio a su invitado, que debía de estar en algún lugar de la suite. Nadie en todo el hotel reconoció haber visto entrar o salir al invitado.

Las hermanas recordaban haber visto colillas en los ceniceros en una sola ocasión. Asimismo, tanto ellas como el camarero del servicio de habitaciones confesaron que había un montón de papeles y carpetas en la mesa. Ninguno seguía entre sus pertenencias. ¿Había destruido Kaithlin los documentos que faltaban, habían sido robados, o los habían tirado los empleados sin querer?

La factura también revelaba que había tomado vodka y zumo de naranja del minibar, pero que no había probado los piscolabis. La segunda noche, había alquilado una película, mi favorita, *Casablanca*, ese eterno clásico sobre la guerra y los amores perdidos. Rodeada por las posesiones de Kaithlin, su perfume, su presencia, sentí que estaba empezando a conocerla.

—Sí, señor, esto ya me gusta más —murmuró Rychek, mientras repasaba su cuenta de teléfono en la mesa de la suite—. Sí, señor. —La extensa factura incluía más de una docena de llamadas internacionales, todas a países del sur. Tras deslizar su grueso dedo índice por la lista de fechas y horas en que las llamadas fueron realizadas, se detuvo—: ¡Oh, oh!

Eché un vistazo a la lista, y luego miré a las hermanas y al mozo, apiñados junto a la puerta. Aparentemente indiferentes, miraban a todas partes menos a nosotros. Mi ojos se encontraron con los de Rychek, que asintió con la cabeza.

—Tenemos que hablar. —Conduje a la pequeña de las hermanas al dormitorio y cerré la puerta—. Dígame, ¿tiene familia en Honduras?

Asintió. Debido a las inundaciones, sus parientes se habían quedado sin hogar, aseguró, con la vista clavada en el suelo.

—Debe de estar muy preocupada por ellos. Es preocupante, es un problema grave —dije—. Estar en contacto es muy importante. Muchos de los que trabajan aquí están preocupados por las familias que han dejado en casa.

Sí, convino conmigo. Reynaldo, el mozo, tenía un primo y un tío heridos por la explosión de una bomba en El Salvador. Los conflictos electorales de Perú estaban afectando a otros empleados, al igual que la crisis financiera de Ecuador.

Me enteré, pese a la negativa de la dirección a reconocer cualquier conocimiento de los hechos, de que poco después de ser encontrado el cadáver, corrió la voz entre todos los empleados de que la encantadora ocupante de la suite se había ahogado. Cuando recogieron y sacaron sus pertenencias, ya se habían efectuado numerosas llamadas desde su habitación.

Todos ellos necesitaban el trabajo, sollozaba la hondureña.

Volví con Rychek:

—Emery, olvídate de las llamadas internacionales. Ha habido un error.

—Está bien —concedió—. Ya me extrañaba a mí que después de morir nuestra víctima pudiera hacer tantas llamadas a Sudamérica.

En una sorprendente transformación, que Fitzgerald calificó de «auténtico milagro divino», las hermanas eran ahora capaces de hablar un inglés relativamente inteligible y desvelaron un detalle curioso. Al ir a ordenar la habitación, habían encontrado tiras de plástico, telas y diminutos trozos de papel en el suelo rodeando la taza del inodoro; eran, al parecer, los detritus dejados por alguien que había estado allí cortando en pedazos y tirando al váter cualquier cosa que evidenciara la existencia de Kaithlin. Los desechos, insistieron las hermanas, absorbidos por una aspiradora, vaciada hacía tiempo, habían sido demasiado minúsculos para poderlos identificar o recomponer. ¿Había el asesino borrado todo rastro de su propia identidad además de la de Kaithlin?

—Lo más probable es que se tratara del carné de identidad, su permiso de conducir, tarjetas de crédito, quizá hasta de un talonario —comentó Rychek malhumorado—. ¿Están seguras de lo que dicen? —gritó a las hermanas, que insistieron amedrentadas, con sus enormes ojos aterrorizados.

Las llamadas locales, supuestamente realizadas por Kaithlin, incluían media docena a un mismo número de teléfono de Miami. Rychek lo marcó en el teléfono que había sobre la mesa escritorio.

—Este es el contestador automático del despacho del abogado Martin Kagan hijo. El horario de oficina es de nueve a cinco. De lunes a viernes. En caso de emergencia, deje su número de teléfono después de la señal y le llamaremos lo antes posible.

—¡Bingo! —exclamó Rychek—. No pienso dejar ningún mensaje. Tengo que ver a este tipo en persona. —Masticó el puro con entusiasmo—. ¿Qué hacía una tía de su categoría con un cacho baboso como ése?

—Creo que su padre acostumbraba a apelar gratuitamente un montón de sentencias de condena al corredor de la muerte —expliqué—. Se especializó en casos de pena de muerte, era muy conocido.

»Pero ese anciano ya hace años que murió y su hijo es un perdedor. No sabía ni que tenía un despacho. Deben de irle mejor las cosas. Pensaba que trabajaba desde una cabina telefónica de la cárcel.

Las pertenencias de Kaithlin fueron metidas en cajas, que se etiquetaron y sacaron de la habitación, esta vez para que las guardara la policía como prueba.

—Pareces agotada, jovencita —dijo Rychek—. ¿Por qué no te vas a casa y duermes un poco?

—¿Y tú? —le pregunté—. ¿Irás a ver a Kagan?

—Esta noche, no. Tengo otros asuntos de qué ocuparme.

—¿Como qué?

—¿Siempre tiene que saberlo todo, eh? —se sorprendió Fitzgerald.

—Siempre. Debe de pasarse las noches en vela. Escúchame bien —me rogó Rychek—, manténte alejada de Kagan. No hables con él hasta que yo le haya localizado. ¿Entendido?

—¿Cuándo será eso? —repliqué a regañadientes.

—Seguramente no antes del lunes por la noche, puede que el martes. Tengo que preparar el jodido papeleo para volar a Daytona y encontrarme con R. J. ¡Qué ironía! Nunca se me hubiese ocurrido que algún día iría hasta allí para sacar a un cabrón del corredor de la muerte.

Fitzgerald me alcanzó cuando salía del vestíbulo.

—¿Adónde vais? —le pregunté.

—Emery vuelve a la comisaría. Yo voy a coger un taxi hasta el hotel.

—¿En qué hotel estás?

—En principio iba a alojarme en algún hotel de la playa. Pero estoy en el Sterling, cerca del despacho del médico forense.

Estaba fuera de mi recorrido, al otro lado de la bahía, pero hacer un favor de vez en cuando no perjudica a nadie. Además, Fitzgerald me gustaba.

—Venga, ya te llevo yo —le ofrecí.

—No, no, tú vives aquí en la playa, ¿no?

—¡No importa! —insistí—. Es un momento. Si el taxista que te toque te toma por un turista, te dará mil vueltas antes de llevarte al hotel.

—Oye —dije al sumergirnos en el tráfico de Collins Avenue—, ¿has trabajado siempre para la oficina del fiscal estatal?

No era el caso. Tras la Guerra del Golfo, había servido como policía militar. Más tarde se incorporó a la oficina del sheriff del condado de Volusia, pasó de patrullar las calles a ser detective, y trabajó en las unidades de robo, narcóticos y abusos infantiles hasta convertirse en miembro de la elite, en detective de homicidios. En el último año había colaborado con la oficina del fiscal.

—¿Y cómo es eso? —pregunté.

Se encogió de hombros, con la vista clavada en los coches que pasaban y en el montón de peatones ligeros de ropa.

—Es una larga historia. Digamos que fue un caso de agotamiento. Necesitaba cambiar de aires.

—Por eso te mandaron a Miami —apunté. Estaba claro que no quería hablar de los motivos por los que había dejado homicidios—. Cuando no pudieron encontrar el cadáver —pregunté—, ¿por qué nadie sospechó que Kaithlin Jordan podía estar viva?

—En ese momento nadie puso en duda que estuviera muerta —explicó—, ni siquiera su madre, y ya sabes cómo son las madres; siempre se resisten a creer lo peor.

—Es verdad —asentí—. Siempre dicen… —Me puse la mano en el pecho y juntos recitamos esa frase tantas veces oída—: Si mi hijo hubiera muerto, lo sabría.

—Exacto —afirmó—. En este caso, no parecía extraño no encontrarla. Había muchas posibilidades. R. J. creció cazando, pescando y danzando por todo el estado. ¿Por dónde empiezas, con cerca de doscientas cincuenta mil hectáreas de bosques en el estado de Florida, todos ellos dentro de las extensiones recorridas por su avioneta? También existía la posibilidad de que la hubiera dejado en un pantano o la hubiera arrojado al mar. De haberla tirado a la Corriente del Golfo, habría sido imposible encontrarla. ¿Podrías hacerme un favor? —me pidió—. Para un momento en esa tienda de ahí delante, quiero comprar tabaco y el periódico.

Al aminorar la marcha, reconocí el lugar.

—No compres aún el periódico —le dije—. Espérate a la última edición, sale mi artículo.

—Entonces me conformaré con unas revistas, pero sigo necesitando el tabaco.

A regañadientes, aparqué delante del supermercado.

—¿Vienes?

—Te espero aquí —respondí.

Veía a Fitzgerald a través de la luna de la tienda. El local, abierto recientemente por unos propietarios nuevos, daba la impresión de estar limpio y bien organizado. Inquieta, observé a otros clientes entrar y salir y me incliné hacia delante para desbloquear la guantera. Guardo mi pistola dentro.

Volvió con bastantes revistas, un libro de crucigramas, tabaco, chicles, un bote de aspirinas, y lo que parecía una botella de whisky en una bolsa de papel. Abrí la puerta del coche.

Vio la llave colgando de la guantera.

—¿Te pone nerviosa este barrio? —me preguntó.

—No, vengo mucho por aquí —respondí sin darle importancia.

Su mirada era cómplice y extraña.

—Ya he estado aquí —reconocí. Asentí mirando al frente—. Mis padres solían venir a comprar. Hace más o menos un año, justo antes de Navidad, una banda de adolescentes irrumpió en la tienda, una pandilla de indeseables. Habían realizado otros robos. Casi cada uno de ellos había matado a un guardia de seguridad o al dueño y se habían quedado con su pistola. Iban bien armados. Se subieron a los mostradores, riéndose, gritando y disparando; se lo pasaron tan bien que olvidaron llevarse el dinero.

»Mataron al dueño, hirieron a su mujer y a un cliente, y luego dispararon al carnicero en la espalda. Le vi muerto en el suelo, detrás del mostrador, sobre el serrín manchado de sangre. Todavía llevaba el delantal blanco. Tenía once hijos.

—Sí. Hay cosas que uno nunca olvida. —Fitzgerald profirió un hondo suspiro—. ¿Los pillaron?

—Desde luego. —Yo también suspiré, y conduje hacia el tráfico.

—¿Eran menores?

—Sí.

No volvimos a hablar hasta que subimos por la rampa del hotel unas manzanas más lejos. Estuvo a punto de decir algo, pero no lo hizo. En cambio, dubitativo, me apartó el pelo de la cara, me tocó la mejilla con suavidad, y me acarició la mandíbula con el dedo pulgar.

—Buenas noches. Gracias por haberme traído. —Salió del coche.

No habíamos dicho mucho, pero en ese momento lamenté que se hubiera ido.

Muerta de cansancio, conduje hasta casa, llevé a *Bitsy* a dar una vuelta a la manzana y me eché en la cama. En mis sueños, Kaithlin Jordan aparecía sentada en la terraza contemplando el mar oscuro. Su pelo ondeaba al viento, ¿o estaba flotando en el agua?

Me desperté antes del amanecer. Me dolía la cabeza y tenía la boca seca. Inconscientemente, busqué mis pantalones cortos de hacer footing y una camiseta, luego me fui dando tumbos hasta el cuarto de baño, cogí el cepillo de dientes y me quedé mirando a un punto fijo.

Si los detectives tuvieran que inspeccionar mis cosas, en un intento por recrear las últimas horas de mi vida, ¿cómo interpretarían esto? El sumidero lleno de pelos. Mi cepillo de dientes nuevo medio roto.

8

Anduve dos manzanas hasta el paseo marítimo y el oscuro océano, entonces empecé a correr. Finas gotas de rocío o de agua salada se convirtieron en una fría llovizna que me refrescaba el rostro febril y los ojos, que sentía como agujas clavadas. La playa se extendía tan gris, tan grande y desierta como los ojos de una mujer muerta. El paseo marítimo estaba vacío, a excepción de algún fanático del footing. La mayoría de la gente aún dormía o tenía el día libre. Una imprecisa sensación de miedo me recorrió la espalda cuando Casa Milagro surgió ante mí.

¿Estaría despierto Zachary Marsh? ¿Me estaría observando? ¿Cuándo dormía?

Siempre podía haber ojos mirando desde cualquiera o desde todas las miles de ventanas que dan a la playa. Pero no era eso lo que me inquietaba tanto. Era el hombre que observaba en sí.

Nunca más podría volver a nadar, tomar el sol o fundirme, completamente relajada, en la arena caliente fuera del alcance de los potentes objetivos que él blandía como armas. No era justo.

Pensar en Marsh me incomodó. Y además estaba la sirena asesinada. ¿Volvería a ver el mar alguna vez sin pensar en Kaithlin?

Nadie más que yo sabe a qué me enfrento a diario en esta vaporosa y voluble ciudad. A la hora del cierre, cuando mi nivel de energía es tan elevado que casi duele, experimento una repentina necesidad de recordar, por ejemplo, la imagen de una sencilla casa verde en una esquina, con parterres florecidos. No había flores el día que vi cómo se llevaban los cadáveres: una mujer, dos niños pequeños y su perrito. El marido intentó un asesinato con posterior suicidio, explicó, pero le salió mal. Le echó la culpa a sus manos. Le temblaban demasiado para poder recargar la pistola y pegarse un tiro. Algún día será puesto en libertad; ellos seguirán muertos.

Edificios, empresas, incluso autopistas, todos inundados de cadáveres del pasado. La vida es un campo de batalla, pero cuantas más muertes presencio, más comprometida estoy con este lugar que tanto amo. ¿Qué es una ciudad sin su gente? ¿Quién más hay para recordarlos, para escribir sobre ellos y seguir de cerca el rastro que deja la muerte? Sin mi trabajo se habrían ido para siempre.

Hasta ahora, siempre había tenido mi refugio secreto. Esta playa, y el consuelo de sus horizontes sin límites, me pertenecía. Pero acababa de perderla; mi único santuario había sido allanado por una mujer asesinada y por un hombre que me espiaba desde las alturas.

Cojeé hasta casa, sudando, tenía frío y un tendón de la corva inflamado; sólo paré en la farmacia de la esquina para comprar un cepillo de dientes nuevo. El periódico me esperaba como un regalo en el rellano de entrada. Para un periodista ver su historia publicada en el periódico es como recibir un regalo de Navidad. Primero, lamentablemente, hay que abrirlo.

Engrosado por los montones de secciones, todas perfectamente comprimidas en una bolsa de plástico, los fines de semana el periódico era un objeto contundente. Lanzado en un campo del extrarradio, se convertía en un misil mortal, lo suficientemente pesado para matar a un animal pequeño o golpear a un ser humano dejándolo sin sentido.

¿Dónde demonios estaban las noticias? ¿Desde cuándo el periódico tenía de todo para todo el mundo? En su interior encontré hasta muestras de champú y suavizante. Hubo una época en que la edición dominical fue el mejor escaparate para contar una gran noticia. Ahora los lectores podían sentirse afortunados si las localizaban entre todas las secciones dedicadas a barcos, coches, cupones, cómics, pedagogía, música, ocio, deporte, nutrición, jardinería, hogar y diseño, vida tropical, revistas de lujo, programación televisiva, pseudopsicología, opinión, cotilleos, consejos, anuncios, noticias regionales y agencias inmobiliarias.

Metí con impaciencia algunas secciones en la caja de arena de *Billy Boots*. Los periodistas nos sentimos constantemente desalentados por los jefes que insisten en que no disponemos de mucho espacio, y en que nuestros artículos deben ser breves, concisos, y contener sólo lo esencial. Eso es lo que sucede en televisión. La prensa escrita se supone que funciona de otra manera, dado que podemos investigar e informar en profundidad. Pero al parecer eso se aplica únicamente si el tema es cómo podar una flor de pascua, tasar una antigüedad o remodelar una casa.

Al final encontré la sección A, la historia de la «mujer que murió dos veces» y el consiguiente drama del corredor de la muerte. Iba acompañada de los demás datos que yo había añadido, incluyendo reseñas biográficas de los protagonistas y un informe cronológico del proceso. La rueda de prensa de Lottie y las fotos del cementerio, junto con las fotos carné de R. J. y Kaithlin, completaban el trabajo.

Otra foto ocupaba la página central: el cadáver de Kaithlin tapado en la playa, y el omnipresente Raymond con su pequeña pala.

Temblando repentinamente, bebí un café caliente, me saqué la ropa mojada, me di una ducha, y me vestí. Con las lluvias había llegado la humedad, e incluso se esperaba que bajaran las temperaturas en lo que sería el primer golpe de frío de la estación.

Saqué mi jersey azul de cachemir y unos pantalones de lana y fui temprano a la oficina. No hay cosa que me guste más que una redacción vacía.

Algunos lectores, tozudos como yo, también habían conseguido localizar la sección de noticias del periódico. Mi contestador automático ya estaba lleno. El teléfono no paraba de sonar. Mis interlocutores incondicionales, los lunáticos, me contaron sus teorías. Uno que me llamaba con frecuencia declaró que, como era natural, Kaithlin estaba dentro del plan de protección de testigos, probablemente aún con vida, y que ya la habrían encontrado. Otro insistió en que su cadáver sería objeto de un concienzudo estudio para implantes extraterrestres. Una persona que llamó llorando y que en su día fue madre soltera, afirmó que su vida había dado un giro de 180 grados gracias al programa de asesoramiento de Kaithlin.

—Era un ejemplo a seguir —declaró la mujer—, un encanto.

—¡Era un puta traidora! —despotricó contra Kaithlin un hombre, que decía ser un viejo compañero de cacería de R. J.—. ¡Intentó que ejecutaran a su marido! Ese tipo es estupendo —añadió—. Es buena gente.

Mientras repasaba la historia de Martin Kagan, me interrumpió un agudo chillido, como si alguien le hubiera pisado la cola a un perro.

—¡Britt! ¿Qué haces aquí? —Angel me abrazó como si fuéramos dos hermanas que se ven por primera vez después de mucho tiempo.

—Trabajo aquí —musité.

—¡Me refiero a qué haces aquí tan pronto! ¡Los niños están tan contentos! —Se apartó el pelo largo y rubio de la cara—. ¡Me puse tan contenta cuando Rooney me dijo que vendrías a la boda!

Desconcertada, miré al futuro novio, que estaba detrás de ella y me sonreía contento. ¿Había malinterpretado nuestra conversación?

Con su boca de piñón y esos ojos inmensos, Angel seguía pareciendo demasiado joven y guapa para tener tantos hijos. Llevaba la misma chaqueta negra de piel que el día que nos conocimos, cuando, enfadada, le dio con la puerta en las narices a una entrometida periodista, a mí. El mismo diminuto ángel de oro se balanceaba colgado de una cadena que rodeaba su cuello de cisne. Seguía estando delgada, a excepción de su prominente barriga. Había venido a recoger a su prometido, que estaba a punto de acabar su turno, dijo. Su aspecto radiante, ¿se debía a que estaba en estado, o a la alegría que había sentido ante una nueva oportunidad de joderme la vida?

—Bueno, me imagino que os apetecerá una boda íntima —me excusé—, y yo no quisiera ser un estorbo…

—Oh, Britt, nadie me apetece que venga tanto como mi dama de honor. ¡Estoy feliz! —Me agarró por la cintura—. Gracias, gracias. Tengo un catálogo de Sears —añadió— con vestidos que quiero que veas.

—¿Vestidos?

—¡Vestidos de dama de honor! ¿Qué te parecería uno de color salmón? Tiene un polisón precioso.

Polisón. Salmón. Sears. Palabras que a mi madre le darían migraña.

—Es que aún no sé si estaré en la ciudad ese día —mentí.

—Todavía no hemos fijado la fecha. Podemos escoger un día que te vaya bien. Primero esperaremos a que nazca el bebé.

Lottie y un fotógrafo nuevo, llamado Villanueva, se acercaban por el pasillo con tazas de café y un paquete de donuts.

—¡Lottie! —Otro chillido de perro retumbó en mis oídos mientras Angel iba corriendo hacia ella. Sacudí la cabeza para ponerla en guardia, haciéndole señas, pero ya era demasiado tarde: Angel la estaba abrazando. Ella le devolvió el saludo y alabó su abultada barriga como si se tratara de una cuestión de honor.

Mi teléfono volvió a sonar. Una mujer, nerviosa, aseguró que conocía la respuesta al misterio de los Jordan. R. J. no debía ser puesto en libertad, advirtió. Era peligroso, un asesino. Ambos asesinatos habían tenido lugar. Kaithlin, confesó, tenía una hermana gemela.

—¿Una hermana gemela? ¿Conocía usted a su familia?

—No, no la conocía. Pero sé lo que digo. Una vez vi una película que trataba de esto. Creo que era de Meryl Streep…

Cuando colgué, Angel y Lottie estaban metidas de lleno en los planes de boda; demasiado tarde para escapar.

—Preferiría hacer una prestación de cien horas a la comunidad antes que asistir a la boda de Angel —me lamenté después de que la feliz pareja se hubiese ido.

—Será divertido —afirmó Lottie—. Vamos, mujer, que yo también voy y la conozco mucho menos que tú. Seré dama de honor. —Arrugó la nariz y sonrió—. ¡Por el amor de Dios! Pero si adoras a sus hijos. Además, por una vez que una historia tiene un final feliz. No abundan mucho últimamente. ¿No es fantástico que algo termine bien, por una vez?

—Por supuesto —afirmé—. Me encantan los finales felices, pero tratándose de Angel… Ya verás como será una de esas bodas en que el FBI arresta al novio en el altar, o alguien acaba fiambre, con la cara hundida en el pastel.

Lottie puso cara de paciencia:

—A veces pienso que llevas demasiado tiempo en este trabajo.

Es una historia de amor. ¿No te parece bonito ver a gente normal y feliz para variar?

—¿Normal? —me extrañé—. ¿Te parece normal tener tantos hijos?

—Eso no es culpa de Angel —respondió Lottie.

—No estoy de acuerdo.

—Está bien. Ella es religiosa y él fue imprudente —reconoció—, pero son dos personas estupendas.

En eso tenía razón.

—Por favor —le supliqué—, sólo prométeme que la convenceremos para no ir vestidas de color salmón. ¿Con tu pelo y mi bronceado? Me niego. —Al visualizarnos, se nos torció el semblante.

—Te lo prometo —me tranquilizó—. Ya he sudado lo mío haciendo ejercicios aeróbicos para librarme de este culo como para llevar ahora un polisón.

Me ofreció un donut que rechacé.

—Te guardaré uno de todas formas —anunció—, uno de tus favoritos.

Lo dejó encima de mi mesa, pese a mis protestas, y desapareció de la redacción. Volvió al cabo de dos minutos.

—Oye, ¿qué crees que les tendríamos que comprar? ¿Por qué no les hacemos el regalo juntas?

No pude contestar, tenía la boca llena de donut.

Había visto a Martin Kagan hijo merodeando por el Tribunal de lo Penal, donde se desenvolvía con soltura, esperando que alguno de los jueces que había conocido a su padre le señalara fecha para un juicio. Kagan padre había fundado su propia empresa, y fue muy respetado durante el tiempo que ejerció de juez de distrito en el tribunal. En sus últimos años ganó prestigio nacional como feroz cruzado contra la pena de muerte, a menudo trabajando gratuitamente para salvar a reclusos del corredor de la muerte. Su hijo había heredado su nombre, pero como abogado carecía de la personalidad y la ética del padre.

Kagan hijo se había visto envuelto en numerosos aprietos, incluyendo una suspensión del ejercicio de noventa días por malversación de fondos de un cliente. Después del derrame cerebral que acabó con la vida del padre, los socios habían forzado al hijo a irse de la empresa.

Abandonado a su suerte, Kagan hijo trabajó por su cuenta desde un pequeño dúplex reformado que había en las proximidades del Palacio de Justicia.

¿Cuál era su relación con Kaithlin?, me pregunté. ¿Se conocían desde antes de su desaparición? No había nada en nuestros archivos que vinculara a los Kagan con los Jordan.

Llamé a Myrna Lewis.

—Tenía usted razón —susurró, aún confundida—. Lo he leído en el periódico de esta mañana y lo han dicho también en las noticias de la radio. ¿Cómo es posible? Sigo sin entender...

—Señora Lewis, ¿existe alguna posibilidad de que Kaithlin tuviera una hermana? ¿Una hermana gemela tal vez?

—¿Una hermana gemela? ¿A qué se refiere? ¡Pues claro que no!

—Eso pensaba yo. —Suspiré. Le pregunté si en alguna ocasión Reva había mencionado a Kagan y si éste tenía relación con la escasez de sus bienes. Respondió que no a ambas cosas.

A las diez, Fred se acercó a mi mesa para comentar mi próximo artículo antes de la reunión matutina diaria. Casi como si se le acabase de ocurrir, añadió:

—Estarás mañana en Daytona para la audiencia, ¿verdad?

—Pensaba que el presupuesto no llegaba para tanto —repliqué, sorprendida.

—Pero ¡cómo no va a haber dinero —exclamó— para una historia de tal magnitud!

—Bueno, gracias por decírmelo. —Hace unos años era habitual que los periodistas hiciéramos viajes como éste, pero los recortes presupuestarios del departamento los habían reducido al mínimo.

Localicé a Rychek para ver qué vuelo cogía, pero viajaba a lo grande, en el jet privado de Stockton. La prensa no estaba invitada.

Gloria, la recepcionista de la redacción, me reservó un billete para esa misma noche en un vuelo a Atlanta que hacía escala en Daytona, y una habitación en un hotel cercano al tribunal.

Telefoneé a mi casera, la señora Goldstein, que me dijo que se ocuparía de *Bitsy* y de *Billy Boots*. Había leído el artículo y tenía su propia teoría al respecto:

—El marido le había dado una paliza y pensó que la había matado. Ella volvió en sí, con amnesia. Diez años después, recordó quién era y volvió a Miami. Pero alguien que quería a R. J. muerto la reconoció y la asesinó para evitar que hablara.

—Pero, ¿quién?

—¡Ufff!, ese hombre tenía un montón de enemigos. Como todos los ricos. Siempre se metía en líos, siempre salía en los periódicos. Algún hombre con cuya mujer R. J. hubiera tenido un idilio, alguien que hubiera resultado herido en un coche con el que él hubiera colisionado, o que estuviera enfadado porque R. J. hubiera robado tanto dinero de la empresa...

—No está mal —dije—. Se lo comentaré al detective.

Mi bolsa de viaje siempre está a punto. Viajo ligera de equipaje, pero metí en la maleta un vestido de manga larga para estar presentable en el tribunal, y para ir al aeropuerto me puse unos tejanos y una camiseta debajo de una blusa, un jersey y un blazer azul marino.

Embarcamos puntualmente, y di gracias a Dios de que Gloria hubiera escogido un avión grande, en lugar de uno de ésos que cubren vuelos locales de sólo cuarenta minutos. Cuando se trata de subirme a un avión, cuanto más grande, mejor.

Los expertos en seguridad dicen que los asientos del pasillo son más seguros, pero me encanta ver las luces de Miami centelleando, las oscuras marismas de los Everglades y las enormes nubes del cielo. Encontré mi asiento junto a la ventanilla. Una joven negra con muletas, su pie derecho escayolado, había embarcado pronto y estaba sentada en la fila de delante. Una madre con dos niñas se sentó al otro lado del pasillo, una de las niñas con ella, la otra junto a la mujer con muletas. Me acomodé, esperando que el vuelo no fuese lleno para poder poner todos mis papeles en el asiento de mi derecha. No hubo suerte. Su alto ocupante venía por el pasillo, sosteniendo una bolsa por encima de la cabeza.

—Tenemos que dejar de vernos así —dijo.

—¿Qué haces aquí?

—¿Por qué siempre me preguntas lo mismo? —Fitzgerald se encogió de hombros—. Todos tenemos que estar en algún sitio. Te oí decírselo a Emery.

—No puede ser casualidad.

Sonrió, con cara de niño bueno, y se sentó.

—Sólo hemos coincidido en el mismo vuelo a Daytona. Vamos los dos al mismo sitio. —Se encogió de hombros—. ¿Qué te parece tan extraño?

—¡Que nos sentemos juntos en un avión con más de cien pasajeros!

—¡Vaya! —Hizo una pausa, la ceja arqueada—. No se me había ocurrido. ¿Por qué no dejas de seguirme?

Me invitó a una copa y charlamos sobre la audiencia, mientras un bebé que estaba bastantes filas más atrás nos dedicaba una serenata. Le pregunté por el juez de distrito Leon Cowley, que había condenado a R. J. y que presidiría la audiencia.

—Un tipo interesante, su señoría. —Fitzgerald sonrió—. Un acérrimo conservador que trasciende la mortalidad, al menos desde su punto de vista. Los jueces de distrito tienen poderes divinos, pero es que Cowley va más allá. Se cree Dios. Ya sabes a lo que me refiero.

Lo sabía, aunque para la mayoría de juristas de Miami su trabajo es como cualquier otro. Presiden durante seis u ocho horas, se quitan las togas y vuelven a ser simplemente Bob, Paul o Frank, a lo mejor porque son perfectamente conscientes de que en cualquier momento pueden ser ellos los que se sienten en el banquillo del acusado. Siempre hay algún juez conflictivo que está siendo procesado o investigado.

—¿Qué aspecto tiene? —Aborregadas nubes blancas pasaron junto a nuestra diminuta ventana mientras yo tomaba un sorbo de mi copa.

—Metro ochenta de estatura, robusto, aún en buena forma, y orgulloso de no haber descuidado nunca su aspecto. Es aficionado a la pesca y bebe poco. Jugaba a fútbol americano en la Universidad de Florida. Estudió derecho cuando aún no era una carrera difícil. No es un intelectual, pero está muy comprometido con la gente de su distrito que quiere colgar, meter en la cárcel o encerrar a todo el mundo.

—O sea que es duro.

—Lo era antes jugando a fútbol y lo es ahora como juez.

—Este caso debe haberle hecho recapacitar.

—Lo dudo mucho. —Fitzgerald estaba comiendo una galleta—. Mucha gente no creerá nunca en la inocencia de Jordan.

—¿Y por qué no? Hay un cadáver que lo demuestra.

—Estamos en la época de las teorías de conspiración —dijo— y siempre habrá dudas. ¿Qué te apuestas a que un treinta o cuarenta por ciento de la población jurará que la mujer que apareció muerta en Miami era una impostora, que no era la verdadera Kaithlin Jordan sino alguien que se le parecía, tal vez incluso la hermana de la víctima, que habría cambiado sus huellas dactilares y se habría sometido a cirugía plástica para parecerse a ella?

¡Qué raro!, pensé. Siguen las especulaciones sobre una hermana ficticia. ¿Cobraría importancia esta teoría entre los detectives aficionados? La vida real supera a la ficción. ¿Quién podía demostrar de manera fehaciente que Reva Warren, fallecida hacía años, no había dado a luz a un segundo hijo hace más de treinta años?

—No —continuaba hablando Fitzgerald—, no verás ningún indicio de arrepentimiento en Cowley por haber condenado a muerte a un hombre inocente. Defenderá al jurado, a la gente de su condado. Criticar el veredicto equivale a criticarlos a ellos. ¡Maldita sea! —Fitzgerald se giró y miró reprobadoramente al niño, que no paraba de llorar—. ¡Menudos pulmones tiene!

—Bueno —comenté—, el juez todavía tiene que disculparse con R. J. y con su familia. El hombre ha perdido diez años de su vida y le faltaba una semana para ser ejecutado.

Fitzgerald se encogió de hombros:

—Cowley no se disculpará mucho. Tenlo por seguro. Ya lo verás mañana.

Se encendió la señal de ABRÓCHENSE LOS CINTURONES, y la tripulación del avión se preparó para tomar tierra en el Aeropuerto Internacional de Daytona.

Al iniciar el descenso, vi las luces de la pista de aterrizaje y la pista de carreras de al lado, donde se celebraba el Daytona 500. De la cabina, muy iluminada, llegaban voces; el ruido de los pasajeros preparándose para el aterrizaje se sumó al llanto del bebé que berreaba.

El interfono de la tripulación sonó cuatro veces.

Fitzgerald reaccionó:

—¡Oh, oh!

—¿Qué? —pregunté.

Sacudió la cabeza y vio que el sobrecargo entraba en la cabina del piloto. Salió enseguida, y los cuatro miembros de la tripulación se reunieron en el pasillo.

Fitzgerald se acercó a mí y me susurró al oído:

—Me parece que hay problemas.

—¿Qué? No. —Me revolví en mi asiento, rechazando su comentario tajantemente. Todo parecía ir bien. La tripulación había vuelto a sus puestos, tranquila pero sin sonreír.

Los altavoces sonaron:

—Les habla el capitán.

Oí a Fitzgerald inspirar profundamente, ¿o había sido yo?

—Tenemos un pequeño problema —anunció el capitán con simpatía—. En la cabina se ha encendido una luz que indica que nuestro tren de aterrizaje no ha bajado ni se ha fijado. De cada diez veces que esto ocurre, nueve son una falsa alarma. De modo que daremos vueltas en círculos para que puedan vernos desde la torre de control. Desde allí intentarán decirnos si el tren de aterrizaje ha bajado y si por tanto es el indicador de la cabina el que no funciona. Los mantendremos informados.

La joven del otro lado del pasillo se irguió, la mirada alerta, los dedos descansando suavemente en el pelo de su hija. El murmullo de la cabina seguía.

—En fin, tendremos que pasar más tiempo juntos. —Fitzgerald sonrió.

Me gustaba su compañía pero ansiaba una cama, ver las noticias en la tele y dormir una noche de un tirón. Molesta, me empecé a preocupar cuando el avión dio otra vuelta.

—Señores pasajeros —dijo el capitán—, lamentablemente la torre de control nos ha confirmado que el indicador de la cabina fun-

ciona correctamente. El tren de aterrizaje no ha bajado. Así que so-
brevolaremos el Atlántico un rato para quemar más queroseno mientras intentamos solucionar el problema.

La cabina se llenó de quejidos de impaciencia mientras cruzába-
mos el sedoso cielo sobre las oscuras aguas. Un pasajero, que probablemente había bebido demasiado, pidió otra copa a gritos. La azafata rehusó traérsela diciendo que no podía bloquear el pasillo con el
carrito.

El hombre estalló en cólera:

—¡Yo no le he pedido el maldito carro, sólo una jodida copa!

—¿Cuánto crees que durará esto? —le pregunté a Fitzgerald inquieta.

Se encogió de hombros:

—Deben de estar intentando bajarlo manualmente.

—¿Y si no lo consiguen?

—Estos pilotos son buenos; saben lo que hacen —afirmó.

Eso habrá que verlo, pensé, cuando el copiloto salió de la cabina. Con una linterna en la mano, se detuvo en medio del pasillo a la
altura de la salida de emergencia para echar un vistazo a las alas.

Ya tenía un tema interesante que sacar en las cenas de casa, pensé, mientras el copiloto regresaba a la cabina. El asunto en sí resultaba excitante. Odio llegar tarde, pero hay cosas peores que estar atrapada en el cielo con un hombre guapo.

—Señores pasajeros, esto es lo que hay. El avión está provisto de
un sistema de manivela con el que se puede bajar el tren de aterrizaje
manualmente. De momento, no hemos tenido éxito. Al parecer está
atascado, por lo que ejerceremos cierta presión sobre el avión, ascendiendo y descendiendo, para intentar que se suelte. Si no lo conse-
guimos, volveremos a pasar por delante de la torre de control. Por favor, permanezcan en sus asientos con los cinturones de seguridad
abrochados.

Se oyeron risas nerviosas en la cabina. La voz del piloto infundía
seguridad, pero eso es lo que le han enseñado a transmitir. De pronto me costaba tragar. ¿Y si…?

—Espero que te gusten las montañas rusas. —Fitzgerald se mostraba imperturbable. Me cogió la mano.

El avión ascendió, luego descendió de golpe. Contuve la respiración mientras el estómago se me subía a la garganta, igual que cuando un ascensor baja rápido.

—Es la fuerza de la gravedad. —Me apretó los dedos—. No respires al subir. Cada vez que asciende, la fuerza g positiva te hunde en el asiento. Al descender, el cuerpo se relaja porque la fuerza g es menor. Como en las montañas rusas.

La joven madre del otro lado del pasillo protegía a su hija rodeándola con los brazos. Su otra hija, enfrente de nosotros, se reía en voz alta, tranquila pero mareada con tanto movimiento.

Mientras ella disfrutaba del paseo, reviví todos los accidentes de avión que había cubierto. Maldije amargamente al *News* por lo que estaba ocurriendo y me juré darme un gran banquete a sus expensas si lograba llegar al hotel con vida. Si moría o resultaba gravemente herida, publicarían mi fotografía. Utilizarían aquella tan espantosa del carné, cuando la cámara me pilló en medio de un estornudo. No era así como querría que me recordaran.

Con el estómago revuelto con tantos botes y sacudidas, pedí perdón en silencio a cada una de las personas que había herido alguna vez. ¿Quién adoptaría a *Bitsy* y a *Billy Boots* si el avión se estrellaba? ¿Quién les daría cariño?, me pregunté. Qué injusto que *Bitsy*, mi querido perrito, volviera a quedarse huérfano.

—Todo irá bien —murmuró Fitzgerald.

Igual de nerviosa, me imaginé a mi madre sola, como Reva Warren, y me sentí angustiada. Con las prisas antes de salir, no la había llamado. Mi madre ni siquiera sabía que estaba en un avión. Ya era demasiado tarde. Una azafata anunció que no funcionaba ninguno de los teléfonos de a bordo. Quise escribirle una nota, pero ¿qué nota iba a sobrevivir a un accidente al que ni yo misma sobreviviría?

Un pequeño consuelo. Si no salgo de ésta, me dije, no tendré que ir a la boda de Angel. Pero ahora no quería perdérmela. No quería perderme nada.

La montaña rusa se calmó y volvimos a sobrevolar el aeropuerto de Daytona. El sobrecargo entró nuevamente en la cabina, seguido por otro grupo de personas que estaban en la cocina delantera.

—¿Qué crees que ocurrirá? —le pregunté a Fitzgerald.

—Creo —respondió, la mirada atenta— que aterrizará sin el tren.

—¿Y saldrá bien?

—Seguirán todos los procedimientos de emergencia —explicó tranquilo.

—¿Lo has visto hacer alguna vez?

—Claro. Durante la Guerra del Golfo, un B-52 volvía con el tren atascado. Dos de nuestros helicópteros lo arrastraron hasta la pista de aterrizaje y actuaron a toda prisa para rescatar a los supervivientes. El avión iba tan despacio que la gente pudo saltar sobre la espuma esparcida por la pista antes de que se saliera de ésta, derrapara y explotara. Todos sobrevivieron. Pero los dos helicópteros se quedaron atrapados en las llamas. No lograron salvarse.

—Muchas gracias —susurré con sequedad—. No era necesario que me lo contaras todo.

—Eres tú la que ha preguntado —replicó con suavidad.

—Señoras y señores —anunció el piloto—, nuestras maniobras no han conseguido desatascar el tren. Por favor, escuchen atentamente al personal de a bordo. Les indicarán cómo prepararse para un aterrizaje de emergencia.

Mierda, pensé. Esto está ocurriendo. Está ocurriendo de verdad.

—Tranquila —me animó Fitzgerald. Pero pude ver el miedo en sus ojos.

—Estoy bien —mentí con decisión. Y, mientras, nuestras vidas estaban totalmente fuera de control, en manos de desconocidos, dependiendo de una máquina averiada.

—Si nos estrellamos —dijo entre dientes—, me alegraré de que aquel mocoso llorica también se estrelle.

Quería que sonriera, pero estaba demasiado concentrada venciendo el pánico.

—Si sobrevivo —juré en voz alta—, alquilaré un coche y conduciré hasta Miami. Jamás volveré a subirme a un avión.

—Estadísticamente —comentó—, es más peligroso viajar en coche.

—Sí —asentí—, pero siempre puedes aparcar y caminar.

La escena era surrealista; nos ordenaron que nos sacáramos los zapatos de tacón y cualquier accesorio, incluso los pendientes, y que los guardásemos, y nos enseñaron cómo colocarnos: la cabeza entre las piernas, las manos en la nuca, los dedos entrelazados, o como lo describía siempre Lottie: «Pon la cabeza entre las piernas y date un beso de despedida en el culo».

Las luces se apagarán, dijo la azafata. No se lleven nada. Sigan el sistema de luces de emergencia del suelo. Evacuen con rapidez. Teníamos que salir en noventa segundos.

Se nos advirtió que no usáramos las salidas de emergencia laterales, sólo la frontal y la trasera.

—¿Por qué? —comenté en voz alta.

—Porque si se incendia, habrá fuego en las alas —murmuró Fitzgerald.

—¿Y por qué no nos lo dicen y ya está?

—Es una palabra tabú —respondió en voz baja—. Si a alguien le entra el pánico, las cosas no tardarían mucho en descontrolarse.

En una sorprendente revelación, me di cuenta de que debí haberme casado con Josh, mi amor de juventud. Mi madre habría tenido un nieto, que ya tendría diez años. Hace una semana me preguntaba si alguna vez querría casarme y tener hijos. Ahora me lamentaba de no haberlo hecho nunca.

Comprobaron que lleváramos los cinturones de seguridad abrochados y sujetaron bien a los niños en asientos especiales para ellos.

Nuestra azafata de vuelo se detuvo frente a nosotros y habló en voz tan baja al oído de Fitzgerald que apenas pude enterarme de lo que le dijo.

—Tenemos algunos minusválidos, niños sin acompañante y otros pasajeros que quizá necesiten ayuda. —Dirigió la mirada hacia la madre, sus dos hijas y la joven del pie escayolado—. ¿Podría usted ayudarlas?

—Faltaría más —respondió él—. Soy policía, ex militar, estoy familiarizado con el procedimiento.

La azafata habló discretamente con la joven madre, que estaba pálida y parecía asustada, aterrorizada; luego hizo lo propio con la mujer escayolada, que ahora se agarraba a la otra niña. Fitzgerald asintió, cruzando con ellas miradas tranquilizadoras.

La voz del capitán interrumpió mis silenciosas oraciones:

—Sólo quería avisarles de que oirán un chirrido. Será la parte posterior del avión al entrar en contacto con la pista de aterrizaje. Contamos con una tripulación experimentada y esperamos poder controlar el avión hasta cierto punto. Intentaremos caer sobre la espuma, en la línea central de una pista de dos mil ochocientos metros. Los vehículos de emergencia ya están preparados. La tripulación les ayudará.

—Bueno —dijo Fitzgerald con calma—, yo desapareceré de tu vista en cuanto aterricemos. Ve directa a la salida, llega al tobogán lo antes que puedas y no te pares cuando estés abajo. Sal de en medio con rapidez, para que el siguiente en bajar no choque contigo. Aléjate del avión, corre con todas tus fuerzas. Me reuniré contigo después de haber sacado a los demás.

—Puedo echar una mano con las niñas —me ofrecí—. Tú ocúpate de la madre y de la más pequeña. Yo me ocuparé de la que está aquí delante. Luego ayudaremos a la mujer escayolada.

Fitzgerald se mostró dubitativo:

—¿Estás segura?

—Sí. —Asentí con la cabeza, más que asustada cuando el avión viró en su último acercamiento.

—¿Lo oyes? —pregunté con voz ronca mientras iniciábamos el descenso.

—¿El qué? —dijo, la cara tensa.

—El bebé. Ha dejado de llorar.

Nos abrazamos tanto como nos lo permitieron los cinturones; hasta nuestras piernas estaban entrelazadas.

—Todo irá bien —prometió. Su semblante, pálido, traicionaba sus palabras.

Vi las luces rojas intermitentes de los coches de bomberos y de las ambulancias que esperaban abajo; entonces me coloqué tal como nos habían indicado.

9

Los motores rugieron como animales de la jungla mientras el avión vibró, derrapó y chirrió, deslizándose imparable hacia delante. Aquellos cuarenta y cinco segundos se hicieron eternos. El piloto apagó los motores, y las luces se apagaron. Las del suelo se encendieron a lo largo del pasillo. El avión se sacudió violentamente, pero aminoramos la marcha sólo un poco. ¿Dónde nos detendríamos? ¿Nos saldríamos de la espuma? Eché un vistazo de reojo. Los coches de bomberos, con sus luces intermitentes, corrían a nuestro lado.

Al frenar dando botes y chirriando, las puertas se abrieron, los toboganes se activaron, y un soplo de aire frío barrió la cabina de punta a punta. Los gritos de las azafatas interrumpieron un conato de aplauso.

—¡Vamos! ¡Fuera! ¡Fuera! ¡Salten! ¡Salten!

Fitzgerald se levantó antes de que yo me hubiera desabrochado el cinturón. Nuestros ojos se encontraron un instante cuando se precipitaba hacia la salida con la niña pequeña en brazos, la otra estaba agarrada a la cintura de su madre. La pequeña lloraba, queriendo coger a su hermana mayor. Corrí hacia el asiento de ésta, no tendría más de seis años, busqué a tientas el cierre de su cinturón para soltarlo y la cogí en brazos mientras llamaba a su madre a gritos.

La gente empujaba; alguien sollozaba desesperadamente. Los pasajeros eran impulsados hacia fuera. Un hombre de mediana edad bloqueó el pasillo al intentar sacar algo del armario de arriba. Un sobrecargo, con una especie de llave de kárate le forzó a seguir a la gente. Me encontré frente a la puerta.

—¿Lo ves? ¿Lo ves? No pasa nada —tranquilicé a la niña, y la puse en el tobogán.

Amarillo chillón, y de más de un metro de ancho, parecía un juguete gigante de un parque infantil.

Como me empujaban hacia la salida, traté de ir hacia atrás. Entonces apareció Fitzgerald, llevando a la mujer escayolada. La lanzó sobre el tobogán. Luego hizo lo propio conmigo y me envió tras ella, precipitándome hacia la espuma y el caos.

Una vez abajo, empecé a correr, mirando hacia atrás para localizar a Fitzgerald. ¿Dónde demonios estaba?

Los bomberos regaron con espuma la parte inferior del avión. Incandescente, al rojo vivo. ¿O era sólo el reflejo de sus luces?

Parpadeé, confusa, los pies hundidos en la espuma fría y húmeda.

—¡Aléjense del avión! ¡Aléjense del avión! —nos alertaba gente uniformada. Un paramédico llevaba a la mujer de la escayola. Volví a mirar hacia las luces intermitentes, los gritos y las sombras para encontrar a Fitzgerald.

Alguien me adentró en la oscuridad a toda prisa. Me resistí, entonces vi que era él.

Gracias a Dios, no hubo fuego ni víctimas mortales, sólo lesiones leves: tobillos rotos, palpitaciones, dolores de espalda y vértigo. En medio del ruido y el jaleo vislumbré al niño que antes berreaba, ahora tranquilamente dormido en brazos de su madre.

Los trabajadores de las líneas aéreas insistieron en que los médicos nos tomaran las constantes vitales. Los encargados de la compañía nos dieron instrucciones. Nos enviarían las maletas. Nos aconsejaron no hacer declaración alguna a los medios de comunicación. ¡Ja!, pensé, con las rodillas temblando, mientras buscaba un teléfono.

Nos llevaron a la terminal en autobús. Apoyé la cabeza en el hombro de Fitzgerald. Desde una cabina, llamé a cobro revertido a la redacción para dar el parte. No nos habíamos estrellado. No había muertos. Pero desde que despegó el avión en Miami, supe que querrían un pequeño artículo. Le dije a Tubbs que estaba bien. No, yo no lo escribiría. Tenía cosas que hacer. Fitzgerald me estaba esperando junto a un taxi. Nos metimos en él y nuestros cuerpos chocaron, nuestros labios se unieron. La tensión de cuello y hombros desapareció con ese apasionado beso. El taxi se detuvo antes que nosotros.

Entramos en su apartamento sin encender las luces. Sus manos estaban tan ocupadas que tuvo que abrir la puerta de una patada. No tenía ni idea de dónde estábamos. No me importaba. Creo que fue en el sofá donde hicimos el amor la primera vez. No estoy segura.

El miedo y las experiencias cercanas a la muerte conducen al sexo. Es un hecho. Es así de fácil: no hay complicaciones, no existe el pasado, no hay problemas. Hasta que a la mañana siguiente amanecí en una cama y una ciudad nuevas junto a un desconocido. Me incorporé, contemplando atónita mi ropa esparcida por la alfombra.

Fitzgerald pestañeó, despierto. Si verme le sorprendió, lo disimuló muy bien.

—Buenos días —dijo con voz soñolienta, y me atrajo hacia su caliente, ancho y cómodo pecho. En la habitación hacía frío. ¡Qué tentadora la idea de taparnos con las sábanas y simplemente pasar el día en la cama!

—Un momento —me asusté—. ¿Qué hora es? ¿A qué hora hay que estar en el tribunal?

—¡Dios mío! —Miró el reloj y saltó de la cama—. Voy a hacer café —anunció, mientras yo me metía en el cuarto de baño.

Me miré en el espejo reprobadoramente, esperando sentirme avergonzada. En cambio, tenía un color magnífico y los ojos me brillaban. Nunca me había sentido tan viva.

—No tenías que haberlo hecho —le reñí a mi reflejo—. Si se enteran en el *News* te desacreditarán, podrías quedarte sin trabajo. —¿Por qué sonreía?

Fitzgerald improvisó una tortilla nauseabunda, con cebolla, pimientos y setas. Yo llevaba puesta una de sus camisas y nos miramos, cada uno sentado a un extremo de la mesa, como haría cualquier matrimonio.

—Supongo que no estarás casado —comenté.

—No. —Sirvió el zumo de naranja—. Lo estuve en su día, pero aquello terminó.

A la luz del día, todo me pareció escrupulosamente limpio para ser un piso de soltero. Incluso los periódicos que guardaba estaban apilados con militar meticulosidad, al igual que las carpetas y los papeles de su mesa.

La compañía aérea había traído su petate. Mi bolsa probablemente estaría en el hotel. Le cogí prestado un cepillo de dientes y, una vez encontrada, hice cuanto pude para estar decentemente vestida con la misma ropa de la noche anterior.

Hacía frío y viento mientras caminábamos hacia el Palacio de Justicia para la audiencia de las nueve. Al entrar en el edificio, nos separamos discretamente. La sala de justicia del juez Crowley estaba atestada de gente, con un abundante despliegue electrónico: cámaras sobre trípodes al fondo de la sala, cordones y cables pegados en el suelo con cinta adhesiva que llegaban hasta los altavoces y antenas exteriores. Las leyes permiten la entrada de cámaras en la sala de justicia, pero especifican que no estorben, lo cual es imposible. Estábamos ante un importante acontecimiento. Me alegraba estar ahí para cubrirlo.

Rychek estaba en la mesa de la defensa, delante en primera fila, con su camisa azul y hablando con Stockton. Alzó la vista, me vio, me guiñó el ojo, luego arrugó la frente, como si no entendiera algo. Entonces entró Fitzgerald a paso lento. Rychek le saludó con la cabeza, luego nos miró a los dos: a mí, otra vez a Fitzgerald. Su expresión cambió. ¡Lo sabe!, pensé. ¿Cómo puede ser? Lo sabía, lo leí en sus ojos. ¿Tanto se notaba?

Le saludé con un discreto movimiento de la mano. Me respondió mirándome con cansada resignación, después retomó su discusión con Stockton.

Un grupo de prisioneros con esposas y grilletes entró arrastrando los pies mientras yo tomaba asiento. R. J. no estaba entre este montón de conductores borrachos, ladrones, vagabundos, alcohólicos y sin techo que habían incumplido las leyes. Los carceleros los condujeron hasta la tribuna vacía del jurado, un grupo variopinto, una heterogénea mezcla de grandes y pequeños criminales. Unos cuantos empezaron enseguida a posar para las cámaras, que aún no habían sido encendidas.

A continuación hicieron su aparición media docena de prostitu-
tas esposadas. Entraron en la sala con descaro, como si acabaran de
venir de la calle, la mirada insinuante, sonriendo y guiñando el ojo.

El juez Cowley entró en escena poco después, balanceándose de
un lado a otro. Su mirada perspicaz se posó directamente en las cámaras mientras cruzaba la sala de justicia, robusto y majestuoso.
Adoptó una postura visiblemente relajada cuando constató que aún
no estaban encendidas.

Cowley repasó enérgica y rápidamente su agenda del día. La fis-
calía y la defensa estaban acostumbradas a que todo fuera a un ritmo
más lento, a que se les interrumpiera a media frase y los acusados fueran sacados del estrado antes de ser escuchados. Se toleraban pocas
respuestas ingeniosas. El juez, como todos nosotros, estaba impaciente por empezar el gran juicio, pero por diferentes razones. Nosotros teníamos por delante el cierre de la edición. Él simplemente quería darle carpetazo.

Mientras los prisioneros salían, sus abogados y familiares aban-
donaron la sala y conseguí sentarme en la primera fila, detrás de la
mesa de la defensa. Llegaron más periodistas, que llenaron la sala.

Durante un descanso de cinco minutos, dos carceleros trajeron a
R. J., esposado y con el mono de presidiario. Los diez años en el corredor de la muerte se habían hecho notar. A sus cincuenta y dos años
seguía siendo atractivo, sus facciones eran más duras, más marcadas.
Una visible cicatriz arrugaba su pálida frente. Sólo había perdido un
poco de su grueso pelo negro, ahora con canas. Por lo que sabía, su
actitud de listillo y su mal comportamiento lo habían metido en un lío
tras otro tanto con el personal de la cárcel como con los presos. Había pasado la mayor parte del tiempo en el ala X, la sección más dura
de la cárcel más severa de Florida.

Rychek me hizo señas y me incliné hacia delante, esperando que
me hablara de algo serio relacionado con el proceso.

—¡Joder! —murmuró—. No se os puede dejar solos ni cinco
minutos.

Me ruboricé y él volvió a girarse bruscamente.

El larguirucho fiscal de pelo gris que había acusado a R. J. hizo
su entrada por las puertas de la sala. Su aparición le honraba; podría

haber mandado a un ayudante para mantenerse al margen por razones políticas. Cowley volvió, abrió la sesión, y las cámaras se encendieron. El fiscal requirió que la sentencia y la condena fueran declaradas nulas, alegando circunstancias extraordinarias.

Rychek presentó pruebas de que la presunta víctima, Kaithlin Jordan, estuvo viva hasta el 6 de febrero de 2001, y de que su cadáver había sido positivamente identificado. Impasible hasta entonces, R. J. reaccionó momentáneamente al oír su nombre. ¿Era dolor lo que expresaba su rostro, u otra cosa? ¿Culpa? ¿Satisfacción?

—La obligación de la oficina del Fiscal del Estado —la voz del fiscal retumbó, actuaba como si él hubiese descubierto y llevado este error judicial ante los tribunales— es averiguar la verdad y esclarecer los hechos. Mi trabajo consiste en luchar para que se haga justicia. Ésa es la razón por la que hoy estamos aquí.

El juez ya había revisado las declaraciones escritas y juradas de los expertos en huellas dactilares y del médico forense del condado de Miami-Dade y había hablado con ellos por teléfono. Stockton estaba sentado junto a su cliente. Más callado que de costumbre, tenía poco que decir. La evidencia hablaba por sí sola.

—El sistema ha funcionado —intervino el juez Cowley— como tiene que funcionar, basándose en las pruebas disponibles en cada momento. —Ordenó la liberación de R. J.—. Buena suerte —le dijo, y levantó la sesión. Frío y correcto, se fue rápidamente, deseoso de poner fin al desorden de su sala y su querida ciudad.

Nadie se dignó preguntar quién había matado a Kaithlin, o por qué, pensé, mientras el orgulloso abogado y su cliente se abrazaban.

Capté la atención de Fitzgerald y asentí con la cabeza. Tenía razón. Ni una sola disculpa del juez, no en esta jurisdicción. Él asintió también; su mirada desprendía un calor que me dejó la boca seca. Nerviosa, me relamí los labios, luego me di cuenta de que Rychek nos estaba mirando.

Me sumé al clamor de los periodistas que pedían a R. J. y su abogado que hablaran con la prensa. Su abogado parecía más eufórico que el liberado en cuestión, al que acompañaron a recoger sus pertenencias y terminar con el correspondiente papeleo.

—Esta es una de las grandes satisfacciones de la vida —balbuceó

Stockton—. No hay nada en el mundo comparable a lo que se siente liberando a un hombre inocente del corredor de la muerte. Es mejor que hablar ante el Tribunal Supremo de los Estados Unidos.

Mientras los alguaciles nos rogaban que despejáramos la sala de justicia, Stockton prometió que tanto él como su cliente hablarían con los medios en las escaleras del Palacio de Justicia al cabo de veinte minutos.

Alcancé a Rychek a la salida.

—Oye —le dije—, ya que conoces a Stockton, ¿podrías conseguirme un encuentro con R. J.? Es imposible hacerle una entrevista con tanta gente alrededor.

—Veré lo que puedo hacer —respondió.

Llamé al periódico, fui a la recepción del tribunal para recoger la copia de la transcripción del juicio que había pedido, y luego corrí afuera. Stockton estaba solo en las escaleras, listo para hablar con los medios. R. J. nos la había jugado saliendo por otra puerta.

Su cliente, se disculpó el abogado, no hablaría con la prensa hasta su regreso a Miami. Quería abandonar el condado de Volusia lo antes posible. ¿Acaso no era lógico?

La desbandada de medios se peleó, empujó y gritó mientras seguían a Stockton acera abajo. Yo iba pegada a ellos, transportando la transcripción con dificultad, cuando Rychek se me acercó sigilosamente, su expresión hablaba por sí sola.

—No digas nada —le advertí, esperando que dijera alguna grosería sobre mi vida sexual.

—Está bien, está bien —murmuró—. Ya he hablado con Stockton. Pero si prefieres que no diga nada…

Me paré en seco:

—¿Qué te ha dicho?

—Que aquí no habrá entrevistas. Ahora iremos al aeropuerto…

Suspiré.

—… pero en el avión hay sitio. Tal vez haya mucho jaleo, pero ¿qué me dices, preciosa?, ¿te apetece volar un poco?

Le miré fijamente. Lo decía en serio.

—Claro —respondí—, me encantaría.

10

—¡Salir de la cárcel con un hombre inocente que ha estado a punto de ser ejecutado es una experiencia bestial!

Con una copa de champán en la mano, mientras su elegante jet ponía rumbo a Miami, a casa, Stockton volvió a contar la historia:

—Me hicieron esperar. Otros prisioneros vitoreaban cuando por fin le sacaron. Tuvieron que darle un carro con ruedas para que metiera todos los libros, documentos y la correspondencia de diez años.

Bonita historia. Tomé notas, pero el vuelo iba a ser corto, y lo que yo necesitaba era hablar con R. J. Había manifestado tal interés en el jet último modelo, con piloto automático y sofisticados mandos, que, por un momento, al embarcar, creí que iban a dejarle pilotarlo. Ahora, sin embargo, mientras Stockton se explayaba a sus anchas, como si sus dones y su persistencia hubieran liberado por fin a su cliente, R. J. permanecía callado, sumergido en sus pensamientos.

Aproveché para sentarme a su lado cuando uno de los colaboradores de Stockton fue al lavabo. De cerca, las duras y bellas facciones de R. J. eran más perceptibles. El uniforme de presidiario no favorece a nadie. Lo había cambiado por una chaqueta de piel suave que llevaba encima de un jersey y unos pantalones de sport, ropa que Eunice debió de hacerle llegar a Volusia a través de su abogado.

—¿En qué piensa? —le pregunté.

Me escudriñó con sus oscuros ojos y me sentí marchita, deseando haber tenido la oportunidad de cambiarme, peinarme y refrescarme.

—En que puedo andar por la calle —al fin contestó, lentamente—, y sentir el sol en la cara. Ayer no podía hacerlo. Hoy la hierba es más verde, el cielo más azul. Agradezco hasta una gota de lluvia. Puedo tomar una copa. —Levantó la copa de champán—. Esta noche podré dormir en una cama de verdad, usar un cuarto de baño como Dios manda. ¿Es esto lo que quería oír? —me reprochó con arrogancia.

—Sí, si es lo que siente —contesté en voz baja—. Sé que este es un momento muy emocionante. Siento molestarle, pero a todos les interesa su caso, este error judicial...

—¿Y dónde estaban —me espetó— hace diez años cuando fui coaccionado por un tribunal de pacotilla en un condado de lo más primitivo?

—Debió de ser espantoso —me compadecí— que nadie le creyera.

Asintió, con una sonrisa irónica:

—Estuvo a punto de conseguir lo que quería.

—¿Su mujer?

Sus ojos, en los que se reflejaba una mirada tan dura como el granito parpadearon ferozmente al oír esa palabra, pero no dijo nada.

—¡Su madre está tan contenta! —continué.

—Yo también lo estoy —afirmó, con la mirada todavía sardónica—. La mujer que me puso entre rejas tiene lo que se merece. Si la sentencia se hubiera cumplido, si me hubieran llevado a la silla eléctrica, ella sería tan culpable de asesinato como la persona que la ha matado a ella.

—Pero usted la quería...

—Le diré algo, señorita periodista. —Se acercó a mí, su cara a pocos centímetros de la mía; me habló deprisa, en voz baja—. En el ala X acabé perdiendo el poco cariño que sentía por ella. ¿Quiere que le explique cómo era mi vida en la celda X-3323? Había un retrete metálico colectivo, una falta total de intimidad, te decían qué y cuándo comer, cuándo dormir, cuándo ducharte. Usaban sprays químicos, aparatos eléctricos para aplacarnos, bombas de humo. —Sonrió de mala gana—. Los guardias las llamaban «humeantes». Kaithlin... —se detuvo y suspiró—, no pasó un solo día en que no pensara en ella. La habría matado sin remordimiento alguno, señorita periodista.

Sus palabras me hicieron sentir un escalofrío en la espalda.

—Me llamo Britt —comenté en voz baja—. Britt Montero, del *Miami News*.

—Bien, señorita periodista, seguro que le gustaría saber cómo me siento tras su muerte. Digamos simplemente que aliviado, con una nueva visión de la justicia divina. Al fin y al cabo parece que sí hay cierto equilibrio en el universo.

—¿Quién cree que puede haberla matado?

—No lo sé, pero me siento agradecido. Su asesino me ha salvado la vida. No ha podido ser más oportuno, pero ojalá lo hubiera hecho mucho antes. —Volvió a reclinarse en su asiento—. Ahora están donde les corresponde.

—¿Están? —Levanté la vista de mi libreta.

—Su madre. También está muerta. ¿Lo sabía? La bruja causante de todos nuestros problemas.

—¿A qué se refiere? —pregunté.

Siniestro y huraño, sacudió la cabeza, luego se giró para contestar a Stockton, que nos interrumpió para plantearle cómo actuar con la prensa en el aeropuerto de Miami.

—Una cosa más —me apresuré a decir—. ¿Había algo grabado en el anillo de boda de Kaithlin?

Me miró de nuevo, los ojos entornados.

—¿Cómo iba a acordarme? —replicó con sequedad—. ¡Fue hace tanto tiempo!

A regañadientes, cedí mi sitio al abogado. El avión era suyo.

Me senté al lado de Rychek.

—Bueno —suspiré—. ¿Cómo lo supiste?

—¿Lo tuyo con Fitzgerald?

—Sí.

—De algo ha de servirme haber sido detective durante todos estos años. Oye, es un poli, igual que el resto. Constantemente les digo a los chicos que mantengan los ojos bien abiertos y las braguetas cerradas, pero no hay manera. Pero tú... me sorprende.

—¿Me harías un favor? —le pedí, repentinamente cansada—. No se lo digas a nadie, al menos hasta que el caso esté cerrado, ¿quieres? No estaría bien visto, trabajando yo en el caso y todo eso.

—Por supuesto que no. No es un mal tipo, pero pensaba que salías con otra persona.

—No sé, Emery —sacudí la cabeza—. Me parece que ya no.

No volvimos a tocar el tema.

R. J. se acercó a mi asiento, poco antes de aterrizar.

—La fecha —dijo—. Doce de junio de mil novecientos ochenta y cinco, y las iniciales. La suya y la mía. —Mientras yo lo anotaba, se inclinó hacia delante y me susurró al oído—: ¿La vio?

Parpadeé:

—¿A Kaithlin?

—Me comentaron que usted estuvo ahí, en la playa, el día que la encontraron. —Lo dijo como si no tuviera importancia, pero su mirada le traicionó.

—Así es.

—¿Qué aspecto tenía? —murmuró, la nuez se le movía.

—Muy parecido al de siempre —contesté con dificultad, recordando sus facciones en el agua—. A juzgar por las fotos antiguas que he visto, no había cambiado mucho. Era una mujer muy guapa.

Hizo una mueca de disgusto.

—¿Por qué? —le pregunté.

Se irguió bruscamente, obvió responder y fue a reunirse con Stockton.

Su remordimiento, si eso es lo que sentía, no dejaba de ser fugaz.

En una sala del aeropuerto, delante de los medios de comunicación, R. J., muy metido en su papel de hombre extravagante y atractivo, de niño consentido de la sociedad de Miami, dio la mano a su abogado y abrazó a su madre, Eunice, que llegó al aeropuerto con un traje de chaqueta blanco, de imponente diseño.

—Tengo lo que quería —declaró R. J. ante la prensa. Sabía cómo acaparar todas las miradas y ser el centro de atención—. Estaba decidido a salir libre de aquel agujero infernal, o morir. Sin términos medios. —Recorrió la sala con la mirada, deteniéndose en cada uno de los periodistas—. Por eso me negué a declararme culpable. Una cárcel no es el sitio idóneo donde pasar el resto de tu vida.

Un periodista del Canal 7 le preguntó a R. J. si entre sus planes estaba ahora iniciar una campaña contra la pena de muerte o a favor del establecimiento de reformas en el sistema.

—¡Ni hablar! —sonrió burlonamente—. No soy ningún héroe para los reclusos. Nunca me relacioné con ellos. Todos dicen que son inocentes. La diferencia está en que yo realmente lo era.

Stockton intervino para culpar al Estado por haber arruinado la vida y la reputación de un hombre inocente.

—Nunca podrá recuperar lo que le han quitado. Supongo que ya conocen aquella historia que dice que si llevan una almohada a la cima de una montaña, la desgarran y lanzan sus plumas a los cuatro vientos, vale más que no intenten recuperarlas una a una porque será imposible —recalcó las palabras—. Eso es exactamente lo que ocurre al intentar recuperar una reputación arruinada.

Lottie, que estaba entre los fotógrafos, y yo intercambiamos miradas escépticas. R. J. no era ningún santo. ¿Y los malos tratos? ¿Las órdenes de restricción? ¿Las mentiras? ¿El agujero financiero y su pasado conflictivo? No creo que el mundo entero fuese a pensar que antes de ser un asesino no había roto nunca un plato.

—¿Qué le diría al asesino de su mujer? —preguntó una periodista aprovechando un breve silencio.

—Gracias, colega —bromeó R. J. sin vacilar. Incluso Stockton hizo una mueca de disgusto ante la gélida sonrisa de su cliente.

—Este R. J. es un cabrón —comentó Lottie, mientras nos dirigíamos al parking—. Es guapo, ¿eh?

—No sé qué tienen estos dandis que atrae tanto a las mujeres —murmuré.

—Hablando de dandis —dijo Lottie—, estás horrible.

—Gracias. Desde que me fui de Miami no he podido pintarme los labios, pasarme un cepillo por el pelo ni cambiarme de ropa interior. Yo también me alegro de verte.

—Me han dicho que el vuelo de ida fue durillo.

—Dímelo a mí.

—Y que no pasaste por el hotel. Gretchen intentó localizarte. Estaba tan cabreada que dijo que te retorcería el pescuezo.

—¡Vaya, fenomenal! ¿Alguna buena noticia para variar?

—Sí, Angel me ha enseñado el catálogo. ¿Recuerdas el vestido de crinolina? —Suspiró—. Es el más pasable de todos.

◆ ◆ ◆

Fría, resuelta y, como siempre, vestida para triunfar, Gretchen Platt, la maldita ayudante del editor de noticias locales, me repasó de los pies a la cabeza cuando entré en la redacción.

—¿Qué les pasa a tus zapatos? —Parecía horrorizada.

—Espuma —respondí, revisando el correo. Me siguió como una sombra mientras buscaba mi silla, de la que alguien se había apropiado en mi ausencia. La rescaté de otra mesa y la arrastré a mi sitio.

—No vuelvas a desaparecer —me espetó lacónicamente— hasta que el artículo esté terminado y lo hayamos revisado juntas.

Mi cara debió de hablar por sí sola, porque dio media vuelta y tuvo la sensatez de no echarme un sermón mientras trabajaba. Aunque no me cabía la menor duda de que tarde o temprano me caería el chaparrón.

—¡Uf! —Fred dio un largo silbido mientras leía la declaración de R. J. en una copia de mi artículo—. ¿En serio dijo esto?

—Yo no me lo he inventado.

—Es un tipo duro —constató Fred. Se sentó en el borde de la mesa contigua a la mía.

—Es de piedra —le corregí—. Como cualquier asesino. Pero no es culpa suya. Admite que si hubiera tenido la oportunidad, la habría matado con sus propias manos.

—¿Crees que fue él? —preguntó Fred pensativo—. No es difícil encontrar asesinos a sueldo estando entre barrotes.

—¡Quién sabe! —exclamé—. Pero eso plantea otra pregunta. Si contrató a alguien, ¿podría ser procesado? Ya ha sido juzgado y condenado por haberla matado. ¿Sería una doble incriminación?

—Buena reflexión. Habrá que informarse. —Se quitó las gafas de montura de oro y se masajeó los lagrimales con el pulgar y el dedo índice—. Mientras tanto, ¿cuál es el siguiente paso?

—Averiguar dónde se ha metido Kaithlin durante todos estos años. Ésa es la madre del cordero. Probablemente en cuestión de horas todas las revistas y la prensa sensacionalista, *48 Hours, 20/20, America's Most Wanted,* abordarán el tema. Alguien que la conociera verá el misterio aireado y contará su vida secreta. Podemos intentar adelantarnos a ellos, hacerlo nosotros mismos. Me gustaría intentarlo.

—¿Y qué sugieres?

—Tengo la foto del cadáver…

Arqueó las cejas.

—… y un montón de viejas fotos de archivo de Kaithlin previas a su desaparición. Me gustaría que el departamento artístico, con el nuevo equipo informático que tiene, hiciera un dibujo que se ajustara al máximo a su imagen más reciente. Podríamos enviarlo por fax a las oficinas de desaparecidos de las principales ciudades. Y me gustaría que Onnie, que es la mejor documentalista de la biblioteca del *News,* se pusiera con el ordenador para hacer una revisión exhaustiva. Hay que ver si la víctima encaja con algún certificado de desaparición de algún punto del país. Ya hace varias semanas que murió. En alguna parte habrá alguien buscándola. Si últimamente se hubiera publicado un anuncio en algún periódico local, preferiría que nos centráramos en eso primero.

»Mientras, trataré de localizar a todas las personas que formaban parte de su pasado. Alguien debe saber algo o debía conocerla lo bastante para podernos decir adónde habría ido para empezar una nueva vida.

—Esto suena como un plan —afirmó Fred—. A lo mejor tenemos suerte. Iré a hablar con los de arte. Tú habla con Onnie.

—Pídeles un dibujo de frente y uno de perfil —le dije, dándole la foto del cadáver.

Miró la foto e hizo una mueca de asco, luego se puso las gafas y la observó con mayor detenimiento.

—Si había empezado una nueva vida en algún lugar, ¿por qué demonios crees que volvió?

Sacudí la cabeza en señal de negación:

—Ya sabes cómo es Miami; es una ciudad que engancha. Quizá no aguantaba más tiempo sin venir por aquí. O recapacitó y quiso salvar a R. J. Quizá volviera para encontrar el dinero desaparecido. Quizá, por improbable que parezca, se enteró de que su madre estaba muerta.

—Un montón de quizás —comentó lacónicamente—. Haz lo que puedas. De momento llevamos ventaja. Sería genial que no se nos adelantaran. —Me miró frunciendo el ceño—. ¿Por qué no te vas a casa y descansas un poco?

Volví a sacudir la cabeza:

—Quiero empezar esta noche. Pasaré por casa para ducharme y comer algo, y luego vendré.

—Eso si aguantas despierta —dijo—. Una cosa más. —Hizo una pausa, como si no estuviera seguro de querer tocar el tema—. Anoche hubo un problema en la redacción. Como sobraba espacio en portada, Gretchen quería más información sobre el aterrizaje forzoso. La compañía aérea le dio largas, consciente de que faltaba poco para el cierre. Pretendía que te ocuparas tú del asunto sobre el terreno, pero le fue imposible localizarte. Los del hotel le dijeron que no llegaste a registrarte. Incluso dio con el equipo de Stockton en su hotel. Le comentaron que no te habían visto.

—Fue una experiencia espantosa —expliqué, molesta de que me espiaran como si hubiera hecho novillos en el colegio—. Llamé enseguida a la redacción, conté todo lo que sabía, y pasé la noche en casa de una amiga mía que vive allí. Ni siquiera llevaba encima un cepillo de dientes o un camisón.

Me miró con escepticismo a través de sus gafas bifocales.

—Me voy a casa, a lavarme los dientes. Dentro de una hora, más o menos, estaré de vuelta.

Asintió con la cabeza.

—¡Buen trabajo! —exclamó, mientras yo abandonaba la sala de redacción.

Corrí escaleras abajo para no toparme con Gretchen y para que Fred no me hiciera más preguntas mientras esperaba el ascensor.

Ya saliendo del edificio llamé por teléfono a la biblioteca desde el coche. Onnie había vivido los malos tratos en su propia carne. Se sentiría identificada con Kaithlin.

—Onnie, si tuvieras que huir, desaparecer para siempre, cambiar de identidad y empezar de cero, ¿adónde irías?

—¿Tienes problemas en el periódico? —preguntó sin entender lo que le acababa de plantear—. Vamos, Britt. Seguro que no es para tanto. Otra vez la bruja de Gretchen, ¿verdad?

Le expliqué lo que buscaba y, tras mucho pensar, convinimos en que probablemente Kaithlin se habría ido lo más lejos posible de Miami. Onnie comentó que empezaría por revisar los periódicos de la costa oeste, California, Washington, Oregón y Colorado, para luego pasar a los del este.

—Supongo que fue lo bastante lista para no ir a una ciudad turística —apunté, recordando un homicidio que había cubierto. La víctima, que formaba parte del plan de protección de testigos de Nueva York, insistió en que quería abrir un pequeño bar en South Beach, desoyendo a los agentes del FBI, quienes le advirtieron que Miami era una ciudad demasiado pequeña y que allí la verían y la reconocerían. No se equivocaron. Dos semanas más tarde la mataban a tiros.

Kaithlin no necesitó al FBI; había elaborado su propio plan de protección de testigos. La mantuvo diez años con vida, hasta que algo falló.

—Procura delegar el trabajo rutinario de la redacción —le sugerí—. Fred quiere que le demos prioridad a esto.

—Como de costumbre, hay exceso de trabajo y falta personal —protestó—, pero haré todo lo que esté en mi mano. De modo que viste a R. J. Jordan, ¿eh? ¿Qué aspecto tenía?

—No está nada mal para rebasar los cincuenta. Lottie cree que sigue estando de buen ver.

—¡Oye, ni que fuera tan mayor! Mira a Newman, a Redford, a Poitier o a Sean Connery.

—Ya, pero es que el único atributo de este tío es ser fuente de desgracias.

—Hablando de hombres —comentó a la ligera—, ¿tienes algún nuevo amor del que deba saber algo? Me han comentado que en Daytona desapareciste del mapa.

—Tengo que colgar, hablamos luego —me excusé, y giré por Alton Road en dirección sur.

Sólo me había ausentado veinticuatro horas. Mientras aparcaba frente a mi casa, me dio la sensación de que había pasado más tiempo. Ya era de noche. La señora Goldstein, con un grueso jersey y unos guantes, estaba regando sus plataneros. Al verme, se le iluminó la cara.

—¡Acabo de verte en la tele! Han emitido la rueda de prensa del aeropuerto. —Dejó la manguera gorgoteando en el césped y me dio un abrazo—. Debes de estar agotada, te he hecho un poco de sopa. ¿Y tu maleta, Britt?

—No lo sé —balbucí, y para sorpresa de ambas rompí a llorar a lágrima viva y a sollozar ruidosamente.

Entró en casa conmigo, calentó la sopa, preparó un té y me escuchó. Desplomada en mi silla favorita, con *Billy Boots* ronroneando en mi regazo, le confesé que McDonald ya no formaba parte de mi vida y le conté los duros momentos sufridos en el avión.

—Pensé que sería el definitivo —aseveró apenada.

—Yo también. —Gimoteé, abrazando a *Bitsy*, que estaba sentado, mirándome con preocupación, y con las patas delanteras sobre mis rodillas, inquieto.

—Me alegro de que hayas vuelto sana y salva —confesó mi casera amablemente—. Después de lo que has pasado, no me extraña que estés disgustada. Es ahora cuando te están aflorando todas las emociones. Necesitas comer algo consistente, darte una ducha e irte a la cama. Y mañana irás a la playa a tumbarte con un buen libro…

—Es que…, es que no puedo —hipé—. Esta noche tengo que volver al despacho.

Sorprendida e indignada, tildó a mis jefes de seres «despiadados e incomprensivos» que no paraban de aprovecharse de mi lealtad y mi bondad. No era verdad, por supuesto. Soy la primera en estar ahí cuando hay problemas. Pero necesitaba el consuelo y la comprensión de alguien que me apreciara.

—Dúchate —me ordenó—, que mientras te traeré algo de comida. Por cierto, cariño —dijo desde la puerta—. También te he comprado un cepillo de dientes nuevo. Vi el tuyo cuando vine a sacar de paseo al perro y a cambiar la tierra de la caja de *Billy*. —Sacudió la cabeza—. Deberías reponerlo al menos cada seis meses.

—Ya no los hacen tan resistentes como antes —repuse medio ida.

Al acabar de ducharme y vestirme, me estaban esperando en un plato un delicioso solomillo de ternera con rábanos y pastel de patatas.

La comida, reconfortante y sustanciosa, no llenó el vacío que había en mi corazón, pero me tonificó. Me abrigué y me llevé un termo de café cubano bien cargado. De camino hacia el periódico, envuelta por la fría noche, me sentí más fuerte, como si hubiera recobrado la energía. ¿Quién necesitaba dormir? ¿Cómo decía aquella canción?: «Dormiré cuando me muera».

11

—Muy original. Buen argumento —afirmó Jeremiah Tannen. El antaño niño prodigio de la Oficina del Defensor del Pueblo fue la primera persona a quien llamé. Actualmente está especializado en derecho penal en un próspero bufete—. Pero no te funcionará —apuntó—, y te diré por qué.

»Nadie puede ser juzgado dos veces por el mismo crimen. Se daría la situación de cosa ya juzgada. Pero un hombre erróneamente condenado una primera vez por el asesinato de su mujer puede, de hecho, ser acusado por su reciente asesinato. No es el mismo crimen. Es un asesinato diferente, con lugar, fecha y jurisdicción diferentes.

»Ahora bien —prosiguió—, si le declararan culpable, sería fascinante intentar persuadir al tribunal para que tuviera en cuenta el tiempo que ha cumplido condena por el primer crimen, el que nunca tuvo lugar.

Mientras despachaba el correo y los mensajes en mi mesa, no podía dejar de pensar en la rabia que R. J. le tenía a la madre de Kaithlin. ¿Por qué la odiaba tanto? Después de todos estos años, seguía furioso con una desconsolada anciana, ya muerta, cuyo único pecado parecía haber sido sacar adelante a la mujer que él, en su día, amó.

¿Hizo algo más que entrometerse? ¿Era porque había declarado en contra de él?

Llamé por teléfono a mi madre, que me había dejado un montón de mensajes.

—Britt, cielo. ¿Has estado fuera? Alguien me comentó algo de un avión…

—Sí —contesté—, pero todo ha salido bien. Mamá, cuando trabajabas en los almacenes Jordan…

—Lo acabo de ver en la noticias, cariño. ¡Han soltado a R. J.!

—Lo sé, yo estaba ahí.

—¡No puedo creerlo! Me quedé boquiabierta. ¿Te fijaste en cómo iba vestida Eunice? ¡De Chanel! Parecía otra persona. Desde que ocurrió aquello siempre ha ido de negro.

—Supongo que era una forma de celebrar el regreso de su hijo. Mamá, ¿recuerdas si…?

—Eunice siempre tuvo estilo —manifestó—, pero para los negocios era un cero a la izquierda. Con era brillante, excesivamente generoso. Nos hizo creer a todos que su mujer era un portento, cuando en realidad no era más que un florero con patas.

—Mamá, estoy en el despacho, tratando de atar cabos. Quizá puedas ayudarme. ¿Te habló Kaithlin alguna vez de sus problemas personales, de la animosidad existente entre su madre y R. J.?

—¡Hace tanto tiempo de eso! —exclamó, repentinamente menos habladora—, y me pillas en la puerta. Me voy con Nelson a un cóctel del Dade Heritage Trust; luego iremos a cenar. —Traté de recordar a Nelson. Había salido con diversos hombres desde que, recientemente, empezara a tener citas tras haber aceptado, al fin, la muerte de mi padre.

—No te entretendré mucho —prometí—, pero es que hay tantas hipótesis, tantas posibilidades, y dispongo de poco tiempo. Necesito un poco de orientación.

—¿Qué es lo que se comenta? —Sonaba prudente.

—¡Oh!, mil historias. —Extraje la lista de testigos y abrí la extensa transcripción del juicio—. Hay gente que está especulando incluso con la posibilidad de que hubiera otra niña, de que Kaithlin no fuese…

—Tal vez no se aleje tanto de la verdad —me interrumpió.

—¿Qué? ¿Te refieres a que…?

—Cariño, lo siento pero de verdad no puedo seguir hablando.

—Por un momento me dio la impresión de que se arrepentía de haber dicho todo lo que dijo—. Llaman a la puerta. Me tengo que ir. Te quiero.

—Mamá, espera… —Colgó.

Pulsé la tecla de rellamada. Su teléfono sonó y sonó. Colgué, marqué de nuevo, y volvió a sonar. Ni siquiera su contestador automático respondió.

En mi trabajo a menudo tengo que sonsacar información íntima, incluso comprometida, a desconocidos hostiles y reacios a hacerlo. ¿Por qué no puedo comunicarme con mi propia madre? ¿La repentina liberación de R. J. la había sorprendido porque sabía algo más, algo importante?

Volví a hojear la lista de testigos y marqué un nombre con un rotulador fosforescente: Amy Hastings, la amiga de toda la vida de Kaithlin, una de las últimas personas con las que ésta habló antes del asesinato que nunca ocurrió.

Marqué otros nombres con rotulador amarillo como el de Dallas Suarez, la amante que había declarado en contra de R. J., y el ama de llaves de los Jordan, Consuela Morales. A través de un intérprete, Consuela Morales había dado testimonio de las peleas de la pareja y de la violencia de R. J. Dijo que una vez lo vio empujar a Kaithlin contra una mesa de cristal, y que presenció otra discusión en la que la abofeteó hasta hacerla llorar.

El ama de llaves confesó haberle puesto hielo a Kaithlin en el pómulo amoratado para que a la mañana siguiente pudiera asistir a una importante reunión de negocios. También declaró que le tenía tanto miedo a R. J. que habría dejado su trabajo, pero que le daba miedo dejar a la señorita Kaithlin sola con él. Ella, también, lloró en el estrado.

No es de extrañar que el jurado quisiera cargarse a R. J.

Por aquel entonces el ama de llaves tenía cincuenta y un años, su nombre era común. Se me ocurrió que si seguía con vida y trabajando en Estados Unidos, lo más probable es que aún viviera en el mismo barrio. Los empleados domésticos de habla no inglesa normalmente son contratados a través de otros empleados conocidos que van dando voces.

Encontré las páginas amarillas, el directorio telefónico de particulares de la ciudad, y empecé por la casa de Old Cutler, donde se rompió el funesto matrimonio de Kaithlin y R. J.

Se puso al teléfono un niño, luego se lo pasó a su estresada madre, quien aseguró no haber oído nunca hablar de Consuela Morales. El vecino de al lado, que acababa de trasladarse, comentó lo mismo. Pero una antigua vecina de la acera de enfrente creía recordar a la mujer.

—Me parece que ahora está en el edificio de aquí al lado, trabajando para un médico y su mujer.

Di con ella a la décima llamada.

—Me gustaría verla y hablar con usted —le dije en español.

Estaba demasiado ocupada, protestó. Ante mi insistencia, aceptó a regañadientes verme al cabo de una hora y media.

Hasta entonces, busqué en la base de datos del Departamento de Automóviles de Florida. No constaba ningún permiso de conducir a nombre de Amy Hastings. Su antiguo carné, expedido cuando tenía diecisiete años, me dio la pista de su fecha de nacimiento y su descripción física. Los archivos revelaban que, en 1993, Amy Hastings había renovado su carné de conducir a nombre de Amy Sondheim. En Bell South no aparecía ninguna Amy Sondheim, ni en el listín de teléfonos ni fuera de él. Llamé a la urbanización donde había vivido en aquella época. El administrador no la recordaba, pero me proporcionó los nombres de cuatro antiguos inquilinos. El segundo me aseguró que Amy se había divorciado y que se había trasladado a Baltimore. Allí no había ni rastro de ella en el listín telefónico. Los archivos de Maryland indicaban que había vuelto a renovar su carné, esta vez a nombre de Amy Tolliver. Los nuevos inquilinos de su antiguo piso me dijeron que se había ido a vivir a San José, California, en 1997.

¿Se habría ido para estar cerca de Kaithlin? Estuve a punto de llamar a Onnie para sugerirle que se centrara sobre todo en California, pero Amy no figuraba en el listín de San José. Hasta ahí llegaban las pistas. Luego conseguí colarme en los archivos de una entidad de crédito, no en los confidenciales, sino sólo en la primera página que identificaba al individuo en cuestión. Amy no había parado un instante: divorciada y al parecer casada una vez más. ¿Su nueva dirección? Miami. Había vuelto a finales de 2000, ahora usando el nombre de Amy Salazar.

Debí haberlo imaginado. Algo atrae irremediablemente a los nativos de este lugar. Si vives en otra parte, yo misma lo experimenté, muy a mi pesar, al ir a la universidad, empiezas a notar una sensación de incomodidad, como si te fueras a la cama sin lavarte los dientes. De pronto te despiertas en plena madrugada, te sientas, te das una palmada en la frente y dices: ¡Ah, sí, ya decía yo que me olvidaba de algo! Me he olvidado de volver a casa, de volver a Miami.

Nadie cogió el teléfono. Si Amy había leído el periódico, ¿por qué no me llamaba? ¡Ojalá no se me hubiera adelantado otro periodista!

Miré qué hora era. Había quedado con Consuela Morales al cabo de quince minutos.

No es de extrañar que la agresividad de R. J. hubiera amedrentado a Consuela. Medía menos de metro cincuenta de estatura, era menuda y solemne, y tenía unos ojos inmensos. Estuvimos charlando en su habitación, un cubículo con entrada propia decorado con sobriedad, probablemente más pequeño que algunos de los armarios de esa inmensa casa en la que ahora trabajaba. Dijo que no le gustaría que sus jefes se enteraran de esto. No tenía de qué quejarse. El trabajo era excelente.

Había tenido miedo, pero había dado testimonio pese a las amenazas, súplicas, e incluso ofertas de dinero y empleo de por vida de Eunice Jordan. Había declarado a favor de la señorita Kaithlin, afirmó, un alma buena que la había ayudado trayendo al resto de su familia de Guatemala, financiándolo todo y encontrándoles trabajo. Había sido difícil trabajar para el matrimonio. Se amaban apasionadamente, comentó el ama de llaves con solemnidad. Se peleaban. Siempre. Y la cosa fue empeorando, hasta que ella misma empezó a temer por la vida de la señorita Kaithlin. Aunque había explicado con detalle a policía y abogados cómo eran los enfados de R. J., nadie investigó nunca qué los provocaba. Al fiscal no le hacía falta, y la defensa no quería ahondar más en el mal genio de su cliente.

Por aquel entonces Consuela no hablaba muy bien inglés; ahora tampoco. Pero tenía una cosa clara. La razón de sus discusiones siempre era la misma.

R. J. gritaba, exigía y soltaba improperios. Incluso lloraba. Siempre decía lo mismo: «¿Dónde está mi hijo? ¡Quiero a mi hijo!»

—No tenían hijos —dije.

—Lo sé. —Consuela se encogió de hombros y entornó sus oscuros ojos, como si las extravagancias de sus jefes no fueran de su incumbencia.

—¿Está segura de que eso es lo que decía?

Lo estaba. Durante las discusiones, Kaithlin llamaba a menudo a su madre, me contó Consuela. R. J. chillaba. A veces se peleaban por teléfono.

—Él muy loco —afirmó en inglés.

Nunca vio a Kaithlin embarazada, nunca vio un niño ni ninguna foto de un niño.

El médico forense aseguró que Kaithlin había dado a luz. Pero si ella y R. J. habían tenido un hijo, ¿dónde estaba?

Ya en la oficina, llamé a R. J. No estaba en casa, y Eunice «no podía ponerse».

Marqué el número de Amy Salazar. Esta vez sí que contestó.

—Sé que su verdadero nombre es Amy Hastings —solté con rotundidad, sin darle oportunidad a que lo negara—. Necesito hablar con usted sobre Kaithlin Warren. —Luego me presenté.

—¿Cómo me ha encontrado? —Su voz era dulce y aniñada, aunque por lo menos tendría unos treinta y seis o treinta y siete años.

—No ha sido fácil.

—¿Qué pasa con Kaithlin?

—Supongo que ya se habrá enterado de que ha muerto hace poco y de que R. J. ha sido puesto en libertad.

—Sí, pero están ustedes muy equivocados —comentó alegremente—. Kaithlin no está muerta. Ni lo estuvo entonces ni lo está ahora.

—¿Qué quiere decir? —Me quedé boquiabierta.

—No me gusta hablar de esto por teléfono —respondió en voz baja.

—Pasaré a verla —dije—. Voy para allá.

Vivía en Coconut Grove, un histórico barrio periférico de Miami de casas pequeñas, grandes árboles y estrechas calles con nombres como Avocado, Loquat y Kumquat. Me costó encontrar la dirección: una casa apenas visible desde la calle, que parecía más pequeña de lo que era, rodeada por un inmenso roble y por poincianas reales. Estaba oscuro, pero unos cuantos puntos luminosos me observaban desde el porche mientras caminaba por un sendero bordeado de helechos. Varios gatos se escondieron entre las calas mientras me acercaba a las escaleras de madera. Un olor a clavo y a canela de plantas que florecen de noche perfumaba el aire, y el agua se estrellaba sobre alguna piedra cercana. La luz de la casa era tan tenue que me estremecí, esperando que ella siguiera allí.

Su voz casi musical respondió cuando llamé.

—Soy Britt Montero —anuncié, y abrió la puerta.

A pesar del frío iba descalza, llevaba el pelo suelto y ropa holgada. Me fijé en que había velas blancas encendidas cuando me hizo pasar al salón, de cuyo techo colgaban macetas y campanas tubulares. Los muebles eran de mimbre, y el suelo, de pino de la región. La titilante luz de la vela iluminaba un cristal suspendido de una cinta que rodeaba su pálido cuello.

—¿Se ha quedado sin luz? —pregunté.

—¡Oh, no! —Se rió y encendió una lámpara de latón de la esquina—. Es que me gusta meditar a la luz de las velas.

Me senté en un sofá de color amarillo chillón y rechacé el zumo de frutas que me ofreció. Ella se sentó frente a mí en una mecedora de mimbre. Era delgada, de boca ancha y generosa, y pestañas gruesas y oscuras.

—Me asusté cuando me dijo que Kaithlin no está muerta.

—Es que no lo está —murmuró con seguridad, sonriendo con benevolencia—. No hay muerte sino cambio.

La miré fijamente, no sabía si reír o llorar.

—Entonces —apunté—, estará de acuerdo conmigo en que se trata de un cambio bastante drástico. —Había esperado descubrir algo revelador y me encontré con bobadas de la nueva era.

—El alma nunca muere —matizó con serenidad—. El espíritu de Kaithlin sigue vivo. —Miró a su alrededor—. Siento su presencia a menudo.

—Yo también —afirmé, sorprendiéndome a mí misma; mis emociones estaban confusas—. Me encantaría que pudiera contarnos lo que ocurrió, aclararnos estos últimos diez años de su vida. ¿Ha sabido algo de ella en todo este tiempo? ¿En la vida real? ¿Sabía que en aquel avión estaba aún con vida?

—No. —Parecía dolida—. Cuando presté declaración en el juicio, lo que dije, lo dije convencida. Yo creía que Kaithlin estaba en espíritu. Me sentía como si hubiera perdido a una verdadera hermana.

—¿Desde cuándo eran amigas?

—Nos conocimos en el parvulario. —Sonrió—. En la clase de la señorita Peters. El primer día nos peleamos y acabamos tirándonos de los pelos. No recuerdo el motivo, pero la señorita Peters tuvo que separarnos. Las dos llorábamos, habíamos liado una buena. Desde entonces fuimos inseparables. Yo era como su sombra. Kaithlin mandaba, yo la seguía. Yo era muy tímida y reservada. La adoraba. Era más lista que yo, corría más rápido, y contaba los mejores chistes de todo el colegio.

»Compartíamos todos los secretos. Éramos uña y carne —añadió, jugando con un mechón de su larga melena—, hasta que conoció a R. J.

De repente se vino al sofá a sentarse conmigo, los pies pegados al cuerpo y la falda cubriéndolos. Se había levantado con tal energía que la mecedora seguía balanceándose.

—Teníamos dieciséis años —comentó en voz baja, los ojos brillándole—. Desde que sus miradas se cruzaron, todo fue ardor, pasión y emoción. Era lo más romántico que habíamos visto jamás. Para ella fue su primer amor, y para él creo que fue un redescubrimiento de la inocencia. Aún no la dejaban salir con chicos, pero a pesar de lo jóvenes que éramos, ya habíamos hecho nuestros pinitos. R. J. era diferente. Solía engañarla y tomarle el pelo. En su primera cita, Kaithlin estaba oficialmente estudiando en mi casa, él se emborrachó, de modo que ella cogió un autobús y se fue a casa. R. J. no la vio marcharse, ni siquiera sabía su número de teléfono. Furioso, fue a verla a los almacenes la siguiente vez que ella trabajó allí. Pero ella, sí, ella era muy lista. Le dio la vuelta a R. J. haciéndole creer que era consigo mismo con quien estaba enfadado. —Se apoyó en un codo, la mano en el pelo, la mirada perdida—. A partir de entonces, lo tuvo en el bote; él tenía que conquistarla a toda costa. Kaithlin sabía cómo conseguir lo que quería. Quería a R. J. y lo tuvo.

—Yo pensaba que Kaithlin y su madre estaban muy unidas.

—¡Qué va! —Amy frunció el ceño y se alisó la falda—. Yo creo que Kaithlin pilló a su madre ya mayor. Era, cómo le diría, era de otra generación, estricta, regordeta, anticuada, era una beata. Kaithlin tuvo que ir vestida con esa ropa absurda y espantosa que ella le cosía. Nunca encajó con los niñatos ricos del colegio hasta que empezó a madurar. Entonces todo el mundo quería estar con ella.

»Yo estuve en su boda, ¿sabe? —La expresiva mirada de Amy se entristeció—. A pesar de todo lo que había pasado, ¡eran tan felices!

—¿Qué falló entonces?

—Eran almas gemelas —contestó vagamente—. Se adoraban, hacían una pareja preciosa. Ese tipo de relación celestial que no puede sobrevivir en la Tierra. No sé, debía de haber un montón de karma negativo que limpiar. Kaithlin decía que el karma acabaría condenándolos al infierno, y así fue.

—¿Y qué hay del bebé? —pregunté.

Me miró fijamente, inquieta.

—Fue por el bebé —reconoció con un susurro—. Fue todo por el maldito bebé. Un par de meses antes de cumplir los diecisiete, Kaithlin tuvo un retraso, y pensó que estaba embarazada. Lo estaba. Se lo contó a R. J., pero lo pilló con la guardia bajada y R. J. dijo que el niño tal vez no fuera suyo. Ya sabe a qué me refiero, Kaithlin era menor de edad, aún no había acabado el colegio. R. J. no quería que nadie lo supiera, especialmente sus padres. Se echó atrás, la dejó. Kaithlin tampoco quería que su madre se enterara, ya habían discutido por culpa de R. J. otras veces, pero es imposible ocultar un embarazo demasiado tiempo. Cuando su madre fue a ver a R. J., él acusó a Kaithlin de mentirosa y se largó.

Ahora entendía las palabras de Myrna Lewis: «Hay pecados que sólo Dios puede perdonar».

—¿Y qué pasó luego? —pregunté.

—Oficialmente —se encogió de hombros—, Kaithlin dejó el colegio durante seis meses para cuidar de su madre enferma. Tuvo al bebé, pero sólo lo vio una vez, el día en que nació. Su madre no dejó que se quedara con él. Lo dio en adopción.

»Desaparecido el bebé de escena, R. J. empezó a llamar a Kaithlin, quería verla. No se daba por vencido. La madre lo amenazó con ordenar que lo arrestaran y con meter a Kaithlin en un correccional de menores. La cosa se puso muy fea. Fue como si Kaithlin estuviera en la cárcel, con su madre de guardián. El día que cumplió dieciocho años, empezaron a salir abiertamente y ella volvió a trabajar en los almacenes Jordan. En aquella ocasión su madre no pudo impedírselo, aunque lo intentó.

»Esa mujer daba pena. Era como pretender detener un huracán sólo con la fuerza de las manos. —Amy abrazó sus rodillas, la mente llena de recuerdos.

—¿Cuándo decidió R. J. que quería recuperar al bebé?

—Empezó a obsesionarse con ello después de la boda. Sus padres querían un nieto, lo típico. Y a R. J. lo beneficiaba económicamente. Era un hombre impaciente, siempre lo quería todo ahora, no entendía por qué Kaithlin no se quedaba embarazada. —Amy sonrió con ironía—. Kaithlin había dejado de confiar en él. Ya había visto su reacción hacía unos cuantos años. Primero quería asentar el matrimonio, para cerciorarse de que él se quedaría a su lado y sería un buen padre. Quería seguir trabajando, ascendiendo, hasta que él estuviese preparado. Nunca le dijo que estaba tomando la píldora.

»Pero al ver que Kaithlin no se quedaba en estado, R. J. decidió recuperar a su bebé. Tenía dinero y todo lo necesario para conseguirlo. Pero la madre de Kaithlin se negó a contarles los detalles de la adopción. R. J. estaba que se subía por las paredes, acusó a Kaithlin de saber dónde estaba el bebé y de ocultarlo deliberadamente, le dijo de todo. La pobre Kaithlin no sabía nada. Era una niña cuando aquello ocurrió. Lo único que hizo fue firmar el papel que su madre le puso delante.

—Vaya follón —comenté.

—Pues sí. —Amy asintió con la cabeza lentamente—. Su madre odiaba a R. J. Supongo que fue su oportunidad de vengarse de él, el momento idóneo. R. J. también la odiaba a ella. Era vengativo; no pensaba en otra cosa. Kaithlin estaba entre dos aguas, entre tanta hostilidad, energía negativa y malas vibraciones. —Amy elevó los hombros y se estremeció, la vista clavada en la chimenea de piedra vacía.

—Estaba atrapada entre las dos personas que más quería en el mundo —apunté.

—Así es. Se lo hicieron pasar muy mal. No sé, supongo que su única alegría era el trabajo. Le encantaba. Era muy buena, sabía tratar a la gente, y era su forma de evadirse de un marido y una madre que se odiaban a muerte. —Levantó la vista, le brillaban los ojos—. ¿Entiende lo que quiero decir? Me refiero a que se volcó en el trabajo para olvidarse de sus problemas sentimentales.

Sí, sabía muy bien a qué se refería.

—¿Cuál fue la gota que colmó el vaso?

—Kaithlin descubrió que R. J. se veía con esa tal Dallas. Menuda fulana estaba hecha. Una noche incluso los seguimos con mi coche, los vimos juntos. Sólo Dios sabe qué más debió de hacer. Lo tenía todo, coches, barcos, un avión. Pero no era suficiente. Se rumoreaba, hasta en los periódicos se publicó, que había desaparecido dinero de la empresa. Kaithlin sospechaba de R. J. y de un contable amigo suyo que él mismo había contratado. Pero era consciente de que al final se las cargaría ella. Los padres de R. J. defenderían a su hijo. Siempre le defendían, ¿sabe? Era su hijo; siempre que metía la pata, encontraban a otro a quien culpar.

Asentí con la cabeza, poniéndome en el lugar de Kaithlin. Había perdido su relación con su madre, había perdido a su bebé, y su matrimonio y su carrera estaban a punto de irse al traste.

—El día antes de viajar a Daytona —me explicaba Amy—, Kaithlin me comentó que quería que su relación saliera a flote. Yo le dije que lo dejara estar. No sé, creo que el mundo está lleno de hombres. Pero ella quería persuadir a R. J. y a su madre de que fueran los tres a un psicólogo. Ya lo había intentado anteriormente, pero ambos se habían negado. Kaithlin no se rendía nunca. Cuando R. J. le propuso pasar un fin de semana juntos, ella accedió, dispuesta a hacer lo que hiciera falta para que su matrimonio funcionara.

—Usted era la que mejor la conocía —aseguré—. Cuando la llamó por última vez, desde el motel, ¿estaba realmente asustada?

—Me ofrecí para ir a buscarla a Daytona en coche, y por aquel entonces ni siquiera tenía un coche, digamos, decente —soltó Amy, elevando el tono de voz—. Maldita sea, habría alquilado uno, o habría pedido un jodido taxi. Fíjese si estaba segura de que él estaba fuera de sí y de que ella necesitaba ayuda.

»Verá —se inclinó hacia delante, la mirada triste—, siempre estuvimos allí la una para la otra. Kaithlin habría hecho lo mismo por mí. Ésa era su mayor virtud. Nunca dejó a sus amigos en la estacada, nunca olvidó sus raíces, siempre se preocupó de los más necesitados, siempre quiso ayudar a otras mujeres. Lo que quisiera saber es, ¿cómo pudo huir así, sin ni siquiera llamarme para decirme que estaba bien? Fui su mejor amiga durante toda su vida. —Las lágrimas rodaban por sus pálidas mejillas.

—Usted la conocía bien —afirmé—. ¿Adónde cree que habría ido?

Amy se enjugó los ojos y se encogió de hombros.

—Nunca me habló de irse a ningún otro sitio. Miami era su hogar. Se crió aquí. Lo único que sé es que quería quedarse aquí y vivir una vida normal y feliz.

—¿No es eso lo que todos queremos? —pregunté apenada.

—He cometido muchos errores —confesó Amy con seriedad, las lágrimas aún cayéndole—, y me ha costado mucho centrarme. Pero he visto la luz, al fin he encontrado el nirvana, la paz que estaba buscando, justo en el mismo sitio donde empecé. Es como si me hubiera estado esperando durante todo este tiempo.

—Me alegro.

Me sentía agradecida de que alguien estuviera contento y feliz con su vida.

—¿Su marido vive aquí también? —pregunté, mientras me acompañaba hasta la puerta—. Se apellida Salazar, ¿no?

—No vive aquí. —Parecía algo inquieta—. Creo que sigue en San José. Conseguí órdenes de restricción contra él.

12

Conduje por calles tan tenebrosas como el pasado. La mujer con la que tan identificada me había sentido estaba muerta. Había visto su cadáver. ¿Por qué me había puesto tan contenta cuando Amy casi me hizo creer que Kaithlin podía seguir viva? ¿Ilusión o pura locura? Al menos me había enterado de uno de sus secretos. Tal vez ahora se desenredaría el ovillo. Si lograba entenderla a ella y a sus fantasmas, es probable que también llegara a entenderme a mí misma.

La población de Miami, inconmensurable, está atestada de turistas, fugitivos y extranjeros ilegales indocumentados. Sin embargo nuestros caminos, el de Kaithlin y el mío, debían de haberse cruzado muchas veces. Cuando éramos pequeños, aquellos de nosotros que habíamos nacido y crecido aquí, que vivíamos en Miami todo el año, nunca nos perdíamos en la ciudad, que se expandía descontroladamente, ni en el denso casco urbano, en pleno desarrollo. Nuestra generación frecuentaba los mismos cines, centros comerciales y pistas de patinaje sobre hielo. Yo había comprado en los almacenes Jordan, un local del barrio, y mi madre trabajaba allí. Estuve a punto de trabajar con ella durante un verano, pero al final, recomendada por mi profesor de periodismo, decidí entrar en un pequeño semanario.

Seguro que Kaithlin y yo nos habíamos visto alguna vez, quizás incluso habíamos llegado a hablar. Teníamos mucho en común; ninguna de las dos tenía padre, a nuestras madres trabajadoras les había costado mucho sacarnos adelante, y teníamos un dilema entre el amor y la profesión. Pero, ¿cómo pudo huir dejando a la familia, los amigos y el trabajo, y simplemente desaparecer? ¿Sería yo capaz de hacerlo?, me preguntaba.

En lugar de coger la salida del centro de la ciudad, aceleré, yendo en dirección norte hacia el viejo edificio de apartamentos, con la esperanza de que no estuviera durmiendo.

—Señora Lewis —dije frente al interfono, cuando respondió al timbre—, soy Britt, del *News*. Necesito verla un minuto.

Llevaba una bata raída y zapatillas, el pelo ralo con rulos de plástico.

—¿Me ha traído la foto? —me preguntó, parpadeando.

—No, lo siento. Está encima de mi mesa. En cuanto llegue al despacho se la envío. —Contesté a la pregunta que sus ojos me estaban haciendo—. He venido para hablar del bebé de Kaithlin.

Hizo una mueca y fue cojeando hasta los fogones para encender el quemador sobre el que estaba la sempiterna tetera.

—¿Qué quiere saber del bebé? —preguntó con brusquedad.

—¿Lo sabía?

—¡Claro que sí! Reva era mi mejor amiga.

—No lo mencionó la última vez.

—No sabía que usted lo supiera.

¿Es que de repente todo el mundo jugaba al «Sin preguntas no hay respuestas»?

—Podría habérmelo contado —repliqué, exasperada.

Me miró, todavía con la cerilla apagada entre sus dedos artríticos:

—Reva me pidió que no se lo dijera a nadie.

—Pero está muerta; y Kaithlin también.

Parecía confundida:

—La muerte no es motivo suficiente para no guardar un secreto. Una promesa es una promesa.

—Pero es posible que esa información esté relacionada con el caso —protesté.

—No lo está.

—¿Cómo lo sabe? —inquirí.

—Ha pasado demasiado tiempo —respondió, con gesto burlón—. Ya no se puede hacer nada.

—Saber es poder —repliqué—. El saber ayuda a reunir todos los datos.

—¿A quién ayuda? ¿A su periódico? —me desafió—. Cuando yo era joven, el periodismo giraba en torno a cinco preguntas clave: Dónde, Cuándo, Por qué, Qué y Quién. Hoy en día gira en torno a dos: Basura y Cotilleo.

—Quizá tenga razón, en parte —reconocí humildemente—, en gran parte. Pero eso no pasa con mis artículos. Lo que me importa es resolver el asesinato.

—Romper promesas no servirá de nada —apuntó.

—¿No cree en la justicia?

—Sí —respondió con solemnidad, y con el deformado índice señaló el techo agrietado—. En la justicia divina.

—Pero convendrá conmigo en que sería un consuelo que en la Tierra hubiera un poco de esa justicia.

Su ligera sonrisa me concedió ese tanto.

—Le lancé una indirecta —explicó— cuando le dije que hay ciertas cosas que no se pueden perdonar.

—Lo siento, no la entendí. ¿De modo que Reva le pagó a R. J. con la misma moneda negándose a revelarle el paradero de su hijo?

—¡No! —gritó atónita, la mirada perpleja—. ¡Las cosas no fueron así! Yo pensé que renunciar a su único nieto la mataría. Casi lo hizo. Pero se sacrificó porque ese bebé se merecía dos padres adultos y responsables. ¿Qué habría sido de él con una madre adolescente y un playboy que no admitía su paternidad?

»Reva no podía soportar la idea de que Kaithlin sacrificara todo para criar sola a su hijo. Ella también había sido madre soltera, y había fracasado. Se reunió con el cura en numerosas ocasiones en busca del coraje y el valor necesarios para dar al bebé. El cura le dijo que la adopción era lo mejor.

—Pero podría haber obligado a R. J. a mantener al niño. Podría haber contratado a un abogado, haber llamado a los Jordan…

Myrna sacudió la cabeza mientras servía agua hirviendo en dos tazas con dos bolsitas de té nuevas.

—Tenía todas las de perder, igual que Kaithlin. Los Jordan eran demasiado poderosos. Intentó hablar con R. J., pero era un grosero y la humilló. Reva tenía su orgullo. Siempre se sacó las castañas del fuego ella solita. Entregar al bebé le partió el corazón, pero dijo que su nieto estaba con una familia maravillosa.

Miré mi libreta:

—Si no era venganza, ¿por qué no les ayudó a encontrarlo?

—Porque cuando R. J. cambió de opinión, el bebé ya no era ningún bebé —comentó indignada—. Era un niño, iba al colegio. Tenía seis años. Desarraigarlo y separarlo de la única familia que conocía no habría sido ético. Eso no se le hace a unos padres que quieren a su hijo. ¿Y si no era más que un capricho pasajero de R. J.? ¿Y si volvía a cambiar de parecer? No se puede jugar así con las personas.

—¿Así que lo que Reva estaba haciendo era proteger al niño?

—A su nieto, a toda costa —contestó con firmeza—. Se deshizo de los papeles del trámite para la adopción para que nadie los encontrara nunca. Si le ocurría algo a ella, no quería que unos desconocidos cualesquiera con carteras de ejecutivo trastornaran la vida de su nieto. Más tarde, por la forma en que R. J. la acusaba de robarle a su hijo, sospechó que ése era el motivo por el que mató a Kaithlin, para ir a buscar al niño. No se puede imaginar la cantidad de veces que Reva lloró desconsoladamente en esa silla, donde está usted ahora sentada.

Cerré los ojos mientras me estremecía al evocar la imagen.

—¿Se acuerda de Amy Hastings? —le pregunté—. Prestó declaración en el juicio.

—La amiga del alma de Kaithlin. —Myrna asintió—. Siempre estaban juntas, riéndose y cuchicheando. No era tan lista ni tan guapa como Kaithlin, pero le prometió a Reva que estaría a su lado cuando todo acabara, incluso juró que sería como una segunda hija para ella, porque ambas habían querido a Kaithlin. Yo pensé que eso serviría de consuelo para Reva, pero después del juicio no volvió a saber nada de ella. Ni una llamada, ni siquiera una felicitación de Navidad. Era muy poco cumplidora. Muy frívola.

Conduje por Biscayne Boulevard, bañada por el agradable resplandor de las luces de mercurio, preguntándome por qué todos querían a Kaithlin menos su marido. De vuelta en el despacho, eché un vistazo a la transcripción del juicio y di con la dirección del apartamento que R. J. le había comprado a Dallas Suarez, la amante que más tarde declaró en contra de él. Primera línea de mar, en Key Biscayne. Ni allí ni en ningún otro sitio de Miami-Dade figuraba un número de teléfono a su nombre. La ambiciosa aventurera e instructora de vuelo a estas alturas podía estar en cualquier lugar, pensé. En el momento del juicio dio la imagen de ser una arribista, una experta piloto, buceadora y esquiadora, que también sabía cómo sacarle partido a un idilio ilícito. Cogí la infalible guía telefónica. El edificio sólo tenía veinticinco apartamentos en cinco plantas. Mentí, haciéndome pasar por una vieja amiga suya.

—¡Pero si es vecina mía! —exclamó la primera mujer con la que hablé—. ¡Aún vive aquí! Ahora está casada con un tipo estupendo. Vive aquí con su marido. ¿Quiere que le diga que ha llamado?

—No, por favor, no le diga nada. —Miré la hora. Ya era demasiado tarde para ir a verla—. Quiero darle una sorpresa.

Telefoneé a Eunice, pero me salió el contestador automático. Le dejé un mensaje a ella y otro a R. J., luego preparé el sobre para Myrna Lewis. Antes de enviarle la foto, volví a observar detenidamente el semblante grave de Reva y su aspecto apático, en contraste con la resplandeciente belleza y la pícara expresión de Kaithlin. ¡Quién diría que eran madre e hija! ¿Cuándo había pensado eso antes?

Miré en mi buzón y encontré una copia del retrato de Kaithlin, del departamento artístico, junto con una página arrancada de un lujoso catálogo. El dibujo era magnífico. Pero cuál fue mi disgusto al ver que el vestido de dama de honor de la página del catálogo era satinado, con volantes, y con un polisón mucho más exagerado de lo que yo me había imaginado.

—¿A que es precioso? —Rooney me sobresaltó, estaba a mis espaldas.

—¡No vuelvas a asustarme así! —grité.

—Perdona —se disculpó, dolido—. Creía que me habías visto.

Suspiré:

—¿Cómo están Angel y los niños?

—Fenomenal —respondió, otra vez sonriente—. La otra noche pensábamos que el bebé ya estaba en camino, pero era falsa alarma.

—Miró la página que llevaba en la mano—. Misty ya tiene el vestido.

—¿Como éste? —pregunté, esperando equivocarme.

—Le encanta. Angel dice que está guapísima.

Maldita sea, pensé, ahora es demasiado tarde para hacer que Angel cambie de opinión.

—Te debe de parecer una tontería que queramos hacer una boda por la Iglesia a estas alturas. Ya sabes —prosiguió con timidez—, teniendo a los niños y todo eso. Pero es mi primera vez, y Angel nunca tuvo una boda como Dios manda. Fueron sus padres los que firmaron por ella, y ofició el acto un secretario del juzgado. Aún era una niña, ni siquiera llevaba un ramo de flores.

»Esta vez —comentó, mirando al infinito—, es especial. Es para siempre. —Su sonrisa no era burlona como siempre. Era casi conmovedora.

Pasé por la biblioteca antes de irme, y me sorprendió encontrarme a Onnie aún trabajando. Los cristales de sus gafas se habían vuelto del color de la pantalla, que miraba con los ojos entornados.

—He perdido la noción del tiempo —me explicó, esbozando una sonrisa—. He llamado a mi hermana para que le dé la cena a Darryl y le meta en la cama.

—¿Algo interesante?

—¡Esto es increíble! —Se apartó de la pantalla, parecía cansada—. No tenía ni idea, quizá porque nunca me ha interesado, de la cantidad de desaparecidos que hay. Ríete de los carteles de «se busca». Hay tantos que podría imprimirlos en papel higiénico, una persona por cada hoja. ¿Te acuerdas de aquel terrible accidente que hubo hace poco en Londres de un tren que iba a toda velocidad? El número de víctimas inicial fue elevadísimo porque había muchos pasajeros desaparecidos y presumiblemente muertos. Pero disminuyó al despejar los restos del tren y no encontrar ningún cadáver.

La miré fijamente, llena de curiosidad.

—¿Dónde estaban? —preguntó, parpadeando, los ojos de azabache clavados en mí—. A ver, si sobrevivieras a una catástrofe mortal, ¿qué es lo primero que harías?

—Tener relaciones sexuales —respondí con sinceridad—, tomar una copa, besar el suelo, abrazar a los seres queridos, rezar, llamar al periódico. No necesariamente por este orden.

—Yo también —coincidió conmigo, asintiendo con la cabeza pensativamente—, exceptuando lo de las relaciones sexuales quizá.

—Tú hazme caso —insistí.

—¿Lo dices por experiencia? —Arqueó una ceja levemente—. Tú harías cualquiera de esas cosas —continuó, viendo que no contestaba—, pues noooooo. Semanas, meses después del accidente, se detectó la existencia de personas que supuestamente habían muerto y desaparecido. Resulta que docenas de personas, que cogían ese tren habitualmente, aprovecharon la ocasión para huir, para desaparecer y empezar nuevas vidas con nombres nuevos.

Acerqué una silla a su ordenador y leí el artículo de la pantalla.

—Es increíble —señalé— la cantidad de gente que está dispuesta a hacer borrón y cuenta nueva.

Cuando tuvo lugar el accidente, mientras un montón de gente agonizaba, los supervivientes no corrieron a pedir ayuda, simplemente huyeron para deshacerse de su pasado al igual que las serpientes mudan de piel. Vieron en la catástrofe una vía de escape. Ese accidente fue fortuito. ¿Cuántas personas habrá que provocan deliberadamente una tragedia? Quizá Kaithlin se adelantó a su tiempo.

Volví a casa en coche, la radio apagada, las ventanas bajadas para oír la melodía de los pitidos de los barcos, el viento, y los pájaros que sobrevolaban el puente de noche.

El patio estaba oscuro, la luz de fuera, apagada. A mis espaldas, en algún punto de la calle, la puerta de un coche se cerró de golpe, y yo apreté el paso. Normalmente cojo las llaves de casa antes de bajar del coche, pero esta vez la cabeza me daba vueltas, no estaba pensando. Busqué apresuradamente las llaves en el bolso mientras los pasos que me seguían ganaban velocidad.

Había hablado con mi casera y mis vecinos del brusco incremento de robos nocturnos, de motoristas que eran seguidos hasta sus casas y agredidos delante de la puerta. Les había advertido que tuvieran cuidado, y había olvidado tenerlo yo.

Asustada, volví la vista. Un hombre se movió con agilidad entre las sombras, directo hacia mí. Demasiado tarde para encontrar la llave. Tiré el bolso abierto a los frondosos arbustos, esparciéndose todo lo que llevaba dentro; entonces me giré para hacerle frente, mientras el corazón me latía a cien por hora.

—¡Hijo de puta! ¡Ni se te ocurra! ¡Largo de aquí!

Se detuvo en seco.

—¿Qué pasa? —se extrañó—. ¿Britt? ¿Estás enfadada conmigo?

Se encendieron las luces de algunos pisos. En el mío, *Bitsy* aullaba desesperada, golpeando la puerta.

La figura se acercó a mí.

—¡Oh, no! —exclamé—. Ayúdame a encontrar las llaves antes de que alguien llame a la policía.

Estábamos los dos a cuatro patas entre los arbustos recuperando mis cosas cuando el señor Goldstein apareció en pijama, blandiendo un bate de béisbol en su mejor imitación de Mark McGuire. Su mujer, justo a sus espaldas y en bata, sacudía la escoba.

—¡Cuidado, Hy, puede que lleve una pistola! Britt, ¿estás bien?

—Es inofensivo —afirmé, avergonzada. Fitzgerald se disculpó diciendo que venía del aeropuerto a traer mi bolsa de viaje.

Les dimos las buenas noches, entramos en casa, nos miramos y sonreímos.

—Vaya forma de recibir a tus invitados. No me extraña que no estés casada.

—Lo siento, pensé que era un ladrón.

—Me has dado un susto de muerte. Ya estaba a punto de darte mi cartera, poner los brazos en alto y separar las piernas.

—No será necesario —repliqué, y me refugié entre sus brazos.

—Sé que hay alguien en tu vida —me susurró al oído con voz grave.

—¿Quién te ha dicho eso?

Dejó de besarme el tiempo suficiente para que sus labios pudieran articular la palabra:

—Emery.

—¡Menudo bocazas!

Permanecimos un buen rato con los labios pegados.

—Voy a hacer café —anuncié, aprovechando que habíamos parado para coger aire.

—Oh, oh. —Estaba contrariado—. No era eso lo que esperaba oír.

—Perdona. Es que… lo que pasó en Daytona fue debido a la intensidad del momento. Ni siquiera nos conocemos.

Fitzgerald suspiró:

—¿Es por la otra persona?

—No, eso ya es historia —respondí. Las palabras me sonaron sorprendentemente rotundas—. Es por nosotros, por nuestro trabajo, por este caso, los dos estamos metidos en él. No me parece muy profesional.

—Podríamos ir más despacio.

¿Dónde había oído eso antes?

—Sólo hasta que el caso se haya cerrado o pase a un segundo plano, lo que tarde o temprano ocurrirá. Emery ya no está en el caso a tiempo completo —explicó—. Ya han vuelto a darle un montón de trabajo.

—¿Estás seguro?

—A ver, no hay nuevas pistas, no hay nada de nada. El departamento tiene que rendir cuentas, los jefazos no pueden justificar tantos sueldos en un mismo caso. Lo lamento por la víctima, pero a nosotros nos beneficia. Si no hay caso, no hay problema.

—Exacto. Y cuando eso suceda, tú volverás a tu casa —le recordé—, a quinientos sesenta kilómetros de aquí. ¡Qué romántico!

—No está tan lejos. —Me cogió la mano—. ¿Por qué no nos lanzamos y vemos qué pasa?

—Tal vez —contesté—. ¿Lo quieres descafeinado?

—¡Nooo! —Soltó un suspiro—. Dame del fuerte.

El laboratorio de criminología, me explicó, intentó usar luces de fibra óptica para detectar, y luego fotografiar, las huellas de escritura del diario encontrado en la mesita de noche de la habitación de hotel de Kaithlin. No hubo suerte. A continuación había sido enviado a los laboratorios del FBI en Washington con la esperanza de que técnicas más sofisticadas pudieran descifrar algo legible.

—Esos tipos son buenos —afirmó optimista—. Tienen una máquina, fabricada en Inglaterra, originariamente diseñada para detectar huellas dactilares en el papel. En algunos casos, han logrado extraer huellas de escritura con hasta seis páginas debajo del original inexistente.

A su vez Rychek se había puesto en contacto con Zachary Marsh:

—Emery estaba enfadado con él. Quería saber quién demonios era.

—¿Y qué sacó en claro?

—Que, en efecto, había dirigido una delegación de Rolls-Royce. Estuvo dieciocho años casado. Su mujer le abandonó cuando él empezó a obsesionarse con el trabajo. Huyó con un viejo amigo suyo del colegio, llevándose consigo a sus dos hijos y casi todo el dinero que había en el banco.

Rychek y él habían hablado con Kagan, el abogado cuyo número de teléfono aparecía repetidamente en la factura de hotel de Kaithlin. Negó conocerla.

—Dijo que llama un montón de gente cada día a su despacho. Juró no haberla visto nunca ni haber hablado con ella.

—Un tío como él se acordaría de alguien como ella —apunté.

—Emery también anotó los nombres de las empleadas y mozos del hotel, por si habían hecho ellos las llamadas.

—No creo que hicieran llamadas locales desde su habitación —comenté—, y si cualquiera de los que trabajan allí necesitara un abogado, se buscaría uno que fuera bilingüe y llevara casos de inmigración. Dudo que le llamaran a él.

—Yo también lo dudo. —Fitzgerald hizo una pausa mientras llevábamos las tazas de café al salón—. ¿Qué es eso? ¿Lo oyes?

Agucé el oído, entonces lo oí: un ruido sordo ligero, que me era muy familiar, acompañado de un leve rechinamiento. Fitzgerald abrió con cuidado la puerta del cuarto de baño.

Billy Boots estaba sentado en la pila, con los ojos cerrados, masticando con deleite mi cepillo de dientes nuevo, que estaba aún en el receptáculo de plástico.

Dejó de ronronear, abrió los ojos y nos miró.

—¿Le consientes que haga esto? —Fitzgerald arqueó las cejas.

—¡Por supuesto que no! —Saqué a mi gato del lavabo, extrayéndole cerdas del cepillo de los bigotes—. Le sentaría como un tiro.

—A él y a cualquiera —añadió Fitzgerald. Hizo una mueca y se relamió sus sexys labios, minutos antes apretados contra los míos.

—Muy gracioso —repuse, cogiendo a *Billy*, que daba intermitentes coletazos violentos mientras miraba a Fitzgerald con cara de pocos amigos.

—¿Piensas volver a utilizar este cepillo de dientes?

—Sólo antes de nuestras citas.

Me dio un tierno beso de buenas noches, moviendo la boca como un experto catador de vinos.

—Mmmm… sabes a comida de gato —dijo—. Debe de ser eso lo que me excita tanto.

—Eso —coincidí con él—, o sus pastillas antipulgas.

Quedamos en cenar juntos al día siguiente.

—Hasta mañana. —Volvió a acariciarme suavemente la mejilla con el dedo pulgar, como hizo la primera vez. ¿Estaba con él porque le quería, o porque necesitaba una presencia cálida y cercana? Traté de hallar la respuesta en su mirada, no la encontré, y dejé que se fuera, adentrándose en la noche. Lo lamenté al instante.

Lo primero que hice al levantarme fue llamar a Rychek.

—No doy abasto.

—He oído algo acerca de pasar el caso Jordan a segundo plano. —comenté—. ¿No es demasiado pronto? Es un gran caso.

Suspiró.

—Precisamente por eso la Comisión Ciudadana y la Cámara de Comercio estarían encantados de que dejáramos el asunto. No es el único homicidio por resolver que tenemos. Además, estamos recibiendo mucha presión.

Un grupo de gamberros acababan de invadir el club de South Beach, peleándose, bebiendo, agolpándose en las calles, destrozando coches y tratando a los clientes con mano dura. Se había dado un toque de queda pero de nada había servido.

—La Comisión está hasta las narices —declaró Rychek—. Quieren una solución, por eso nuestro jefe ha asignado una brigada especial a muchos de los detectives más jóvenes. Recorren South Beach cada noche. Sus otros casos se han repartido entre los demás.

—Kagan debe de estar mintiendo sobre las llamadas de teléfono. ¿No podrías presionarle, conseguir una orden de registro de sus archivos?

—No estamos en disposición de hacerlo y, además, ese tipo es abogado, joder. Los tiempos han cambiado.

—Pero no puedes darte por vencido —protesté.

—Nunca he dicho que fuera a hacerlo. Si surge alguna novedad, seré el primero en volver a la carga. Pero en este momento no tenemos nada, excepto un montón de otros casos que probablemente sí podamos cerrar.

Llegaba tarde, y aún me quedaba una gestión por hacer.

—¿Lo has notado preocupado por algo últimamente? —me preguntó la doctora—. ¿Ha sufrido algún trauma o algún cambio en casa?

Malhumorado, *Billy Boots* se agazapó sobre la mesa de reconocimiento, con los ojos fuera de las órbitas.

—Me he ido de viaje veinticuatro horas, pero no creo que sea por eso. Antes de irme ya había destrozado cuatro cepillos de dientes.

Le auscultó el corazón con el estetoscopio:

—¿Come bien?

—Estupendamente. Le roba la comida a la perra, y viceversa. Siempre quieren lo que tiene el otro, como las personas.

—¿Qué tal se llevan?

—Yo creo que bien.

—Puede que —explicó, poniéndole el termómetro— note que se le hace menos caso, o que simplemente le guste el sabor a menta que deja la pasta de dientes en el cepillo. A lo mejor tendría que verlo un psicoterapeuta. Si quieres te doy el número de uno.

¿Un loquero? Si había alguien en casa que necesitaba un loquero, ésa era yo y no el gato.

Lo tuve en brazos todo el trayecto de vuelta a casa, le acaricié el pelo, brillante, y le prometí pasar más rato con él, comprarle más juguetes, más premios. ¿Qué tipo de madre sería? ¿Cómo podía siquiera pensar en tener un hijo cuando mi propio gato se había convertido en un neurótico, en un roedor de cepillos de dientes obsesivo y compulsivo?

La temperatura había subido repentinamente a veintisiete grados y medio, cogiendo por sorpresa a la gente, achicharrada con jerseys y manga larga. Vistosos veleros de colores con las velas tendidas se mecían en el agua verde y espumosa a ambos lados del puente Rickenbacker, que llevaba a Key Biscayne. Hace quinientos años, Ponce de León vino a la bahía navegando con el fin de reclamar la isla para un rey español. ¿Qué diría hoy, me preguntaba, de este inmenso y fantástico puente de varios carriles transitado por ciclistas, windsurfistas, canoeros y buceadores?

Una simaruba gigante, algunos pinos y varios plátanos resguardaban del sol el edificio costero donde vivía Dallas Suarez. Tendría unos veinticinco años de antigüedad, y era de tamaño mediano, a diferencia de los armatostes con centenares de apartamentos que se estaban construyendo hoy en día.

Llamé al timbre de su casa cerca de las nueve, con la esperanza de que aún no se hubiera ido ni estuviese durmiendo.

Oí un correteo y alboroto en el interior. ¿Había interrumpido algo?, me pregunté. ¿Seguiría esa *femme fatale*, vinculada con el asesinato, el adulterio y el dinero desaparecido, haciendo de las suyas?

Alguien miró por la mirilla, luego abrió la puerta. Morena como siempre, era la misma mujer que salía en las fotos de archivo del periódico de hacía diez años, pero poco quedaba ya de aquella sirena sensual por la que yo sentí aversión incluso antes de conocerla. Tenía la piel radiante y sin maquillar, sólo los labios estaban ligeramente pintados. Ojos grandes de color pardo, pecas salpicándole la nariz. Los ojos, exquisitamente dulces, contrastaban de manera acusada con la dureza de su cuerpo, atlético y en forma. Los pantalones negros y la holgada camiseta blanca casi lograban ocultar su embarazo de más o menos seis meses. El ruido de antes lo había provocado una niña, de unos tres años, correteando hacia la puerta. Tenía el pelo un poco menos rizado que su madre, pero los ojos eran idénticos.

—Alexa. —La madre cogió a la pequeña—. Quédate aquí con mami, no salgas fuera ahora. —Su voz era grave, el tono cariñoso, con una pizca de acento.

—¿Dallas Suarez?

—Svenson. —Sonrió—. Dallas Svenson. Me casé hace unos años.

Al oír mi nombre me miró algo asombrada.

—¿Puedo hablar con usted de lo que ocurrió hace diez años? —le pregunté.

Dio un paso atrás, respiró hondo y desvió la vista unos instantes, parpadeando, como si mi presencia le resultara dolorosa.

—Me lo temía —murmuró. Sus ojos de Bambi volvieron a posarse en mí—. Temía que la prensa viniera a verme.

—No es mi intención hurgar en viejas heridas —le aseguré—. Sólo estoy intentando reunir datos para averiguar dónde estuvo Kaithlin durante todo este tiempo.

Educada pero recelosa, me dejó entrar. Nos sentamos a la soleada mesa de la cocina, mientras su hija se entretenía a nuestro lado pintando en una libreta con lápices de colores.

—Casi no la he reconocido —declaré.

Sonrió y se dio una palmadita en la barriga.

—No me extraña. Supongo que se nota que últimamente no me he tirado en paracaídas, ni he volado ni esquiado. Los hijos te cambian la vida.

—Pero se la ve feliz, como si no tuviera remordimientos.

—¿Feliz? Sí —confesó—. Remordimientos, todos. ¿Le ha visto? —bajó la vista—. ¿Ha visto a R. J.?

Asentí con la cabeza.

—¿Cómo está?

—Envejecido —respondí—. Amargado.

—¿Cómo no iba a estarlo? —replicó—. Ni siquiera yo le creí. Bueno, al principio, sí. Pero la policía no paró de hacerme preguntas. ¡Estaban tan convencidos! Todos creían que había sido él. Así que, al final, yo también acabé por creerlo. Debí haberlo pensado mejor.

—¿Por qué la prefirió a usted antes que a su mujer?

—¡Ojalá hubiera sido así! —contestó, sonriendo con tristeza—. No me prefería a mí. Él la quería. Yo sabía que, dijera lo que dijera, nunca la olvidaría.

—¿Cómo era Kaithlin?

—Estúpida —contestó, tajante—. Debía de ser la mujer más estúpida del mundo. R. J. necesitaba que estuvieran por él, necesitaba atención, cariño y amor. Ella no se lo daba.

—La reputación de R. J. y sus apariciones en la prensa parecen indicar que a él nunca le faltó cariño.

Juntó las manos, respirando profundamente. Un impresionante anillo de boda con diamantes y una amatista ovalada brillaban en sus finos y alargados dedos.

—Eso mismo pensé yo cuando nos conocimos. Tras esa coraza suya yacía una enorme inseguridad. Se parecía a un dios griego, omnipotente, de atractivo pícaro y salvaje, medio indio. Nunca me ocultó que estuviera casado. Al comprarse el avión tuvo que sacarse el título. Yo era su instructora de vuelo. A los dos nos encantaba volar. Lo que comenzó siendo un inocente flirteo se convirtió en algo serio cuando empecé a conocerle de verdad. Cuando conocí su lado más sensible y vulnerable, me enamoré.

Suspiró, al tiempo que miraba con dulzura a su hija.

—R. J. odiaba el negocio familiar —explicó—. Durante toda su infancia fue lo único de lo que se preocuparon sus padres. Le dieron todo menos lo que cualquier niño anhela; por eso se desmadró tanto. Lo irónico es que al final se casó con la mujer que amaba, pero ella también lo rechazó, aliándose con su único rival, la empresa familiar.

—Pero esa empresa acabaría siendo suya.

—No la quería. —Hizo una pausa para elogiar un dibujo que había pintado Alexa—. Le insistieron en que estudiara administración de empresas —prosiguió, sentando a su hija en las piernas—. No le gustaba nada. ¿Sabía usted que quería estudiar arquitectura?

—No —respondí—. No tenía ni idea.

—Tendría que haber visto cómo dibujaba. Se le daba de maravilla. Siempre hablaba de lo mismo. Soñaba con diseñar edificios, construcciones sólidas donde cobijar a familias enteras. Le importaba un comino dirigir los almacenes, vender cosméticos, ropa y joyas.

»Aquello fue una locura —reconoció, jugueteando con el pelo de su hija—. Lo típico. Lo mismo de siempre. Lo que ocurre siempre. Yo le quería a él, él a ella, y ella… —su voz se apagó—, ¡qué sé yo! Ella siempre salía en los periódicos. Luchaba por la comunidad, ayudaba a las mujeres, estaba metida en proyectos cívicos que daban publicidad a la empresa, pero ¿qué hizo por él? Ni siquiera se quedó en estado, y él quería una familia por encima de todo.

—Porque le reportaría dinero —dije con cinismo—. Sus padres le habían prometido…

—Le daba igual el dinero —replicó en tono burlón. De repente la niña se bajó de su regazo y se escapó.

—Quiero ir fuera, quiero fuera —insistió la niña, correteando hacia la puerta.

—Es tan terca. —Dallas hizo una mueca de fingida desesperación—. ¡Me agota!

—Pues ya verá cuando tenga dieciséis años —comenté, pensando en Kaithlin.

Después de algunas protestas y una discusión sin importancia, la niña se calmó con una galleta y unos lápices de colores para pintar otro dibujo.

—¿Por dónde íbamos? —preguntó Dallas—. ¡Ah, sí! Le estaba diciendo que a R. J. le daba igual el dinero. Él creía que con un bebé se salvaría el matrimonio, que funcionaría. Que Kaithlin se quedaría en casa para hacer de madre y ama de casa. Le había prometido a R. J. que dejaría de trabajar cuando tuvieran hijos. Pero nunca llegaron. R. J. tenía una mujer y dormían juntos en la misma cama, pero estaba solo. Cuando hablaron del tema, ella le sugirió que se involucrara más en la empresa, que se pusiera un traje y fuera al despacho cada día. Lo intentó, pero era superior a sus fuerzas.

—¿Y qué pasó con el dinero? —pregunté—. Los fiscales y el jurado creyeron que R. J. lo había robado, en parte para gastárselo en usted.

Parecía pensativa.

—No anote lo que voy a decirle. —Hizo otra pausa, se mordió el labio inferior con sus blancos dientes—. Es posible que lo robara —reconoció al fin—. ¡Sentía tantos celos del negocio! Pero seguro que si lo cogió fue porque se lo debían. Reconozco que gastábamos mucho. Me compraba regalos. Siempre que podíamos nos íbamos a las islas a pasar la noche, buceábamos y jugábamos en algún casino. Después de separarse viajamos un par de veces a las Vegas. Y ese mismo año fuimos incluso al Derby de Kentucky.

—¿Perdía mucho dinero en las apuestas?

—La verdad es que no. R. J. es un buen jugador, ganaba dinero. Sobre todo al *blackjack*. Nos divertíamos mucho; era muy espléndido. Me hacía regalos caros, pero yo estaba empezando a darme cuenta de que nunca se divorciaría de ella, aunque siempre me decía que el fin era inevitable. Yo no perdía la esperanza, pero R. J. seguía pensando en ella, hablando de ella a todas horas.

»Cuando todo ocurrió, para mis padres fue un mazazo. No sabían que había estado saliendo con un hombre casado. Al desaparecer ella y convertirse él en sospechoso, lo que se dijo en la prensa fue horrible. Me interrogaron, tuve que testificar. Mis padres estaban indignados. Y yo, avergonzada. Ahora me avergüenzo de haber declarado en su contra. ¡Pero es que todo el mundo decía que había sido él! Parecían tan convencidos que al final yo también lo creí y me sentí fatal, segura de haber contribuido involuntariamente a la muerte de su mujer. Luego, cuando él prestó declaración, dijo cosas tan dolorosas como que yo no significaba nada para él. Me sentí impotente. Aún le quería. Estaba hecha un lío. —Soltó una carcajada llena de ironía, de autocensura—. He tardado años en recuperarme, en recobrar el equilibrio.

»Le deseo lo mejor —afirmó con seriedad—. Le deseo toda la felicidad del mundo. Se la merece. Se casó con la mujer equivocada y cometió algunos errores, pero es una buena persona.

—¿Se ha puesto en contacto con él? —le pregunté, mientras caminábamos hacia la puerta.

—¡Por supuesto que no! —exclamó categóricamente—. No creo que quiera saber nada de mí después de todo lo que pasó. Además, ahora estoy felizmente casada y tengo hijos.

—¿A qué se dedica su marido? —pregunté.

Sonrió.

—Es arquitecto.

13

A Martin Kagan las cosas parecían irle mejor de lo que yo me imaginaba. Su reluciente Cadillac nuevo de color azul oscuro, que llevaba una pretenciosa matrícula donde ponía ACQUIT, estaba aparcado en la callejuela contigua a su oficina. La gruesa alfombra del despacho parecía recién puesta, y tenía hasta secretaria.

Cuarentona, alta y delgada, llevaba un traje de chaqueta sencillo y barato, y tenía cara de estresada.

—¿Está en su despacho? —pregunté.

Sorprendida, levantó la vista, la boca entreabierta. Buscó sus gafas y me observó con curiosidad a través de los gruesos cristales:

—¿Tenía usted cita con él?

—¿Está lista la declaración escrita y jurada? —bramó un hombre desde uno de los despachos—. ¿Qué demonios pasa? ¡Venga, que es para hoy!

La secretaria reaccionó como si estuviera esquivando una bala.

—Enseguida se la llevo, señor Kagan.

Revolvió algunos papeles y se precipitó en su despacho, documento en mano.

Cuando regresó, sonaba el teléfono. Estuvo hablando unos minutos con alguien que se había equivocado de número y cuyo español no entendía, luego se volvió hacia mí y se disculpó:

—Lo siento. ¿Cómo se llama?

Una puerta se abrió de golpe y Martin Kagan apareció bruscamente como si lo hubieran lanzado desde el interior de un cañón.

—¿Qué demonios es esta mierda? —demandó. Bajo y de piel cetrina, tenía el pelo negro tan meticulosamente engominado que ni un huracán lograría moverlo. Parecía que se hubiese puesto hombreras debajo de la cara chaqueta que llevaba.

—¿No puedes hacer nada bien? —gritó—. ¿Es que la máquina esa no tiene un jodido corrector de ortografía? ¡Mira esto! ¡Mira esto!

Señaló con brusquedad un leve error ortográfico.

—Lo siento, señor Kagan, pero es que le corría tanta prisa… —Le temblaban las manos al coger el documento para corregirlo.

De repente, clavó los ojos en mí como si acabara de reparar en mi presencia.

—¿Puedo ayudarla en algo? —me preguntó, poniéndose bien los puños de su camisa de impecable monograma.

—Sí —contesté—. Necesito que me dedique un par de minutos.

Miró su reloj para comprobar qué hora era.

—Por supuesto. Pero antes deje que haga una llamada.

Le arrancó la hoja corregida a la secretaria de sus temblorosas manos, volvió a su despacho echando pestes y dio un portazo.

—¿Es siempre tan desagradable? —pregunté en voz baja. Cuando Kagan hizo la llamada, se encendió una luz en el teléfono de la mesa de la secretaria.

Ella asintió con la cabeza, le brillaban los ojos.

—¿Y por qué lo aguanta?

—Porque necesito el trabajo —susurró con resignación.

—Ya. —Una secretaria más joven y bilingüe probablemente encontraría un trabajo mejor en un santiamén. Pero esta mujer, sin anillo de casada, con unas medias horrendas y una especie de zapatillas de andar por casa en los pies, carecía del más mínimo encanto. Por impresionantes que puedan ser sus currículos, en Miami escasean los trabajos para las angloamericanas solteras de cierta edad.

Se llamaba Frances Haehle.

—Reconozco —me compadecí de ella— que debe ser muy estresante. ¿No hay nadie más aquí? ¿Lo hace todo usted?

—Así es —resopló—. Ya estoy acostumbrada, pero es que estas últimas semanas ha estado…

De repente la puerta del despacho de Kagan se abrió:

—Adelante, señorita Montero.

—Pensé que no se acordaría de mí —dije.

—Bueno, la he visto por el Palacio de Justicia, he leído sus artículos. ¿En qué puedo ayudarla?

La imagen que yo tenía de Kagan, entrando y saliendo de las distintas salas de justicia, era la de un hombre que avergonzaba al resto de abogados. Nunca veía la hora de proceder contra alguien, nunca estaba preparado, sus armas defensivas siempre disparaban cartuchos de fogueo. Cuando representaba a un cliente, era vox pópuli que el paso siguiente sería una declaración de culpabilidad. Pero hoy, mientras me invitaba a sentarme en una silla de piel, parecía muy seguro de sí mismo.

—Supongo que habrá oído hablar del caso Jordan.

—¡Pues claro! ¿Quién no? Menuda historia.

—¿Kaithlin Jordan era clienta suya?

—No, no —contestó enérgicamente, luego movió la cabeza como si estuviera sorprendido. Con esa mandíbula puntiaguda y esos ojos oscuros y brillantes tenía la expresión de un zorro astuto—. Verá, el otro día vinieron a verme unos detectives que me hicieron la misma pregunta. Le diré exactamente lo mismo que les dije a ellos. No vi nunca a esa mujer. Ni hablé con ella. Mi secretaria corroborará lo que le digo. —Cogió una carpeta, ignorándome.

Seguí sentada.

—Quizá la vio hace más de diez años, antes de su supuesto asesinato.

Reclinándose en su silla de cuero brillante, bajó la mirada como si yo fuera un pequeño estorbo con el que hubiera tropezado.

—Tal vez la conociera del colegio —sugerí—. Los dos crecieron aquí. A lo mejor la conoció cuando aún se apellidaba Warren. Su madre se llamaba Reva.

—Lo siento. —Sacudió la cabeza—. La he visto en las fotos del periódico. La habría reconocido.

—A su padre le habría encantado este caso —continué—. Es justo su especialidad. Un hombre inocente en el corredor de la muerte.

Los ojos curiosos de Kagan recorrieron la habitación.

—Lástima que no esté aquí para verlo —comenté.

Consultó su Rolex de oro.

—Dentro de diez minutos debo estar en el tribunal —anunció con sequedad—. Siento no poder ayudarla. —De pie, con repentina prisa, cogió su maletín de piel mientras me acompañaba hasta la puerta.

—Si recuerda algo —le pedí—, llámeme, por favor. —Intenté darle una tarjeta.

—Sí, sí. —La rechazó con impaciencia—. Désela a mi secretaria al salir.

Cuando me fui, Frances estaba hablando por teléfono, pero vi que la otra luz también estaba encendida. Aparqué el Thunderbird frente al edificio y, sentada, esperé durante tres cuartos de hora. Kagan, el hombre de las prisas, no salió de su despacho. No fue al tribunal.

Yo sí. Fui a la secretaría de la quinta planta. Cada abogado tiene un número de identificación. Con ese número se puede averiguar qué casos se le han asignado a cada abogado defensor de Miami-Dade. Kagan se ocupaba de los acusados de robo, hurto, conducta lasciva y resistencia a la autoridad. Sin embargo, tan encantadora clientela no reflejaba un repentino aumento del negocio, nada que justificara la reciente prosperidad de Kagan, su moqueta, su coche y sus trajes nuevos. Hasta su maletín de piel parecía nuevo.

Llamé a Onnie.

—¿Has encontrado algo?

—Nada. —Sonaba desanimada—. Esta mañana, a primera hora, creía que la tenía. Una mujer acomodada, con patrimonio, misma edad, misma descripción física, desaparecida justo en la misma época, de Baja California. Estaba segura de que era ella.

—A lo mejor lo es —me apresuré a decir.

—No. La encontraron en el desierto, en una tumba.

—¡Vaya! —exclamé, decepcionada—. ¡Qué pena!

—¿Lo de la tumba, o que no sea Kaithlin Jordan?

—Las dos cosas.

—Sí —afirmó, desalentada—. Seguiré buscando.

◆ ◆ ◆

Telefoneé a Frances, la secretaria de Kagan. Me dijo que había salido.

—Estupendo —comenté—. ¿Por qué no comemos juntas? Cerca de su despacho habrá algún sitio.

—No puedo dejar los teléfonos, estoy sola.

—Póngalos en línea de espera —insistí—. Estará de vuelta en una hora.

—De verdad que no puedo —se lamentó.

—Está bien —concedí—. Entonces le llevaré la comida. Comeremos algo en su despacho.

—No creo que sea una buena idea —apuntó, cautelosa.

—¿Se refiere a que a Kagan no le gustaría volver y encontrarme allí?

—Exacto.

—¿Le ha molestado mi visita de esta mañana?

—Estaba que se subía por las paredes —dijo.

—Pero en algún momento tendrá que comer.

—Me he traído un yogur.

Suspiré.

—Querría que habláramos, confidencialmente, sobre un caso en el que estoy trabajando.

—Después tengo que ir al tribunal para interponer algunas demandas que me ha pedido Kagan —insinuó, indecisa—. Podríamos tomar un café.

Con diez pisos llenos de miseria, la cárcel del condado de Dade está justo enfrente del Palacio de Justicia. Están conectados por un paso de peatones abovedado a cuatro plantas del suelo, por encima del tráfico, con lo que se evita que los reclusos caigan en la tentación de respirar aire fresco, ver el cielo, o que sean vulnerables a otras influencias externas mientras son llevados al tribunal.

Frances hizo lo que tenía que hacer en la secretaría del juzgado, me llamó y caminó hasta la esquina de la cárcel, donde rápidamente la recogí en mi Thunderbird. Antes de meterse en el coche, comprobó que no hubiera nadie observándola, como si fuéramos cómplices de alguna operación clandestina.

En la cafetería del Hospital Cedros del Líbano, a bastantes manzanas de distancia, no había demasiada gente. Frances se reclinó en la silla, mirando el local con curiosidad, como si llevara tiempo sin ir con alguien a tomar algo a un sitio público.

—Ha venido a ver a mi jefe —comentó después de que pidiéramos té y un par de trozos de pastel— por el caso Jordan, ¿no?

Asentí con la cabeza.

—He leído la historia —confesó bajando la vista.

—Un caso fascinante —apunté.

—Estaba convencida de que había venido por eso. ¿Sabía que la policía vino a preguntarle lo mismo?

—Sí —respondí—. Debió de ser el detective Rychek.

—Exacto. ¿Qué les trajo hasta él? —preguntó con cara de interés.

—Según la factura de hotel de Kaithlin Jordan, ésta hizo varias llamadas a su despacho.

—¡Ah! —asintió despacio con la cabeza—. De modo que era eso.

—Pero él niega haber hablado nunca con ella. Dijo que usted lo corroboraría.

—Eso es lo que me pidió que le contara al detective.

—¿Y es verdad?

Jugueteaba con la servilleta con sus pálidos dedos. Llevaba las uñas sin limar, sin esmalte.

—No anote lo que le voy a contar —me espetó—. Si revela su fuente de información, negaré haber dicho nada, ¿de acuerdo?

Accedí a regañadientes, no sin antes haber intentado, sin éxito, persuadirla de que me dejara grabarla.

—¿Lo llamó ella por teléfono?

—Un montón de veces. Podría perder mi trabajo por esto. —Se inclinó hacia delante, apretó los labios—. Si me quedo sin trabajo, lo pasaré mal, pero no quisiera acabar en la cárcel.

—Si su jefe se metió en algo turbio, ¿por qué iba a estar usted implicada? Es una espectadora inocente que se gana la vida honestamente en una ciudad donde salir adelante no resulta nada fácil.

—Nunca me he metido en ningún lío —explicó—, no me han puesto una multa en la vida. —Con gesto avergonzado, se secó una lágrima con la servilleta.

—Tranquila —quise calmarla—. ¿Cómo se conocieron Kagan y Kaithlin?

—Era la mujer misteriosa —murmuró—. La que se supone que no he visto nunca.

—¿Y la vio?

—Una vez.

—¿Qué ocurrió?

—Cuando llamaba, era todo un acontecimiento. Nunca he visto a mi jefe tan entusiasmado con un cliente. Hasta fue a ver al Rastreador.

—¿El Rastreador?

—Sí, sí, el detective privado. Dan Rothman. Todo el mundo le llama El Rastreador. Kagan siempre recurre a él cuando tiene que contratar un investigador.

Frances me contó que la mujer misteriosa llamó por primera vez a Kagan hacía casi ocho meses. No dejó su nombre ni su número de teléfono, pero al cabo de veinticuatro horas recibieron un sobre de papel de manila, sin remite. A partir de ahí la economía de Kagan empezó a mejorar, creciendo a medida que le llegaban más sobres.

—Se compró un Cadillac nuevo, trajes nuevos, renovó el material de oficina —me explicó.

—Entonces, ¿le llevó algunos asuntos legales a Kaithlin?

Frances sacudió la cabeza.

—No que yo sepa. Nunca preparé un documento legal, ni me dictó una carta, ni se abrió un archivo. Yo no creo que él supiera exactamente quién era ella ni de dónde era. Me insistía en que intentara conseguir su nombre o su número, pero ella nunca quiso dármelos. La identificación de llamada sólo indicaba que telefoneaba desde fuera. La devolución de llamada estaba bloqueada. Al final, Kagan se puso en contacto con El Rastreador. Pero lo hacían todo en secreto. Dejaban de hablar cada vez que yo aparecía.

—¿Se los veía preocupados o recelosos?

—Más bien al contrario —soltó una carcajada—. Hace cosa de dos meses, estaban totalmente eufóricos, brindando y felicitándose.

—Tiene que haber algún documento.

—Hay algo —susurró—, hay un cartapacio lleno de papeles. Al día siguiente de venir El Rastreador, lo vi abierto en la mesa de Kagan. Pero nunca me ordenó archivarlo. Lo guarda bajo llave en su despacho.

La mujer misteriosa llamaba a Kagan a menudo y mantenían largas conversaciones. Los sobres llegaban más o menos una vez al mes. Hace algunas semanas, me contó Frances, de repente las cosas cambiaron. La mujer misteriosa llamó y, por primera vez, dejó un número, instando a Kagan a ponerse inmediatamente en contacto con ella. Era un número local.

Sorprendido, el abogado canceló el resto de sus compromisos y llamó corriendo al Rastreador para reunirse con él. Cuando la mujer volvió a llamar, el encuentro cara a cara ya estaba organizado.

—¿Esa fue la vez que usted la vio?

—Se supone que yo no tenía que verla. Mi jefe me dejó irme pronto a casa, cosa que no suele hacer. Me insistió, prácticamente me echó. Me imaginé que se trataba de algo secreto o relacionado con una aventura amorosa. No sería la primera vez. Pero normalmente no le importa que yo esté allí. Sólo me pide que no se le moleste. Al salir, pasé por la oficina de Correos y luego, de camino hacia el metro, empezó a soplar un viento tremendo. El cielo se estaba encapotando. Tengo que andar un buen tramo para llegar a la estación y mi jefe me había dado tanta prisa para que me fuera, que olvidé coger el paraguas, uno pequeño y plegable que guardo en mi mesa. Así que volví al despacho en busca del paraguas, entré con mi llave y los oí en su despacho. Ella ya estaba allí.

—¿Qué oyó exactamente?

—Se peleaban; se estaban amenazando mutuamente. La cosa parecía sería, pensé que llegarían a las manos.

—¿Qué decían?

—No pude oírlo todo. Pero ella estaba enfadada por algo que había visto por la tele. Lo acusó de mentiroso y de ladrón, le dijo que haría que lo expulsaran o lo metieran en la cárcel. Él se rió, la puso verde, y le dijo que era ella quien podía perderlo todo y no él. Se acusaron mutuamente de un sinfín de cosas, extorsión, chantaje, mentira, robo. Fue horrible. Me fui antes de que me oyeran.

»Ya había empezado a llover. Estaba debajo de la marquesina del edificio de al lado, abriendo el paraguas, cuando la vi salir. Estaba enfadada, roja de ira, lloraba. Pasó por delante de mí en dirección a la parada de taxis. Se estaba poniendo unas gafas de sol enormes y un pañuelo, pero yo había memorizado bien sus facciones.

»Uno o dos días después, volvieron a hablar por teléfono. Sólo pude oír fragmentos de la conversación, pero me dio la impresión de que se habían calmado y habían llegado a alguna especie de acuerdo. Ella se negó a venir al despacho otra vez; eso lo oí. Él le dijo que iría a verla aquella noche. Nunca más se supo de ella.

—¿Qué aspecto tenía? —pregunté.

—Era muy atractiva. A partir de ese día no volví a verla en persona —explicó—, pero sí en su periódico, tras ser identificada como la mujer que apareció muerta en la playa. Cuando leí la noticia, repasé mentalmente los acontecimientos. El cadáver fue encontrado a la mañana siguiente de que Kagan quedara en ir a verla. ¿Se da cuenta de lo que eso significa?

Me miró fijamente, preocupada, los hombros caídos, moviendo inquieta los dedos de las manos.

—Esta mañana, cuando usted vino al despacho, no llevaba las gafas puestas. Por un momento pensé que era ella. Sabía que era imposible. Supongo que tenía la esperanza…

—¿Le dirá todo esto al detective?

—No puedo. —Le temblaban los labios.

—¿Por qué? ¿Tanto le importa conservar su trabajo si…?

—No es sólo eso —me interrumpió—. Si Kagan cometió un crimen, no se hundirá solo. Lo conozco. Me vería en serios apuros. Si llegara a sospechar que he estado hablando con usted…

—No se preocupe —la tranquilicé.

—¡Oh! ¡Dios mío —exclamó de repente—, es tardísimo! Tengo que irme. Y recuerde, esta conversación nunca ha existido. —Envolvió su porción de pastel en una servilleta de papel y recogió sus cosas.

Antes de bajar de mi coche a dos manzanas del despacho de Kagan, se aseguró de que nadie la estuviera observando, entonces salió a toda prisa, y por poco tropezó con el bordillo de la acera.

◆ ◆ ◆

Entré en la redacción y contesté al teléfono al tiempo que me sentaba en mi silla.

—El otro día —dijo una voz al otro lado de la línea— la vi haciendo footing a primera hora de la mañana, estaba lloviendo.

Me había estado observando.

—Sí, era yo. —Intenté hacerle creer que estaba contenta.

—O le encanta hacer deporte, o es que tiene problemas de insomnio. ¿Cuál de las dos cosas es?

No respondí.

—Vi que cojeaba. Espero que no sea un esguince. A lo mejor es un pinzamiento o un calambre —especuló.

—¿Eh? —Hice ver que no recordaba nada.

—No alzó la vista ni una sola vez —me reprochó—. Y sabía que yo estaba allí.

—¡Vaya, lo olvidé! —repuse con indiferencia—. Es verdad, su edificio está en esa zona.

—Tengo algo para usted. —Habló en tono sugestivo—. Un caso.

—¿Ah, sí? —Me acerqué con la silla hasta el ordenador y abrí un archivo nuevo.

—Sí, pero, mmm… se me ha ido el santo al cielo.

—No me tome el pelo, Zack. No estoy para jueguecitos. Venga —insistí—, dispare. No volveré a olvidarme de saludarle.

—Una de esas máquinas que se usan para allanar la arena de la playa ha aplastado a una persona que estaba tomando el sol. Era un hombre ya mayor. Un turista, creo.

—¡Oh, no! ¿Fue grave? —Lo anoté todo.

—Me parece que sí. Ha tenido que recibir atención médica. Estaba atrapado debajo de la máquina. Ha sido necesario levantar el maldito cacharro para sacarle. Ya se lo han llevado. El conductor de la máquina y la poli aún están allí.

—Tendría que haberme llamado al instante —le reproché.

—Lo hice, pero no contestaba.

—Acabo de entrar por la puerta. Gracias, Zack. Se lo agradezco.

—La próxima vez salude con la mano —me ordenó.

Fui rápidamente al departamento de local y le pedí a Tubbs que asignara un periodista al caso. Echó un vistazo a la redacción.

—Tendrás que ocuparte tú, Britt. No hay nadie más.

—Pero estoy con el caso Jordan, no tengo tiempo —protesté.

—¿Hay algo nuevo que publicar? Porque a mí me consta que de momento no hay nada de nada.

—No —admití—. Pero estoy siguiendo una pista.

—¿Britt? —Gretchen levantó la vista de la pantalla de su ordenador—. Si estás cansada y necesitas un cambio, dilo. Hasta entonces, te sugiero que te ocupes de este caso y dejes tus pistas para después.

Al irme sonrió bobamente.

La escena era exactamente como la había descrito Marsh. El conductor de la máquina estaba consternado, ya fuera por las lesiones de la víctima o por el porro que la policía acababa de encontrar en la cabina de su bulldozer. Le acompañaban su jefe, el representante sindical, el administrador auxiliar municipal y un fiscal. A ninguno pareció alegrarle mi presencia.

El agente encargado del caso explicó que el conductor había estado trabajando en la playa, después de las olas y el viento levantados la noche anterior. El operario insistió en que mientras él empujaba un montón de arena, el turista debió de tumbarse sobre su toalla detrás de una de las dunas artificiales. Estaba conduciendo marcha atrás y no vio a nadie, hasta que un transeúnte gritó y le dijo que había atropellado a alguien.

La víctima tenía, entre otras lesiones, una pierna rota y la pelvis aplastada.

Ignoré la angustiosa sensación que me producía el saberme observada desde arriba a través de un teleobjetivo. En cuanto tuve oportunidad, saludé con la mano.

Cuando estaba a punto de irme, vi a Emery Rychek caminando a paso lento por la arena.

—¡Joder, siempre lo mismo, una y otra vez!

—¿También te han asignado este caso? —me quejé, consciente

de que la Administración exigiría una investigación exhaustiva y un montón de papeleo debido a la posible responsabilidad civil.

—Sí, señorita —contestó irónicamente—. Y al parecer a ti también.

—No había nadie más disponible.

—Bienvenida al club —comentó.

Después de saludar al equipo del Ayuntamiento, Rychek estuvo demasiado ocupado para hablar. Además, me dije, le había jurado a Frances discreción absoluta, y Rychek y Fitzgerald me dirían que lo que había descubierto sobre el bebé que Kaithlin había tenido hacía veinte años no era más que un viejo rumor. Pero eso no quitaba que no se lo hubiera explicado a mis editores. ¿Querrían conocer la sórdida historia del hijo secreto de los Jordan? Me temía que sí. El comentario de Myrna Lewis debía ser más importante de lo que me había imaginado.

Llamé a urgencias del hospital del condado de camino a la oficina. El desafortunado turista seguía con vida, y estaba a punto de ser operado.

Momentos después, mientras iba hacia Biscayne Boulevard, sonó mi móvil.

—¡Britt! Soy Onnie, estoy en la biblioteca. ¡Buenas noticias! ¡La tengo!

—¡Genial! ¿Estás segura? —Frené y me cambié de carril para girar en el próximo semáforo.

—No. Eso es imposible. Pero yo diría que es ella.

—Llegaré en cinco minutos. Ahora te veo.

14

—Se llama Shannon Broussard, es de Seattle y su marido informó de su desaparición hace tres semanas. —Onnie me dejó ver el impreso, su cara expresaba la misma emoción que yo sentía por dentro.

—¿Hay alguna foto?

—No, pero su descripción encaja a la perfección con la de Kaithlin Jordan. Su marido es propietario de una compañía de software. Tienen dos niñas, de cinco y siete años.

Shannon Broussard se había ido tres días de compras a Nueva York. Al parecer, había embarcado en el avión de Seattle, pero nunca llegó a registrarse en el hotel de Manhattan.

Onnie permaneció de pie detrás de mi silla mientras yo llamaba por teléfono a Seattle, a la empresa de Broussard; el corazón me latía a cien por hora. Su secretaria me dijo que no estaba en el despacho y que probablemente no pasaría por allí.

—Llamo por su mujer —expliqué.

—¿Se sabe algo? —se apresuró a decir.

—No estoy segura —respondí—. Es posible.

Le di mi número de teléfono. A los cinco minutos, Broussard me devolvió la llamada.

—¿Me llama desde Miami? —Parecía desconcertado—. Mi secretaria me ha dicho que quería hablarme de Shannon.

—¿Aún no la han encontrado?

—No —contestó, abatido. Seguramente esperaba que yo le hubiera llamado para darle respuestas, no para hacerle preguntas—.

Desapareció en Nueva York. Acabo de estar allí, he vuelto con las manos vacías.

—¿Su mujer era de Miami? ¿Le habló de eso alguna vez?

—No. Nació en el medio oeste. —Sonaba cansado—. Se equivoca de persona.

—¿Cuándo se conocieron? ¿Desde cuándo la conoce?

—Pero ¿esto qué es? —preguntó indignado—. ¿Qué clase de pregunta es ésa? Llevamos casi nueve años casados.

—Perdone —me excusé—. Sólo intentaba descartar de entrada una posibilidad.

—¿Qué posibilidad?

—Hace unas cuantas semanas —le expliqué con cuidado— encontramos el cadáver de una mujer en Miami Beach. Estamos intentando averiguar de dónde era, comparándola con los informes de desaparecidos, por si coincidiera con alguno.

Silencio.

—¿Sigue usted ahí? —quise saber.

—¿Esa… mujer no…, no ha sido identificada?

—Sí y no. Es una larga historia que prefiero no contarle a menos que exista la posibilidad de que pueda tratarse de su mujer.

—¿Cómo…, cómo murió?

—La asesinaron, murió ahogada en el mar.

—Entonces no puede ser Shannon —comentó—. Mi mujer estaba en Nueva York, no en Miami. Es una excelente nadadora. Y no es el tipo de persona a quien alguien atacaría deliberadamente.

Se oía gritar a las niñas.

—Papá, papá —habló una de ellas—, ¿es mami?

—Espere un momento, por favor —me dijo. Le pidió a alguien que sacara a las niñas de la habitación—. Disculpe —comentó al ponerse de nuevo al teléfono—. La echan de menos. Todos la echamos de menos.

—Señor Broussard —intervine—, ¿hay alguna inscripción en el anillo de boda de su mujer?

—La misma que en el mío —contestó—. «Amor eterno».

No me sentí nada eufórica. Al contrario, se me nubló la vista.

—Señor Broussard —comenté en voz baja—, creo que debería

ponerse en contacto con nuestro forense o con el detective que dirige el caso.

—¡No, Dios mío! —exclamó—. ¡No! ¡No puede ser!

Anotó los nombres y números de teléfono que le di.

—Puede que no sea más que una mera coincidencia, ¿verdad? —apuntó con la voz rota.

—Eso espero —repuse, convencida de que no lo era.

Puse con cuidado el auricular en su soporte, como si fuese algo frágil que pudiera romperse.

—Acertaste —le dije a Onnie, que estaba en actitud expectante—. Pobre hombre. Se oía a las niñas gritando.

Iniciamos una búsqueda por ordenador en todos los archivos de los periódicos de Seattle para conocer la historia de los Broussard.

No había pasado media hora cuando el marido, asustado y con la voz temblando, volvió a llamarme.

—No he podido localizar al detective —me comentó—. Me hicieron esperar, luego me dijeron que había salido. En el despacho del médico forense me han dicho que esa mujer está bajo el nombre de Jordan. No entiendo nada. ¿Podría explicarme de qué va todo esto? Ya estoy en camino hacia Miami, pero llegaré tarde porque no he conseguido un vuelo directo. Necesito una explicación, alguna pista para entender lo que está pasando.

A medida que le iba relatando la vida de Kaithlin Jordan, «asesinada» por su marido hacía diez años, parecía más aliviado, y repetía una y otra vez: «Esa no es Shannon. No es Shannon».

—Llevaba un pendiente —señalé finalmente—. Un pequeño corazón de oro.

Respiró con dificultad, como si le faltara oxígeno.

—¿Se encuentra bien? —pregunté.

—No —jadeó—. El año pasado, por el Día de la Madre —logró susurrar—, fui con las niñas a Tiffany. Ellas escogieron los pendientes. Siempre los llevaba puestos.

Tenía muchas preguntas que hacerle, pero iba camino al aeropuerto y le esperaba un largo viaje por delante. Prometió llamarme en cuanto llegara, fuese la hora que fuese.

—¡Mierda! —exclamé más tarde—. Le he roto el corazón.

—Le hemos hecho un favor —repuso Onnie rotundamente—. Es mejor que lo sepa a que se quede con la incertidumbre, se sobresalte cada vez que suene el teléfono, o busque el rostro de su mujer entre la multitud; la búsqueda sería eterna.

—Pero Onnie, aún no se ha dado cuenta de que nunca fue su mujer, de que todo era mentira.

—Nueve años y dos hijas me suenan más a matrimonio que lo que hubo entre Kaithlin y R. J.

—Quienes, por desgracia, nunca llegaron a divorciarse.

El periódico decidió no publicar la historia hasta que Kaithlin fuese identificada como la persona con la que Preston Broussard estaba casado, como Shannon.

Nuestra búsqueda en las páginas de sociedad de Seattle reveló que, pese a ser considerada una de las mujeres más elegantes de la ciudad, Shannon Broussard era especialmente tímida ante las cámaras, una curiosa extravagancia que, en retrospección, resultaba totalmente lógica. Creó instituciones benéficas y ganó trofeos en torneos de golf y tenis para aficionados. Kaithlin la campeona, pensé.

Una preciosa foto de sus dos hijas, Devon, de entonces cuatro años, y Caitlin, de siete, con su padre, un tipo alto y delgado, en un club de campo donde participaban en un juego que consistía en encontrar unos huevos de Pascua previamente escondidos, indicaba que llevaban un buen nivel de vida. ¿Qué demonios la habría hecho volver aquí para acabar muriendo de forma tan terrible?

Llamé a Fitzgerald al hotel y le dejé un mensaje cancelando nuestra cena porque tenía que trabajar. Con un poco de suerte podría entrevistarme con Broussard antes de que la policía y los medios de comunicación dieran con él.

Lottie y yo fuimos a la cafetería del *News* a buscar unos sándwiches.

—Me pregunto si será como R. J. —silabeó, mientras la ponía al corriente—. Ya sabes la tendencia que tenemos a cometer los mismos errores una y otra vez.

¿Estaba susceptible porque la verdad duele?, me pregunté. Le había contado a Lottie lo de Fitzgerald. ¿Lo decía por mí?

—No creo —repuse—. Me ha parecido muy simpático. Tienen hijos; me da la impresión de que eran muy felices.

—Si jugar a las casitas con él era tan apasionante, ¿qué narices vino a hacer aquí? Por Dios, ya había sufrido bastante como para jugársela otra vez. ¿Te has fijado en lo bien que ha salido Eunice Jordan en algunas de las fotos que saqué en el aeropuerto? Y eso que debe de estar a punto de cumplir los setenta.

—Es muy elegante —afirmé—. Está estupenda.

—Gracias a un montón de ayuda. La cirugía plástica la ha dejado como nueva. —Echó un vistazo a la cafetería y cambió bruscamente de tema—. ¿Has pensado en algún regalo de boda para Angel y Rooney?

Seguí su mirada. El novio había acabado de comer en una mesa al fondo de la cafetería. Rooney, uniformado, se disponía a ayudar a su prometida a levantarse. Parecía que en lugar de un bebé llevara una ballena en la barriga.

—¡Cómo se quieren! —exclamó Lottie—. Ese niño vendrá al mundo de un momento a otro. Mírala, si casi no puede ni andar. ¿No has participado en la apuesta del despacho? Ya hace una semana que salió de cuentas.

—Deja de mirarlos. —Envolví en una servilleta de papel la otra mitad de mi sándwich de tomate y queso fundido.

—¿Por qué? —Lottie desvió la vista a regañadientes.

—Porque si nos ven, vendrán. —Apuré el vaso.

—Vaya, yo que pensaba que eras Miss Simpatía.

—Por favor, Lottie, te juro que esa mujer me da mala suerte.

—¡No! —exclamó, saludándolos con la mano—. A partir de ahora ya verás como no. Están más felices que unas pascuas. Angel ha encontrado la estabilidad.

Nuestra estrategia, decidimos, consistiría en pillar a Broussard por sorpresa en el aeropuerto. Hasta entonces, volví a mi mesa para ocuparme del caso del turista aplastado por el bulldozer y que seguía en el quirófano. La policía había detenido al operario por tenencia de marihuana, la denuncia por atropello se estaba tramitando y lo habían echado del trabajo. Le llamé a su casa, pero rehusó hacer comentarios.

Llamé a Marsh para darle las gracias por haberme soplado la noticia.

—La vi en la playa —comentó en tono juguetón.

—Lo sé, lo sé. Le saludé con la mano. ¿Lo vio?

—Sí, claro que sí. Es más, lo he grabado. Ya he recibido mi nueva cámara de vídeo. La calidad de grabación es tan buena, que hasta puedo contar los botones de su blusa.

¡Lo que faltaba! ¡Qué asco! ¿Por qué cualquier conversación con este hombre, por inofensiva que fuera, acababa dándome ganas de vomitar?

Me preguntó por el caso Jordan.

—Por lo que se ve, estaba casada —le expliqué—, vivía al oeste del país, tenía dos hijas. El marido está en camino para identificar el cadáver. Pero no se lo cuente a nadie hasta que se confirme. ¿De acuerdo?

Estuvo de acuerdo. Y yo le dije que lo mantendría informado. A las fuentes de información siempre les gusta estar al tanto de la evolución de un caso.

Telefoneé a Rothman, el detective privado de Kagan, y me salió el contestador automático. En la guía telefónica no figuraba ninguna dirección. Probablemente no trabajaba en casa. Marqué un segundo número, el del busca, y luego llamé a la línea privada del despacho de Kagan y dejé mi número de teléfono.

Al cabo de un instante me llamó Rothman.

—¿Quién es? —preguntó en voz alta, en tono brusco y cáustico.

—Necesito hablar con usted de Kaithlin Jordan —respondí, y me identifiqué.

—¿De quién necesita hablar conmigo? —preguntó, aún más alto.

—De Kaithlin Jordan.

—No la conozco.

—¡Qué extraño! —soné confundida, cosa a la que ya estaba acostumbrada—. Eso no es lo que yo tenía entendido. Esta mañana he estado con Martin Kagan.

—¿Le ha dado él mi nombre? —Habló pronunciando las palabras marcadamente.

—¿Cómo iba a conseguirlo si no? —repliqué alegremente—. Estoy trabajando en el caso, el asunto está a punto de salir a la luz…

Gloria me indicó que tenía otra llamada.

—¡Vaya! —exclamé—. Me llaman por la otra línea, hay noticias sobre el caso, le llamaré luego. —Colgué.

Las coincidencias se dan con poca frecuencia. Éste era uno de esos momentos memorables. Era Kagan quien estaba en la otra línea.

—¿Qué quiere? —me espetó, al darse cuenta de que era yo.

—Estoy trabajando en el caso —comenté con toda naturalidad—. En aquello de Kaithlin Jordan, ¿recuerda?

Suspiró, molesto:

—Ya se lo he dicho. Nunca la vi ni hablé con ella.

—Es que me parece que se había cambiado el nombre —apunté con suavidad—. Shannon Broussard. De Seattle. ¿Se acuerda ahora?

—No tengo ni idea de lo que me está hablando —contestó con frialdad.

—¡Eso sí que es curioso! —exclamé, perpleja—. Verá, acabo de hablar con el señor Rothman.

Vaciló.

—¿Con quién?

—Ya sabe, con El Rastreador, su detective privado. El que contrató para que se ocupara de algunas cosas relacionadas con el caso.

—¿Eso es lo que le ha dicho?

—Bueno —me mostré dubitativa—, no creo que lo haya entendido mal. No hace ni cinco minutos que he hablado con él. Me dijo que usted…¡oh, oh!, tengo que irme, ha empezado la reunión. Le llamaré luego.

Los jefazos estaban reunidos en la sala de juntas. Como de costumbre, yo no estaba entre ellos. Nunca invitan a los periodistas.

El vuelo de Broussard llegaría puntual, aseguró la compañía aérea. Lottie y yo salimos con tiempo. En temporada alta, el Aeropuerto Internacional de Miami estaba abarrotado de gente, y con tan pocas plazas de aparcamiento libres que los parkings circundantes usan tranvías, trenes y autobuses para llevar a la gente al aeropuerto desde kilómetros de distancia. Con suerte y paciencia, encontramos un hueco en un garaje cercano dentro del recinto del aeropuerto.

A la cacofonía de lenguas extranjeras había que sumar el caos y la confusión del ruido de los cláxones, las nubes de humo de los motores y las peleas de los taxistas. A algunos tanto jaleo los abruma, otros ya son inmunes a él, y luego están los que sacan partido de la situación: los carteristas, los ladrones con vista de lince que merodean por los teléfonos del aeropuerto para hacerse con los números de las tarjetas de crédito mientras sus propietarios las están usando, y aquellos que tiran intencionadamente mostaza, ketchup o una bebida encima de los viajeros sorprendidos para poderse disculpar efusivamente, «ayudarlos», y distraerlos de mil formas mientras sus cómplices les roban los objetos de valor.

Pasajeros con destino a países del norte ataviados con ropa de abrigo se codeaban con los que viajaban rumbo a las islas, vestidos con pantalones cortos y camisetas, mientras nos mezclábamos con la multitud, con la esperanza de que Broussard no hubiera cambiado de vuelo en el último momento. Llegó con media hora de retraso. El primer pasajero en salir pasó de largo a toda prisa para conectar con otros vuelos. La gente parecía cansada, cargando su equipaje de mano, empujando carritos, llevando bebés a cuestas.

—¡Eh, mira ahí, qué te juegas a que es él! —exclamé. Se parecía al hombre de la foto de los huevos de Pascua. Alto y delgado, de pelo castaño ondulado y con gafas, debía de rondar los cuarenta, tenía aspecto cansado y distraído. Llevaba una arrugada chaqueta de sport de lana gris encima de una camisa blanca con el botón del cuello desabrochado. Se había aflojado el nudo de la corbata y necesitaba un afeitado. Parecía confundido, perdido; era el polo opuesto a R. J.

Aunque sorprendido, se le veía aliviado por el hecho de que alguien hubiera ido a buscarle, a pesar de que fuera una desconocida ávida de bombardearle a preguntas. Cuando me ofrecí para acompañarle al hotel, accedió. No protestó ni pareció enterarse de que Lottie, discretamente, le había sacado un par de fotos. Muy al contrario, empezó a hacer preguntas ansiosamente, exponiendo sus propias teorías.

—He estado pensando durante el viaje —comentó—, dándole vueltas a la historia. Ciertamente, la mujer muerta no es Shannon. Estoy convencido. Alguien debió de robarle las joyas y por eso esta otra mujer las llevaba.

Lottie y yo nos miramos recelosas.

—Puede ser —concedí, nada convencida, intentando no darle falsas esperanzas—. Cosas más extrañas han pasado.

Estuve a punto de enseñarle las copias de las fotos de Kaithlin extraídas de la biblioteca del *News*, que estaban dentro de una carpeta situada entre los asientos delanteros. No lo hice. Le atormentarían toda la vida. Déjale vivir con la esperanza, me dije, una noche más.

—He vuelto a llamar al detective, desde el avión —explicó Brousssard, mientras yo abría el maletero para meter su bolsa de viaje—. He quedado con él mañana a las nueve en comisaría. Me ha dicho que iremos al… al depósito de cadáveres. Así saldremos de dudas. —Su voz pasó de la esperanza a la desolación.

Dejamos a Lottie en el *News* y crucé el puente para llegar al Hotel Deauville.

Se registró, me pidió que le esperara mientras subía a su habitación.

—Tengo que llamar a las niñas —anunció— y darles las buenas noches.

Me senté en el transitado vestíbulo preguntándome qué se debe de sentir al saber que la persona amada no es quien creías que era, y poco a poco me fui dando cuenta de que muchas de las clientas parecían de origen afroamericano, mujeres esculturales con tacones de aguja, pelucas pelirrojas, tops y brillantes minifaldas de vértigo. Me acordé de la convención de música hip-hop que hubo en la ciudad mientras las veía contonearse siguiendo la música de fondo, de camino hacia alguna de sus múltiples actividades, al tiempo que en un salón de baile cercano una banda tocaba una deliciosa versión de *Hava Nagila* para los asistentes a una ceremonia de *Bar Mitzvah*, que bailaban eufóricos una danza tradicional israelí. Esto sólo pasa en Miami Beach, pensé.

Preston Broussard volvió al cabo de veinte minutos. Llevaba la misma camisa arrugada y la misma chaqueta; la corbata se la había quitado.

—Siento haber tardado tanto —se excusó—. Odio tener que dejar a las niñas. Ni siquiera he pasado por el despacho desde la desaparición de Shannon. He preferido estar con Devon y Caitlin las veinticuatro horas del día. Shannon siempre habla de lo importantes que son estos años de formación. No quiero que tengan miedo o que se sientan inseguras, aunque yo sufra. Por suerte han venido mis padres desde San Diego para quedarse con ellas.

No tenía ni hambre ni sed, por lo que dimos un paseo por la zona de la piscina hasta la playa. Nos sentamos en un banco de madera de cara al mar, iluminado por las estrellas, y a un trozo de arena húmeda que olía a sal y algas. Se oía la risa de parejas que también paseaban, y a lo lejos el compás de una música que acompañaba el movimiento de la marea a la luz de la luna.

—Lamento haber sido yo quien…

—No —me interrumpió—, le estoy muy agradecido. Podría haberme esperado hasta mañana, pero no soporto estar de brazos cruzados. Me siento más vivo cuando la busco. Lo de Nueva York fue horrible. La policía… —hizo una mueca—. Fueron educados conmigo, pero el caso los traía sin cuidado. Como creen que mi mujer nunca llegó a aterrizar en su ciudad, se han lavado las manos. Y la policía de Seattle, por su parte, sostiene que embarcó en un avión y salió de su jurisdicción, con lo que la desaparición tampoco es asunto suyo. Muchos aspavientos, pero nadie ha movido un dedo.

El vuelo Seattle-Nueva York de Shannon Broussard hizo una breve escala en Chicago, me contó su marido.

—Pero no tendría sentido que hubiera desembarcado ahí.

En tal caso, pensé, podría haber empalmado con un vuelo a Miami sin necesidad de abandonar el aeropuerto.

El viaje de Shannon a Nueva York no era inusual, explicó Preston Broussard, era una costumbre que se remontaba a sus primeros años de matrimonio cuando su mujer viajaba para adquirir prendas para una pequeña boutique que tuvo y dirigió hasta el nacimiento de su primera hija. Siempre que su trabajo se lo permitía, Broussard la acompañaba, comentó, e iban juntos a ver algún espectáculo de Broadway. A veces viajaba con amigas, pero este último viaje lo había hecho sola, cosa que a él no le había preocupado lo más mínimo.

—Ha visto mucho mundo —aseguró.

Se conocieron viajando en tren, hacía diez años.

—Siempre le estaré agradecido a Amtrak —sonrió con nostalgia—. Siempre que vuelvo de un viaje de negocios a Chicago cojo la ruta panorámica, para ver el cielo, reflexionar y recargar pilas.

Los dos viajaban en el *Empire Builder*, que cruza Montana y bordea la frontera de Canadá para llegar al estado de Washington. La primera vez que la vio, en el vagón restaurante, le pareció que estaba muy sola y preocupada, tímida. Se sintió atraído por ella.

—Supongo que me gusta ese papel de salvador —apuntó, inclinándose hacia delante, apoyando los codos en las rodillas—. Cuando era pequeño, solía traer a casa todos los animales que encontraba abandonados, a todos los niños del cole que los demás marginaban. Shannon no era ninguna marginada, no quería decir eso. Era una belleza.

Ella se mostró reacia, pero él insistió y pronto se sentaron juntos en el salón del tren, de enormes ventanales y donde, rodeados por el inmenso cielo de Montana, él le señalaba los perros de las praderas y los silos, y también las estrellas. Así empezó todo.

—Me imaginé que había sufrido mucho —expuso—. No había más que verla. Casi no podía ni hablar de ello. Estaba traumatizada, aturdida por la tragedia. Había perdido a toda su familia.

Se llamaba Shannon Sullivan, me contó, era de Stanley, Oklahoma, un pequeño pueblo devastado por un catastrófico huracán de nivel cuatro. Murieron veintisiete personas.

—Recuerdo haberlo leído en los periódicos por aquel entonces —dijo—. Un gigantesco huracán, de tres kilómetros de ancho, dejó hecha añicos la maquinaria agrícola.

»Fue espantoso. La hermana de Shannon tenía un bebé. El huracán se lo arrancó de los brazos y acabó con la vida de ambos. Tardaron varios días en encontrar el cadáver del niño. Shannon se había quedado literalmente sola en el mundo. Sin padres, sin hermana, sin su íntima amiga, sin todas aquellas personas que habían significado algo para ella. Por eso le da tanta importancia a la familia, a nuestra familia. Por eso sé que nunca habría hecho esto deliberadamente, nunca nos habría dejado.

Eran felices, afirmó, su pasado sólo era un triste recuerdo. Cuando estaba triste y melancólica, sacaba fuerzas de flaqueza. Él la escuchó y la apoyó en los momentos difíciles.

Ahora entendía lo que había visto Kaithlin en este hombre tan sensible y comprensivo.

—¿Tuvieron alguna discusión recientemente? ¿La notaba aburrida o inquieta? —le pregunté.

—En absoluto. —Su respuesta sonaba con la certeza forjada únicamente tras años de intimidad—. Le encanta su papel de madre, la vida que hacemos. Lo sé.

—Debe de haberse producido algún cambio en los últimos tiempos.

Suspiró.

—Le he estado dando muchas vueltas a eso —reconoció—. El verano pasado noté que algo le preocupaba. Estaba nerviosa, más callada, pasaba mucho tiempo navegando en Internet. Me extrañó. Shannon es una mujer activa. Le gusta el deporte, llevar a las niñas a montar a caballo, de excursión, en barco. Vivimos en Puget Sound.

—¿Qué hacía en Internet?

—No estoy seguro. ¡Ojalá me hubiera fijado! —Suspiró y se pasó la mano por el pelo—. No paro de pensar que podría haber hecho algo más. Ella me decía que no estaba preocupada, que estaba bien, pero yo… Pensé que era porque las niñas la ponían nerviosa, o porque estaba agobiada con tanto trabajo voluntario. Empezó conectándose a Internet para preparar una campaña benéfica que patrocinaría un programa de asesoramiento a madres solteras. La apasionaba lo que hacía. Pero cada vez pasaba más horas sola en su despacho, casi siempre de noche.

—¿Fue entonces cuando la notó estresada?

—Sí —respondió pensativo—. En ese momento no pensé que las dos cosas estuvieran relacionadas. Ahora me pregunto…

—Usted tiene acceso a su ordenador, ¿verdad?

—Eso creía yo. Después de su desaparición, un detective me sugirió que echara un vistazo a su correo electrónico y sus carpetas. Lo intenté, incluso hice venir a un especialista en informática de mi empresa. Tampoco hubo suerte. No había ni rastro del disco duro. Debió de haber un fallo en el sistema o un problema eléctrico.

—A lo mejor fue intencionado.

Sacudió la cabeza y me miró con frialdad.

—Eso significaría que su desaparición, que todo fue premeditado, que planeó dejarnos. Me niego a creer tal cosa.

Inquieto, se puso de pie, empezó a andar, y de pronto se volvió hacia mí.

—Me estoy curando en salud. ¿Qué le parece? —me preguntó, los ojos llorosos—. No sirve de nada adelantar acontecimientos. Si Shannon ya no estuviera entre nosotros —comentó, con la mano derecha sobre el pecho—, lo sabría, lo sentiría. Eso quiere decir algo, ¿no?

Murmuré un sonido alentador, pero sus palabras me recordaron a las de tantas otras personas que se negaban a enfrentarse a la realidad.

Con los ojos abiertos como platos, aunque cansado, no tenía ganas de irse a dormir, así que dimos una vuelta por el paseo marítimo.

—¿Cuál era la situación financiera de ella cuando la conoció? —quise saber—. ¿Estaba sin blanca?

—No, ¡qué va! Tenía dinero.

—¿Tres millones de dólares?

—¡Ufff…! —Sonrió—. No era multimillonaria, pero vivía con holgura. Creo que tenía alrededor de unos novecientos mil dólares.

—¡No está mal! —exclamé. Más o menos un tercio del dinero desaparecido, pensé.

—Eran del seguro y de la herencia —justificó—. De su familia y de la finca que fue arrasada. Lo invirtió. Shannon es muy astuta para los negocios. Al principio pensé que la boutique no era más que un capricho, una distracción, algo para estar ocupada, pero en seis meses obtuvo beneficios. Muy poco común en un negocio pequeño.

—¿Después de casarse mantuvo sus cuentas separadas?

Vaciló, como si no estuviera seguro de querer contestar.

—Tenía dinero conmigo en nuestra cuenta conjunta, y otras

cuentas e inversiones aparte. —Hizo una pausa—. Verá, me incomoda muchísimo hablar de este tema, del dinero de Shannon. Si lo que quiere saber es si mi mujer vació el dinero del banco antes de irse, la respuesta es no. Sigue intacto. No es una Mata Hari, una maquinadora o una ladrona. Se llevaría bien con ella —afirmó esperanzado—. Espero que algún día se conozcan.

Estábamos a la altura de Casa Milagro.

—Hay un tipo ahí arriba —le expliqué—, en la planta dieciséis, que ve todo lo que ocurre desde su casa. Seguro que ahora nos está observando desde una de esas ventanas de cristales tintados con binoculares para ver de noche, telescopios y cámaras con zoom.

Levantamos la vista.

—Fue testigo del asesinato —continué—. Lo vio todo.

Broussard parecía sorprendido.

—Entonces, ¿por qué la policía no detuvo al asesino? —Broussard miró hacia el edificio.

—Porque el testigo no llamó hasta mucho después, cuando el cuerpo de la mujer salió a la superficie y flotó llevado por la marea. Le preocupaba que no lo tomaran en serio. Quería estar seguro de que la poli le creyera. Es un tipo muy raro.

—Debe de serlo. Yo pensaba que existían leyes para esto —comentó con seriedad—. Cuando uno ve a alguien en peligro, tiene la obligación de socorrerle.

Se calló.

—Espere —prosiguió—, si lo vio desde ahí arriba, entonces debió de ocurrir justo aquí.

—Aquí la trajeron al sacarla del agua —señalé.

—No sé quién era, pero pobrecilla. —Los dos temblamos, el aire de la noche era frío—. ¿Qué es eso? —preguntó.

Sonando como los latidos del corazón, llegó hasta nosotros desde algún lugar de la playa, cercano a la orilla, el zumbido repetitivo de un tambor *batá*.

Agucé la vista.

—Es porque hay luna llena —comenté—. Saludan a Changó, el dios afrocubano del rayo y el trueno.

—Y lo hacen ahí en medio. ¿Para qué lo hacen?

—Changó —respondí—, es el modelo de hombre viril para las mujeres y el vengador del diablo.

—Pues debe de tener cantidad de trabajo en esta ciudad —replicó Broussard con amargura.

Anduvimos un rato en silencio, escuchando y contemplando la luna.

Le di la dirección de comisaría para su cita de la mañana siguiente y me despedí de él en el hotel.

De camino a casa escuché los mensajes. Tanto Kagan como Rothman habían dejado bastantes, algunos urgentes. Que esperen hasta mañana, pensé. Así les costará conciliar el sueño, como a muchos de nosotros.

15

Me bebí el líquido abrasador, también conocido como café cubano, después de una agitada noche atormentada por la imagen de unas niñas alejadas de su padre, que pronto volvería a casa con malas noticias y peores recuerdos.

Mi madre cogió por fin el teléfono.

—Sabías lo del bebé de Kaithlin, ¿verdad? —pregunté.

—Britt, cariño, ¿no tienes fiesta hoy?

—No, mamá, sigo trabajando en el caso.

—¿Aún estás con ese caso? ¿Cuándo tienes tiempo para ti? No me extraña que tu vida pesonal sea un desastre.

—Gracias, mamá. Lo sabías, ¿verdad?

—Ya estoy harta, Britt. —Le temblaba la voz—. No quiero saber, ni leer, ni siquiera quiero hablar más del tema. Hay que pasar página. No se puede cambiar el pasado.

—Mamá, lo único que te pido es que seas honesta y clara conmigo…

—¿Es que no hay más casos? —preguntó con brusquedad—. ¿Por qué estás tan obsesionada con éste?

—Buena pregunta.

—Debes de estar agotada, mi amor. Acuéstate y duerme un poco, ya hablaremos después.

Pero en lugar de dormir, me fui al depósito de cadáveres. Hacía viento, el cielo era de un azul intenso, y el aire tan caliente que, mientras

esperaba en la calle Bob Hope frente al despacho del forense, empecé a sentir un embriagador e injustificado optimismo. El café debía
de haberme escaldado las neuronas, pero empecé a hacerme preguntas. ¿Y si? ¿Y si nos hubiéramos equivocado y la mujer que estaba ahí
dentro no era Shannon Broussard? La muerte y la vida real superan
la ficción. Una deliciosa sensación de bienestar inundó mi alma. Entonces los vi salir. Broussard llevaba la misma chaqueta. Tenía los ojos
rojos y llorosos.

—Hola —Rychek estaba serio.

—Es ella —admitió Broussard conmovido, sus falsas esperanzas
echadas por tierra. Las lágrimas le rodaban por las mejillas—. Debí
haberlo imaginado. Quise creer que había sido abducida o que estaría en algún hospital, herida o enferma, sin poder hablar, pero cuanto más tiempo pasaba, más me temía este final.

»¿Qué les diré a las niñas? —preguntó, a nadie y a todos, mientras se metía en el coche de Rychek. Cuando arrancaban le oí sollozar.

Disculpándose, el vigilante de la puerta de Williams Island me dijo
que ni R. J. ni Eunice podían «recibir visitas». Le pedí que los llamara y les dijera que sabía dónde había pasado Kaithlin los últimos diez
años. Lo hizo, y la puerta se abrió.

R. J., vestido con pantalones y una camisa hawaiana abierta, hacía el vago sentado a una mesa con sombrilla sobre la que quedaba un
resto de bloody mary y de lo que había sido un copioso desayuno.
Bien arreglado, con mejor color, le brillaba la piel untada de aceite
bronceador. Desde la mesa se contemplaba el agua azul que destella-
ba como un cristal roto. Por encima de nuestras cabezas, frondas de
palmeras se mecían con la brisa. Su celda del ala X de la cárcel parecía estar a mil años luz. La joven que le acompañaba llevaba un esco-
tado bikini y lucía un impresionante bronceado, del que probablemente se lamentaría al cabo de veinte años.

La miró triunfalmente mientras yo caminaba hacia ellos.

—¿Lo ves? Lo que yo decía, ¿para qué voy a comprarme el periódico, si me dan las noticias en persona? Bueno, señorita periodista
—se reclinó en la silla—, ¿alguna novedad?

—Mientras usted estaba en el corredor de la muerte —respondí en su mismo tono—, Kaithlin se casó y tuvo dos hijos *más*.

Se puso pálido, dejó de sonreír.

—Vete a casa —le ordenó a su acompañante sin tan siquiera mirarla.

Ella no reaccionó, sorprendida por su tono despectivo.

—Que te vayas a casa —repitió él.

—Pero es que…

—¡Vete ya! Te llamaré luego.

La joven se levantó a regañadientes. La fina pulsera de oro que le rodeaba la muñeca brillaba bajo el sol.

—¡Venga! —gritó R. J. impaciente.

La mujer recogió rápidamente sus cosas, me fulminó con la mirada y salió airada de la terraza; con tacones altos y el bikini de cuero, su figura era escultural. R. J. ni la miró. Era como si ya se hubiese olvidado de ella.

—¿Dos hijos *más*?

—Además del que usted tuvo con ella, el que Kaithlin dio en adopción.

—¿Cómo se ha enterado de eso?

—Estoy trabajando en el caso, he hecho mis indagaciones. ¿Sabe Eunice que tiene un nieto?

Se encogió de hombros.

—Si lo supiera, le traería sin cuidado.

—A todas las mujeres se les cae la baba con sus nietos —repuse.

—A todas, no. A la bruja de mi suegra, no, por ejemplo. Ya ve —continuó—, ganó esa batalla. Pero la mayor venganza es estar vivo. ¿No cree? Ellas están muertas, ¿y quién está vivito y coleando? *Moi*.

Hizo un gesto como de querer abrazar todo lo que le rodeaba, el exuberante paisaje tropical, los lujosos yates, los criados uniformados.

—En cuanto a mi madre, puede que tener un nieto le hubiera importado en vida de mi padre, cuando el negocio era próspero, cuando luchaban por su patrimonio. Pero ahora no hay empresa que valga, ni dinastía que preservar, y ya es tarde para todo. No tendría sentido decírselo. Todos tenemos secretos.

Se sacó las gafas de sol para ver de cerca una mancha de aceite que tenía en el cristal. Lo preguntó con indiferencia, pero la intensidad de su mirada lo traicionó:

—¿Qué tal es su marido?

—Es simpático —respondí—. Tiene una empresa de software en Seattle, donde vivían. No tenía ni idea de nada, se pensaba que su mujer era del medio oeste del país.

—¿Está aquí?

Asentí.

—Llevaba semanas buscándola.

R. J. esbozó una sonrisa sardónica.

—Pues ha tenido más suerte que yo. Yo nunca la encontré, ni encontré a nadie que me creyera, por eso acabé jodido, desquiciado y marcado de por vida.

—La ha ido a identificar esta mañana. Está hecho polvo.

—No me extraña. —Su comentario sonó falso—. Ya de adolescente, Kaithlin tenía algo especial, algo auténtico. Se notaba en su porte, en sus modales, en cómo te miraba. Fuera lo que fuera, resultaba difícil olvidarla. Yo podría haber conquistado a cualquier mujer, pero, por desgracia, siempre la quise a ella. ¿Cuántos años tiene?

—Yo diría que unos cuarenta, puede que menos.

—¿Lo ve? —Asintió con la cabeza, como si en la edad estuviera la clave—. Sólo se llevaban cuatro o cinco años. Nosotros, en cambio, veníamos de mundos completamente distintos y la diferencia de edad era enorme; parece una tontería, pero cuando nos conocimos, ella era aún una niña y yo ya había cumplido los treinta. —Suspiró—. ¿Y sus hijos?

—Hijas, dos hijas —respondí.

—Entonces —musitó—, nunca tuvo un hijo varón.

—Sólo con usted.

Eso pareció alegrarle.

—¿Cuánto tiempo estuvieron juntos?

—Llevaban casi nueve años casados.

—No. —Pronunció la palabra con amargura—. Ella estaba casada conmigo. —Añadió golpeándose el pecho peludo con un pulgar.

Pidió otro bloody mary y un té con hielo para mí.

—Veo que no le está costando adaptarse a su nueva vida —comenté con amabilidad.

—Es mejor que el toque de diana a las seis de la mañana. —Su mirada se desvió hacia los cestos de cruasanes, fruta fresca y crujientes panecillos—. Mejor que el traqueteo de un carrito metálico deslizándose por un pasillo de cemento y una bandeja introducida por una abertura de la puerta. ¡Sí, es mejor que antes! —Contempló la extensión de agua azul—. Mi vida era gris, triste, y estuve demasiado tiempo encerrado. Ahora quiero recuperar el tiempo perdido.

—Ya empieza a conocer gente nueva. —Señalé la silla vacía de su acompañante.

—Sí —afirmó—. No he parado de ver gente, tanta —se dio una palmadita en la entrepierna— que estoy dolorido.

Dallas Svenson aseguró que R. J. tenía un lado sensible. O ella se había equivocado, o él estaba haciendo todo lo posible por ocultarlo.

—Eunice debe de estar feliz de que esté en casa —comenté con suavidad, dando un sorbo de té.

—Mi pobre madre —repuso con cinismo—, no es que viniera mucho a verme que digamos. Las visitas a la cárcel le resultaban muuuy dolorosas.

—¿Por qué cree que volvió Kaithlin? —pregunté—. Su marido dice...

—No, su marido no —recalcó alzando el dedo índice.

—De acuerdo. La otra persona «especial» dice que hace unos ocho meses, en junio, empezó a notarla preocupada. Ella no quiso hablar del problema, negó que lo hubiera, pero por lo visto fue en aumento justo antes de que desapareciera y viniera aquí.

—Desconozco el asunto —aseguró con brusquedad—. Como ya dije en su día, al hablar con los medios, su desgracia fue mi golpe de suerte.

Parecía pensativo, removiendo distraído su bloody mary con un tronco de apio.

—Hace ocho meses, en junio —repitió finalmente—, mi vida social era bastante limitada. Ese mes me fue denegada una apelación, y una agencia periodística escribió un artículo sobre mí, de hecho sobre seis de nosotros, relacionado con la muerte en los corredores de todo el país. Supongo que daba el perfil, porque soy blanco y rico, no soy el típico preso que está en un corredor de la muerte. El periodista citó las palabras de mi abogado, el cual no cabía en sí de gozo. Me envió una copia. Yo estaba en la cárcel, a punto de ser ejecutado, y él perdiendo el culo por ver su nombre escrito en los periódicos.

—Hablando de abogados —dije—, ¿conoce a Martin Kagan?

Arqueó las cejas, luego pareció caer en la cuenta de quién le estaba hablando.

—No, pero me suena de hace años, de casos relacionados con la pena de muerte, leíamos mucho sobre el tema en la cárcel.

—Pues este es su hijo. Había contratado a un detective privado, Dan Rothman, conocido como El Rastreador.

R. J. desvió la mirada y volvió a esconderse detrás de sus gafas de cristales oscuros.

—¿Lo conoce?

Sacudió la cabeza en señal de negación y contempló los veleros del horizonte.

—Le sorprendería la cantidad de gente que se ha puesto en contacto conmigo. Me han llamado del *60 Minutes*, del *20/20*, del *Dateline*. Incluso de la oficina del forense. Hasta me ha llamado un despistado preguntándome cuándo pensaba reclamar el cadáver de mi mujer. Me intentó convencer. Para enterrarla como Dios manda, me dijo. ¡Como si ella hubiese hecho lo mismo por mí! Y un inútil de la oficina del fiscal del condado de Volusia ha tenido la caradura de presentarse aquí.

—¿Dennis Fitzgerald?

—Sí, creo que sí. ¿Le conoce?

—Nos hemos visto en alguna ocasión.

—No pasó de la puerta. Ni la pasará. No voy a permitir que me acose uno de esos bastardos.

—Están ocupándose de la autopsia —expliqué—, intentando averiguar en qué se equivocaron.

R. J. no parecía impresionado.

—¿Hay algo más que quiera decir a la prensa sobre el último descubrimiento, sobre… la aparición de la otra persona «especial» en la vida de Kaithlin?

—¿Qué quiere oír, señorita periodista? ¿Que siento mucho su pérdida? —Su sonrisa era irónica, su mirada dura.

—Me gustaría ver a Eunice —comenté—. ¿Está en casa?

—La están peinando —respondió.

—¡Qué pena! Quería hablar con ella.

—Pues hable —repuso impasible—. Mi madre tiene su propio salón de belleza.

Así era. La sirvienta del último piso de su casa me condujo a una espaciosa habitación equipada con un montón de accesorios de belleza para profesionales, un secador, lavacabezas de mármol negro con griferías de oro, y toda clase de cosméticos, camillas de masaje y mesitas de manicura. La encontré relajándose bajo el secador, recibiendo un espumoso baño de pies, las manos reposando sobre almohadillas de terciopelo mientras se secaba el esmalte nacarado de sus uñas. Apagó el secador y le pidió a la manicura uniformada que se fuera para poder hablar conmigo en privado.

Contemplé admirada la habitación, de tenue iluminación y música suave. Su peluquero y manicura venían cuando los llamaba, me contó, varias veces a la semana.

—¡Estoy tan ocupada! Me es mucho más cómodo que tener que pedir hora e ir a la peluquería cada vez.

Asentí, como si todos tuviéramos que tener un salón de belleza propio, luego le expliqué que Catherine Montero, mi madre, había trabajado muchos años en los almacenes Jordan.

—¡Ah, sí! —exclamó Eunice con frialdad—. Creo que la recuerdo. En realidad, Conrad, mi marido, trató con ella mucho más que yo.

No estaba nada mal para romper el hielo.

—¿Cómo se siente —pregunté, sonriendo entusiasmada— con su hijo de nuevo en casa? Debe de ser maravilloso.

—Igual que antes de que le metieran en la cárcel —contestó, con la voz empañada—. La gente no cambia. ¿Dice que tiene noticias de mi nuera?

Le describí brevemente la vida de Kaithlin en la costa oeste, y luego me preguntó en voz alta quién podía haberla matado.

—Tal y como era ella —se encogió de hombros con desdén—,

puede haberla matado cualquiera. Usó el sexo para seducir a mi hijo y arruinó nuestras vidas.

—Era muy joven —repliqué, perpleja—, y su hijo era ya un hombre...

—Era un niña sin oficio ni beneficio —espetó Eunice—. Supe desde el principio que era una arribista, una calculadora y que no le interesaba más que el dinero.

—Pues dicen por ahí que era muy trabajadora, que tenía talento y servía para los negocios, y que hizo aumentar los beneficios de sus almacenes. Yo pensaba que usted le tenía cariño.

—Conrad estaba encantado con ella —puntualizó con desprecio—, pero es que a Conrad nunca se le dio bien juzgar a las mujeres. —Hizo una pausa para observarme detenidamente—. Se parece usted mucho a su madre.

No era precisamente lo que más me apetecía escuchar.

Eunice examinó su impecable manicura, a continuación llamó a la chica para que le hiciera la pedicura, dando por finalizada nuestra conversación.

—Kaithlin era inteligente —afirmó acercándose a mí—, sabía conseguir lo que se proponía. Estuvo a punto de matarnos a todos.

Al salir, atravesé imponentes fuentes, setos recortados y tupidos parterres con los colores del arco iris mientras pensaba: «No me extraña que huyeras, Kaithlin. Hiciste bien. Tu único error fue volver».

El catastrófico huracán que diez años antes devastó Stanley, en Oklahoma, era real, ocurrió de verdad. Onnie y yo nos informamos sobre el asunto. Hubo veintisiete víctimas, incluida una familia entera, los Sullivan. En toda la nación se recogió la espeluznante noticia de un miembro de la familia arrastrado por el huracán que le arrancó a su bebé de los brazos. Pero en las notas necrológicas, publicadas en el periódico local de donde eran las víctimas, no figuraba ninguna Shannon como superviviente.

—¡Qué astuta! —exclamó Onnie—. No tuvo más que leer la tragedia en los titulares de los periódicos y hacerla suya. ¡Me pregunto qué se habría inventado de no haber habido un huracán!

—Algo habría encontrado —aseguré—. Ocurren tragedias por todas partes. —¿Le atraían estos temas? ¿Se sentía identificada con el simbolismo inherente a un bebé arrancado de los brazos de su madre y a las imágenes de vidas fuera de control?

Onnie me anunció que indagaría lo que había escrito la agencia el verano pasado acerca de los reclusos del corredor de la muerte y dónde se había publicado. Llamé a la Oficina de Correccionales de Florida para hacer un par de preguntas. Su portavoz me dijo que me daría una respuesta lo antes posible.

Mientras repasaba el artículo echando un último vistazo a la segunda identidad de Kaithlin Jordan, noté una presencia a mis espaldas.

—¿Has encontrado algo? ¿Qué tal vas? —alcé la vista, esperando encontrarme a Fred o a Onnie.

—Bien, creo —contestó Fitzgerald.

—¿Cómo has llegado a la sala de redacción? —pregunté—. Se supone que los de seguridad avisan cuando hay visitas.

—Le dije a tu colega que me estabas esperando.

—¡Pues sí que estamos bien! —exclamé, mientras Rooney me saludaba alegremente desde el pasillo.

Pulsé ENVIAR y le dediqué una sonrisa a Fitzgerald. Me la devolvió.

Onnie nos interrumpió con una copia del artículo de la agencia. El *News* no lo había publicado, a diferencia de un montón de periódicos de todo el país, incluido el *Seattle Times* del día 4 de junio. Un párrafo dedicado a R. J. rezaba así: «… rico heredero de unos grandes almacenes de Miami se enfrenta a la pena de muerte por el asesinato de su mujer hace casi diez años». Iba acompañado de una foto. Me imaginé a Shannon Broussard, acomodada ciudadana de Seattle, esposa y madre abnegada, abriendo el periódico. ¿Qué le debió de pasar por la cabeza al ver la foto y leer que R. J. estaba a punto de morir por haberla asesinado? ¿Había vuelto por eso?

Gretchen nos miró con recelo al vernos a Fitzgerald y a mí en dirección a la cafetería a tomar un café.

—Mejor por las escaleras —sugerí, al tiempo que él llamaba el ascensor—. Este cacharro es muy lento.

—Ya me he dado cuenta al subir —confirmó—. Tardaba tanto
que me estaba empezando a salir barba. Así que éste es tu escondite.
—Escudriñó la sala con sus hundidos ojos—. ¡Menudo antro!

—¡Qué va! Siempre estoy por ahí dando vueltas —repuse—.
¿Has hablado con R. J.?

—No, el muy cabrón no quiere hablar con nadie.

—¿En serio? —hice ver que me sorprendía—. Pues acabo de
verle en Williams Island. Hemos estado un rato charlando. Estaba tomando el sol, tenía buen aspecto, me ha dado recuerdos para ti.

—No jodas. ¿Y qué te ha dicho?

—Lo de siempre, que la muerte de Kaithlin fue su golpe de suerte. Asegura no tener ni idea de quién puede haberla matado ni por
qué. Sigue enfadado con vosotros. Sentía curiosidad por Preston
Broussard, estaba más bien celoso. ¿Conoces a Broussard?

Fitzgerald me contó que había presenciado la entrevista que Rychek le había hecho en la estación después de identificar el cadáver.
Broussard, conmocionado, les dijo que en los últimos siete u ocho
años Shannon había sacado un montón de dinero del banco, no sabía
para qué. Se había enterado después de su desaparición.

Yo creía saber adónde había ido a parar ese dinero, pero quise
preguntárselo a Fitzgerald de todas maneras.

Se encogió de hombros.

—Se podría haber destinado a muchas cosas. Chantaje, vicios
ocultos, un amante. A lo mejor planeaba huir de nuevo.

—¿Y dejar a sus hijas? Lo dudo mucho. Yo creo que leyó en el
periódico la noticia esta de la agencia y decidió salvar a R. J.

—¿Después de todo lo que le costó conseguir que le incrimina-
ran? —preguntó Fitzgerald.

—Eso explicaría las llamadas a Kagan —expuse—. Tal vez
nunca se imaginó que R. J., con la fortuna que tenían sus padres y
pagando a los mejores abogados, sería condenado a muerte. Quizá
quería que estuviera un tiempo encerrado, pero no que fuera ejecutado.

—¡Muy loable por su parte! —Fitzgerald frunció el ceño, escéptico—. Pero, ¿por qué iba a arriesgarlo todo para salvar a ese hijo de
puta?

—Por motivos religiosos, o para tener la conciencia tranquila. A lo mejor seguía sintiendo algo por él. R. J. fue su primer amor.

—Pues no se parecía en nada a esos amores de los que se han escrito poesías y canciones —puntualizó Fitzgerald—. A mi modo de ver, Kaithlin tenía miedo de que él la matara, por eso se le adelanta y huye.

—Puede ser —convine con él—. A lo mejor no ve otra escapatoria. Kaithlin es la víctima de una guerra entre su marido y su madre. Si se divorcia de él, pierde lo único que le queda: su carrera. El misterio del dinero desaparecido no juega a su favor. Sin nada que la ate aquí, planea su propia muerte, a él lo condenan, y ella se va lo más lejos posible de Miami.

»Entonces, sola y herida, conoce a un hombre que la protege y la cuida. Aprovecha una catástrofe ocurrida en otra parte del país para inventarse un pasado trágico y, por miedo a perderle, nunca le habla a su nuevo marido de su verdadera identidad.

—Muy bien —dijo Fitzgerald—. Me parece todo muy correcto, pero volvemos a estar en las mismas.

—Sigo —proseguí—. Tiene una nueva vida, Miami no es más que un recuerdo. A diferencia de la mujer de Lot, no vuelve a pensar en el asunto, hasta el verano pasado. Lee la prensa; R. J. condenado a muerte. A lo mejor la maternidad cambió sus parámetros.

—¿Me estás diciendo que se sintió identificada con la madre de R. J. —preguntó—, porque también estaba a punto de perder a un hijo?

Me puse a pensar en Eunice.

—No, olvídalo, no he dicho nada —rectifiqué.

—No me lo creo ni en pintura —Fitzgerald coincidió conmigo—. Las personas capaces de hacer lo que hizo Kaithlin Jordan no son altruistas. Nunca hacen las cosas movidas por nobles principios o por una gran ética. No las mueven las causas nobles, sino lo más terrenal: el dinero, el sexo, los celos.

—Además de policía, cínico —le reproché.

—Cuidadito, sin ofender. —Me acarició la mano—. Me parece increíble que sigas siendo tan inocente después de todo lo que has visto en tu trabajo. Es muy bonito.

Bonito. Lo encontraba bonito. Me hubiera encantado contarle todo lo que sabía, sin traicionar a Frances, ni a Kaithlin.

Le besé apasionadamente junto a la puerta de atrás del edificio, intentando ignorar a Rooney, que merodeaba por ahí cerca, se supone que para protegerme. Y le prometí a Fitzgerald que al salir del despacho iríamos a tomar una copa juntos, fuese la hora que fuese.

Llamé al despacho de Kagan desde la redacción.

No estaba, me dijo Frances.

—Muy bien —repuse—. Necesito que me diga aproximadamente en qué fechas llegaron esos cheques…

—¿Dónde se ha metido? —susurró apremiante—. ¡Kagan lleva horas intentando localizarla! ¡Nunca le había visto así! Ha discutido con Rothman. Está fuera de sí. Le ha dado un puñetazo a la pared…

—Entiendo. Necesito saber…

—¡No puedo hablar desde aquí! Llámeme luego, a casa.

Colgó el teléfono.

Volví a marcar el número.

—¿Podría decirle al señor Kagan que le he devuelto la llamada? —pregunté amablemente, como si fuera la primera vez que habláramos.

—Me ocuparé de darle el mensaje —contestó con firmeza.

Me llamó al cabo de media hora.

—¿Qué ha ocurrido? No nos ha mencionado ni a Rothman ni a mí en su artículo de hoy.

Me los imaginé en pijama saliendo disparados de sus respectivos hogares a primera hora de la mañana para ver si sus nombres aparecían en el periódico.

—Es cierto —confirmé—. Decidimos esperar en vista de los nuevos descubrimientos. Hoy publicaremos la historia de la otra identidad de Kaithlin Jordan y de lo que la trajo de nuevo a Miami. Se ha convertido en un notición.

—¿A qué se refiere?

—Ya sabe, a lo del dinero. A por qué le contrató a usted. El marido de Seattle tiene comprobantes del dinero que ella extrajo del banco. Hay un documento que demuestra que fue enviado aquí, a Miami... Estoy investigando el asunto. Debería contar lo que sabe antes de que se publique la historia.

—Mire —replicó—, ignoro quién más le está proporcionando información, pero yo tengo la obligación de proteger a mi clienta, es un secreto profesional.

—Su clienta está muerta. Ha sido asesinada —le recordé.

—No quiero hablar de esto por teléfono —comentó.

—¿Nos vemos en su despacho?

—¿A qué hora?

—¿Ya?

Respiró profundamente.

—Dentro de media hora.

—Mejor dentro de una hora —sugerí. Primero necesitaba que Frances llegara a su casa.

Llamé a Broussard al hotel.

—Llevo una hora hablando por teléfono. Arreglándolo todo. —Su voz temblaba—. Me llevo a Shannon a casa. Las niñas aún no saben nada. Quiero decírselo en persona. Tengo que estar con ellas.

—Me parece muy bien —comenté—. Necesitarán a su padre. Sigo intentando averiguar por qué vino aquí y qué pasó al llegar. —Le pregunté por los extractos bancarios.

Tenía las fechas. Había cinco, el primero, del 12 de junio, era de 50.000 dólares. Los otros iban de los 35.000 a los 70.000, hasta un total de 250.000 dólares.

No era de extrañar que Kagan viviera a todo trapo.

—¿Podría hacerme un favor? —me preguntó Broussard susurrando—. Mañana, antes de irme, quiero volver al sitio que me enseñó, donde la encontraron. Sólo para, para verlo, para rezar por ella o algo. ¿Podría venir conmigo para que no me resulte tan duro?

—Por supuesto. Le llamaré por la mañana. Intente dormir un poco. Una cosa más —le pedí a regañadientes—, mis editores quieren una foto de Shannon, estaría bien una de toda la familia, con sus hijas, o de la boda. Algo representativo de su vida en Seattle, junto a usted.

—Veré lo que puedo hacer —se mostró dubitativo—. Procuraré que se ocupe alguien desde allí.

Frances cogió el teléfono. Parecía asustada.

—¿Se puede saber qué hace? ¡Acabaré metida en un buen lío!

—Oiga —le dije—, necesitamos averiguar la verdad. Si su jefe mató a Kaithlin, su vida corre peligro y tendrá que dejar el despacho. Si se demuestra que no fue él, podrá quedarse tranquila. Necesito que me hable del dinero. ¿Le suena la cantidad de doscientos cincuenta mil dólares? Eso es lo que Kaithlin sacó del banco desde el mes de junio en tandas que van de los treinta y cinco a los setenta mil dólares.

—Es posible —respondió con lentitud—. El primero fue de unos cincuenta. No sabía que el total era tanto, pero podría ser.

—¿Recuerda alguna de las fechas en que llegó el dinero?

—Lo he mirado hace un rato, después de hablar con usted. Espere, que cojo la libreta.

Las enumeró en voz alta. Cada sobre había llegado a Miami en las veinticuatro horas siguientes a la extracción del dinero en Seattle.

—Frances, por favor, ¿hablaría usted con el detective? Por su propia seguridad.

—¡No! —Parecía asustada—. Mi jefe sabría que he sido yo. ¡Usted me lo prometió!

—Tiene razón —reconocí—. Le prometí no meterla en esto y no lo haré. Sólo era una pregunta. ¿Ingresó Kagan el dinero en sus cuentas bancarias?

—Una parte, sí —contestó con cautela—, en distintos bancos. Pero nunca lo suficiente para ser fiscalizado por Hacienda. Gastó un montón de dinero, pagando siempre en efectivo. Recuerde —me dio la impresión de que empezaba a estar nerviosa— que no puede decirle a nadie que ha hablado conmigo. Confío en usted.

Le dije que estuviera tranquila, me despedí de ella, e informé al periódico de que iba a entrevistarme con Kagan.

—Lo que está claro es que Kaithlin Jordan le contrató para algo —le comenté a Tubbs, sentado frente a su mesa—. En el peor de los casos, podría haberla matado él.

—¿Está la policía al corriente? —preguntó, arqueando las cejas.

—Lo interrogaron, pero mintió.

—¿Necesitas que te acompañe alguien? ¿Un fotógrafo, otro periodista?

—No —respondí—. Eso no haría más que dificultar las cosas.

—Está bien, ten cuidado. —No parecía nada convencido.

El tráfico era atroz, la autopista de Dolphin estaba intransitable y un camión de mercancías había perdido parte de su carga en dos carriles de la carretera. Llegué diez minutos tarde.

Ya anochecía y daba la impresión de que la oficina de Kagan estaba cerrada, pero no era así. La mesa de su secretaria estaba ordenada, en el teléfono no brillaba ninguna luz. La puerta de su despacho estaba entreabierta.

—¿Hola? —grité.

—Estoy aquí. —Se levantó de la silla y, deliberadamente, echó un vistazo a su Rolex de oro—. Pensaba que los periodistas eran puntuales.

—Lo soy —repuse inocentemente—. Su reloj debe de ir adelantado.

Miró extrañado el reloj, probablemente más caro que mi coche.

Llevaba puesto otro costoso traje italiano; los zapatos estaban tan limpios que relucían, pero a diferencia de nuestra cita anterior, su mirada denotaba preocupación; había una botella de Chivas sobre la mesa, y un agujero del tamaño de un puño atravesaba la pared de pladur que había entre su despacho y un cuartito de archivadores.

Me indicó que tomara asiento en una silla de cuero, él optó por sentarse en el borde de su inmensa mesa, mirándome con prepotencia.

—¿Qué le ha pasado a la pared? —pregunté, sorprendida.

—La asistenta, que le ha dado un golpe al mover un mueble.

—¡Vaya! —exclamé—. Tendría que llamar para que vinieran a arreglarlo.

—Mire, le seré franco.

—Eso estaría bien.

—Le hablaré cara a cara —comentó—. De tú a tú, de Marty a Britt.

Abrí mi libreta.

Alzó una mano para detenerme.

—Nada de notas. Primero escúcheme. —Se pasó la lengua por los labios como si los tuviera secos, luego me ofreció un trago—. Ya no estamos de servicio —bromeó.

Decliné su oferta. Mientras él se servía, observé que le temblaba la mano ligeramente. Se sirvió la copa a palo seco. Al primer sorbo le siguió una ruidosa inspiración.

—Bueno —prosiguió, reanimado. Se detuvo—. No estará usando una grabadora o algo por el estilo, ¿verdad?

Para ganarme su confianza volqué mi bolso sobre su mesa. Contemplamos atónitos su contenido. Había olvidado sacar el trozo aquel de sándwich de queso fundido. Otra sorpresa nos causó mi peine, un pintalabios y monedas sueltas, un *resguardo*, una bolsita de tela llena, entre otras cosas, de hierbas, y un amuleto protector. Mi tía Odalys debió de metérmelo en el bolso la última vez que nos vimos. ¿Les ofendería a los santeros de la Santería que llevara queso derretido pegado?

—No me diga que cree en esa mierda —me espetó Kagan.

—Me lo dio mi tía —suspiré—. La hermana pequeña de mi padre.

—Continúe, por favor —comentó—. Usted sabe quién era mi padre, ¿verdad? Era muy conocido.

—Claro que sí —respondí—. Se especializó en apelaciones de casos de pena de muerte.

—Sí, hasta que murió por un derrame cerebral, hace seis o siete años. La cuestión es que el año pasado estaba yo tan tranquilo, trabajando, como siempre, cuando un día recibo la llamada de una tía. Pregunta por mi padre, pero actualmente soy el único Martin Kagan que ejerce la abogacía. No dice quién es ni deja un número de contacto, pero quiere que la ayude en un caso de pena de muerte.

»Le digo que no soy la persona que busca, que mi padre ha muerto, pero se empeña en que soy la persona adecuada, en que de algún modo he seguido con la cruzada de mi padre.

Me pregunté cómo Kaithlin pudo llegar a pensar eso, pero mantuve la boca cerrada.

—Quiere que detenga una ejecución, que consiga conmutar una sentencia. Me dice que no vive aquí y que quiere permanecer en el anonimato. Quiere que me comprometa a aceptar el caso «pro bono», gratuitamente, como solía hacer mi padre, pero me pasará dinero entre bastidores.

»Calculo a ojo lo que le costará y se lo comento, esperando una protesta. En lugar de eso va y me dice que me enviará el dinero. Muy bien, le digo, trato hecho, convencido de que no volveré a saber nada de ella. Pero menuda sorpresa cuando al día siguiente recibo un sobre. ¡Se lo juro! Nunca pensé que lo mandaría.

—¿Y qué hizo entonces?

Alargó los brazos, con las palmas de las manos hacia arriba, en un gesto de impotencia, su expresión irónica.

—Quiere que se conmute la sentencia de R. J. Jordan. Cuando mi padre trabajó de voluntario, se dedicó a ayudar a desgraciados, a indigentes, a gente sin recursos. Los Jordan están forrados. Los abogados más prestigiosos llevan años con este caso, haciendo todo lo que pueden, tocando todas las teclas. Esos profesionales han interpuesto todas las apelaciones habidas y por haber. Y aun así, el caso sigue pareciendo una causa perdida.

»¿Qué se supone que tenía que hacer, presentarme allí y decir aquí estoy? ¿Decirles a todos esos hombres: "Hola, aquí me tienen, he venido para formar parte de su equipo. Nunca he llevado un caso como éste pero no se preocupen, no les costará un duro"? Habría hecho el ridículo. Me habrían dicho que si quería ser voluntario, que me alistara en el ejército.

—Y supongo que no podía devolver el dinero —intervine— porque tampoco sabía adónde enviarlo, ¿no?

—Exacto. —Me señaló con un dedo, asintiendo enérgicamente con la cabeza; parecía alegrarle que yo entendiera su dilema—. No tenía la menor idea de quién coño era esa mujer.

—¿Y al final qué hizo?

—Contraté a un chico para que revisara todo el caso, lo que se había hecho, declaraciones y apelaciones, para que cuando la mujer llamara —me explicó— pudiera ponerla al día de cualquier avance.

—Me imagino que ella le malinterpretó y creyó que usted se ocuparía de todo el papeleo, o al menos de parte de él.

Le tembló la nuez.

—Supongo que sí. —Cogió las gafas.

—Entonces le mandó más dinero, porque pensó que realmente estaba usted intentando salvar a R. J.

Levantó la cabeza, clavando los ojos en mí.

—¿No habría hecho usted lo mismo? ¿Eh? Se estaba removiendo Roma con Santiago para salvar a ese hombre. No fui yo quien contactó con ella. Surgió de la nada. Fue ella quien vino a buscarme.

—Pero usted dejó que creyera que el proceso estaba avanzando, le dio esperanzas.

—Bueno, verá, la esperanza es lo último que se pierde.

—Entonces contrató a Rothman.

—Ese bocazas hijo de puta no debería haber abierto la boca —repuso irritado—. No sé qué le ha contado, pero no crea una palabra de lo que le diga.

Kagan estaba furioso.

—Le pedí que investigara a esa mujer, quería saber quién era. Entiéndalo, tenía que protegerme. Quizá no era más que un timo. ¿Por qué si no iba a convertirse una filántropa en la benefactora de un hombre acomodado? Tenía que haber gato encerrado. Por eso contraté a Rothman, es un buen detective; Rothman le sigue la pista, incluso viaja hasta allí a costa mía. Hace unas cuantas fotos, y hete aquí que sumando dos más dos nos damos cuenta de que la mujer que nos manda el dinero es la víctima del homicidio por el cual están a punto de cargarse a Jordan.

»De pronto, todo empieza a tener sentido. Ni siquiera tengo que sentirme culpable. Aceptar su dinero es absolutamente justificable. Ella paga para limpiar su propia conciencia. Yo sólo la ayudo a que pueda dormir por las noches. ¿Qué iba a hacer, demandarme ante el Colegio de Abogados? Pero si ni siquiera estaba divorciada. Estaba convencido de que no tiraría por la borda su nueva vida, su hogar, su nuevo marido, sus hijas.

»De modo que sigo informándola puntualmente. Y todo va bien hasta el mes pasado. De repente, el Supremo deniega la última apelación de Jordan y algún jodido programilla de televisión anuncia que

"R. J. Jordan, el heredero multimillonario, está a punto de morir por el asesinato de su joven y bella mujer".

»Al parecer la muy hija de puta ve el programa y se presenta en Miami un par de días después; está que echa chispas.

—¿Estaba sorprendida por la historia —intervine—, porque pensaba que su trabajo iba por buen camino y que Jordan se salvaría?

—Digo yo que sería por eso —confesó Kagan—. Entonces aparece en mi despacho y tiene los huevos de acusarme, a mí, cuando es ella la culpable de que condenaran a ese pobre desgraciado. Me acusa de haberla estafado. ¡A mí! Entonces ya no puedo más, y le digo que sé que está viviendo totalmente en falso, y que si no cierra el pico llamaré a la policía y a la prensa.

—¿Y cómo reaccionó?

—Pues imagínese, como haría cualquier mujer, con los típicos gritos y amenazas, pero al final aclaramos las cosas, llegamos a un acuerdo amistoso.

—¿Cómo?

—Sí. Acordamos que, por así decirlo, yo seguiría trabajando para ella, cobrando siempre por anticipado. Incluso tenía previsto ver a Rothman. Lo tenía todo perfectamente planeado.

—¿Cuándo la vio por última vez?

Se encogió de hombros, mirándome.

—Eso no importa.

—Alguien la asesinó —le recordé.

—¿Cree que fui yo? ¿Se piensa que estoy loco o qué? Uno nunca mata a la burra que da la leche. —Se acercó a mí, su voz era un áspero susurro—. Hace que siga dando leche. ¿Comprende?

Le devolví la mirada, no sabía qué decir.

—Verá —continuó—, tal como yo lo veo, para mí fue una herencia. Un regalo que me envía mi padre desde el cielo. Como en cualquier familia, teníamos nuestros altos y bajos, pero lo cierto es que cuando mi padre sufrió el derrame cerebral, no estábamos pasando un buen momento. Me dejó en una situación difícil. Y le aseguro que la herencia no fue gran cosa. No estoy haciendo ninguna declaración. No hay testigos. Negaré todo lo que he dicho. Lo que le estoy contando pertenece a mi vida privada, y si se lo cuento es únicamente para aclarar las cosas, para que no se forme una idea equivocada ni escriba algo que me haga parecer como el villano de esta historia. Lo que realmente importa aquí es quién la mató, y yo no tuve nada que ver en el asunto. Soy un espectador libre de toda culpa.

—¿Libre de toda culpa? —repetí—. ¡Usted está al servicio de la justicia, y pretendía dejar que un hombre inocente muriera para poder seguir aceptando dinero de su supuesta víctima!

—No, no. Nunca habría dejado que eso ocurriera. Si las cosas se hubieran puesto feas, habría hecho algo. —Me esquivó la mirada.

—Es una pena —repuse—. Desaprovechó la oportunidad de hacer lo correcto, de ser un héroe, un luchador como su padre.

—Mi padre ya no está aquí —musitó—. Usted no le conocía. Aunque estuviese vivo, nunca le habría parecido bien nada de lo que yo hiciera. —Clavó los ojos en mí, estaba lloroso.

—¿Le contó Kaithlin alguna vez por qué quería salvar a R. J.?

Kagan desvió la mirada para ir a servirse otra copa:

—¿Quién sabe lo que le pasa a una mujer por la cabeza?

—Pero debe de tener una idea al respecto. ¿Seguía enamorada de él?

—No quería un nuevo juicio, no quería que lo soltaran ni que respirara aire puro. Lo único que quería era que no lo mataran, que lo encerraran de por vida. —Se encogió de hombros y levantó la copa—. ¡Si a eso se le puede llamar amor, viva el amor!

16

Había algo que no cuadraba, pensé, mientras volvía en coche al despacho. Una idea que me atosigaba desde algún recoveco de mi mente.

Llamé a Stockton, el abogado de R. J., a su casa. Como aún no había llegado, llamé al Elbow Room, un bar del centro de la ciudad donde solían reunirse los abogados que trabajaban con él. El camarero me dijo que acababa de irse; al cabo de cinco minutos le llamé al coche.

Se acordaba perfectamente de aquel programa basura en que, tal como él me dijo, se habían tergiversado un poco los hechos. Él mismo había aparecido en televisión, pero se negó a permitir que entrevistaran a su cliente en el corredor de la muerte. El problema era R. J. Los acusados que confiesan, que se refugian en la religión y se arrepienten de corazón de sus crímenes, son los que tienen más números para que sus sentencias sean conmutadas. Pero, fiel a su rebeldía, R. J. nunca quiso mostrarse arrepentido. Siempre insistió en su inocencia.

Me ofreció que pasara por su despacho cuando quisiera y viera la grabación del programa.

—A los de televisión les encanta este caso —comentó con indiferencia—. Tiene de todo: avaricia, sexo y violencia entre la *beautiful people*. —Le había sentado bastante mal que R. J., después de todo lo que había hecho por él, fuese tan maleducado y no quisiese cooperar con los medios, ávidos de entrevistarle.

Le dije que iría a ver la cinta por la mañana, luego revisé mis mensajes mientras fluía entre el tráfico de la autopista de Dolphin. La portavoz del Departamento de Correccionales había respondido a mi pregunta. ¡Bingo!, me dije, y llamé a Rothman al busca. Ya estaba llegando al *News* cuando me devolvió la llamada.

—¿Dónde estaba? —preguntó—. Me ha sido imposible localizarla.

—He estado ocupada con el caso —contesté—. Quería hablar con usted antes de que se publique la historia.

—¿Dónde está ahora?

—En el periódico —respondí—. Acabo de llegar.

—Estupendo, estoy por aquí cerca haciendo una gestión para un cliente. ¿Qué le parece si quedamos en Casablanca, en el puente MacArthur? Dentro de diez minutos.

—¿En el mercado? ¿Está abierto a estas horas?

—No. —Parecía enfadado—. De eso se trata. De ser discretos.

El pescado más fresco del mundo se vende en el mercado de Casablanca, un mercado al aire libre que está en Watson Island, en el puente que une Miami con Miami Beach. La pequeña isla también es puerto de matrícula de barcos de pesca, de una flota pesquera de tiburones, de un servicio de helicópteros para turistas, y de los hidroaviones de Chalk´s Ocean Airways, con vuelos regulares a las Bahamas y a Key West.

—De acuerdo —accedí—. Allí nos veremos. ¿Qué coche tiene?

—Uno alquilado. Un Chevrolet Blazer oscuro.

—El mío es un…

—Un Thunderbird blanco, ya lo sé. Y me colgó el teléfono.

Luces magenta iluminan el recién construido puente colgante del oeste. Un collar de bombillas de alta intensidad que ha costado un millón cuatrocientos mil dólares se extiende a lo largo de setecientos metros. Su siniestro color morado se refleja en el agua y en la estructura de hormigón del puente, alterando los sueños y pesadillas de los desesperados marginados sin techo que viven en él. Convertidas sus noches en una neblina púrpura, sus temperamentos se han visto alterados, más propensos a episodios psicóticos y arrebatos violentos.

Cerca del mercado pisé el freno al ver que una figura delgada y andrajosa se interponía en mi camino. ¿A cuántas personas, me pregunté, se podría alimentar y dar cobijo con los veinte mil dólares que cuestan anualmente las luces moradas?

Hacía un fuerte viento procedente del este, la temperatura rondaba los dieciséis grados centígrados, y las luces azules del puerto, el color morado del puente, los cruceros, Bayside, y el perfil de la ciudad eran tan asombrosos como el reino de algún cuento de hadas. En comparación, la inmensa luna, en todo su esplendor, pasaba inadvertida.

Aparqué en el mercado, azotado por el vendaval, una construcción de una sola planta, oscura y tapada por las noches. Me dio la impresión de que estaba sola y contemplé la vista maravillada, respirando los aromas del agua, el pescado y la noche. Entonces apareció el Blazer.

Sabía que Rothman, al igual que muchos detectives privados, había sido policía. Pero al hablar con él por teléfono tuve la impresión de que me encontraría con un hombre más imponente. Llevaba una guayabera de manga corta. Corpulento y de mediana edad, ya empezaba a tener entradas en el pelo, y tenía la mirada hostil y alerta.

—¿Verdad que es bonito? —pregunté.

Parecía sorprendido, entonces echó un vistazo a su alrededor con recelo, la mirada fría.

—Sí —contestó—. Fue justo en este sitio, el año pasado, más o menos en esta época, donde encontraron a aquella puta flotando boca abajo. Se llamaba Norma. Se cree que murió en Bayside y que la marea la trajo hasta aquí.

—Sí, ya me acuerdo. —Recordaba el caso. ¿Era una amenaza velada, me pregunté, o su forma de introducir una conversación?—. ¿Lograron resolverlo? —pregunté.

—Que yo sepa, no. Ya sabe que hay muchos casos que se resisten a ser resueltos.

Debe de estar deseando que al caso Jordan le ocurra lo mismo, pensé.

—¿De modo que sigue investigando el asunto, eh?

—Pues sí —contesté, recordando cómo había reaccionado R. J.

al oír el nombre del detective—. Parece que las piezas empiezan a encajar. Me acabo de enterar de lo que pasó con R. J.

Rothman sacudió la cabeza lentamente, la mirada incrédula bajo la luz oscilante reflejada en el agua.

—Debe de ser muy buena jugando al póquer. Cuando necesite trabajo, venga a verme.

—Nunca me han gustado los juegos de cartas —repuse con suavidad—. Esta tarde he estado con R. J. en Williams Island.

—¿Le ha hablado de mí? —preguntó con escepticismo.

—Sólo de pasada.

Movió la cabeza de un lado a otro, sonriendo.

—Aunque —añadí— habría que tener en cuenta el hecho de que usted figurara en la lista de visitas de R. J. y que viajara hasta la cárcel para verle dos días antes de que asesinaran a Kaithlin.

A Rothman se le borró la sonrisa de los labios.

—Es bastante habitual que los detectives privados visiten a los presos. Lo raro sería que los dejaran salir a ellos.

—Pero usted nunca formó parte del equipo que le defendía. Ha tenido que falsificar una autorización para verle.

—Oiga —dijo—, yo me limito a hacer mi trabajo. A veces uno tropieza con una información que es valiosa para varias de las partes. Eso es lo que hace que este negocio sea interesante.

—Es decir —mi voz sonaba débil porque el viento aumentaba—, que Kagan le contrató para que averiguara dónde estaba esa mujer. Por cierto, ¿cómo lo hizo?

—¿Pretende que desvele mis secretos? —Husmeó el aire y cambió de posición, los ojos mirando hacia todas partes—. Dejémoslo en que nada es imposible si se tienen los contactos adecuados.

—¿Fue por los sobres de dinero o por las llamadas? —le pregunté.

—He dicho todo lo que tengo que decir al respecto.

—Era simple curiosidad —expliqué—. Es usted muy bueno. Primero averiguó que se llamaba Shannon Broussard, y relacionarla con Kaithlin Jordan no debió de resultarle muy difícil. También fue al cementerio, ¿verdad?

Sonrió, burlón, pero no contestó.

—Y cuando ató cabos, no sólo cobró de Kagan sino que le vendió información a R. J. Le dijo dónde estaba Kaithlin, ¿no?

—No habría tenido la conciencia tranquila dejando que el hombre muriera.

—Podría habérselo dicho a la policía o a su equipo de abogados.

—Sí, pero ¿por qué no conseguir lo mismo si encima ganaba un dinero? Kagan es un jodido tacaño, y yo no trabajo por amor al arte. ¿Ha sido usted *free-lance* alguna vez? ¿Ha escrito para alguien más aparte del *News*?

—Claro que sí —respondí.

—Y seguro que no lo hará gratis, ¿no? Pues esto es lo mismo. Todos tenemos que ganarnos la vida. Nunca regale lo que pueda vender. Al final se ha hecho justicia. El hombre ha sido absuelto.

—Sí, pero después de que el cadáver de Kaithlin fuera encontrado e identificado. ¿Por qué tanto retraso?

Se encogió de hombros.

—No lo sé, pregúnteselo a R. J. Al día siguiente de ir a verle, la madre de Jordan me pagó y yo le dije dónde estaba su nuera.

—¿De modo que Eunice también sabía que Kaithlin estaba viva?

Asintió con la cabeza, luego suspiró.

—Yo no hice nada ilegal.

—Cuando yo escribo como *free-lance* no muere nadie.

—¿Me está diciendo que es posible que haya sido Jordan?

—Exacto.

—¡Pero si estaba entre barrotes!

—Un sitio ideal para contratar a un asesino a sueldo.

—Tengo que reconocer que la idea se me había pasado por la cabeza. Pero si es culpable, cuenta con la mejor coartada posible: en el momento del crimen está en el corredor de la muerte por haberla asesinado. Si ha sido él, no entiendo su modus operandi. El cuerpo podría haberse quedado en alta mar. Podría haber sido pasto de los tiburones o haberse perdido en la Corriente del Golfo. Tenía que asegurarse de que encontrarían el cadáver y lo identificarían.

—Pero ¿por qué R. J. no dio el parte al enterarse de que Kaithlin estaba viva? El cadáver tardó dos semanas en ser identificado.

—Puede que le gusten las experiencias cercanas a la muerte.
—Rothman miró fijamente el agua, pensativo.

Me pregunté en qué estaría pensando realmente.

—Quizá —conjeturé— hubo un malentendido. Quizás él o Eunice contrataron a un asesino a sueldo que no entendió bien cuál era su cometido.

—O quizás ella no quería que su hijo volviera a casa. Por lo que sé, no daba más que problemas.

—¿Quiere decir que Eunice contrató a alguien para que arrojara a Kaithlin al mar? Me cuesta creerlo viniendo de una madre —comenté—, incluso de Eunice.

—Le sorprendería lo que algunas madres les hacen a sus propios hijos —replicó.

—Era usted el del cementerio, ¿verdad?

Se volvió para mirarme unos instantes.

—¿Qué estaba haciendo allí? —inquirió.

—Intentar atar cabos, averiguar quién era quién y qué estaba ocurriendo.

—Lo ve, lo que yo le decía —repitió—. Pensamos igual. Tendría que venirse a trabajar conmigo.

—Encontró a Kaithlin, ¿no?

Asintió.

—¿Por qué quería salvar a R. J.? ¿Por qué volvió a Miami?

Sonrió abiertamente, como si se alegrara de que hubiera algo que yo no supiera.

—A lo mejor él tenía algo que ella necesitaba, o que creía que necesitaba —respondió en tono irónico.

—¿Como qué?

Sacudió la cabeza.

—Será mejor que la acompañe hasta el coche. No pretenderá andar sola por aquí a estas horas.

—¿Qué le pareció Kaithlin? —le pregunté mientras nos dirigíamos hacia mi coche—. ¿Estaba asustada?

Se detuvo mientras yo abría la puerta del coche.

—Soy yo quien debería estar asustado —contestó—. ¡Menuda arpía estaba hecha!

Me senté en el coche, garabateando en mi libreta. Tenía más preguntas que antes. ¿Qué había querido decir con este último comentario? Intrigada, temblando porque de pronto tenía frío, saqué la cabeza por la ventana para preguntárselo, pero su Blazer ya no estaba. Se había ido con las luces apagadas, engullido por la oscuridad.

La sala de redacción se había quedado vacía después del cierre de la última edición. El despacho estaba en silencio. Tenía un mensaje de Myrna Lewis, pero no decía que fuera urgente y ya era demasiado tarde para llamarla. Lo intentaría por la mañana. Introduje en el ordenador mis notas sobre Kagan y Rothman, luego traté de reconstruir los últimos días de vida de Kaithlin en Miami, pero había demasiados interrogantes y la lista de sospechosos no paraba de aumentar.

R. J., Eunice, Kagan y Rothman. ¿Quién más sabía que Kaithlin estaba viva y en Miami?

Sonó el teléfono, lo cogí, y saludé a Rooney con la mano cuando pasó por delante, silbando mientras hacía su ronda.

—¡Britt, menos mal que está ahí!

—¿Señor Broussard? ¿Le ocurre algo?

—¿No se ha enterado? Es horrible. ¿Es que todo me tiene que pasar a mí? —Casi no podía ni hablar, estaba lleno de rabia, o de dolor—. ¿No he sufrido ya bastante?

—Dígame, ¿qué ha pasado?

—Mañana pensaba llevarme a Shannon a casa. Ya hemos organizado una misa en nuestra parroquia, donde nos casamos, donde bautizamos a nuestras hijas. Pero la funeraria en cuestión me ha llamado hace un par de horas. El médico forense se niega a entregarles el cadáver.

—Tranquilo —comenté, aliviada—. Debe de tratarse de un error burocrático o algo así…

—No. No lo entiendo. Estoy hablando de Jordan. Ha reclamado el cadáver. Dicen que legalmente él es su pariente más cercano.

—¿R. J.? Pero yo creía que no quería…

—Ha cambiado de idea. Es mi mujer, Britt. Las niñas…

—¡Qué cabrón! ¿Por qué iba a…?

—¿Hay alguna forma de dar con él? ¿Podría usted ayudarme a convencerle?

Eso no sería fácil, era duro de roer.

—He llamado a mis abogados de Seattle —explicó Broussard—. Me han dado las señas de unos abogados de aquí. Quería comentarlo con usted. Hay que obtener una orden de inmediato, ir ante el juez. Sólo quiero llevármela mañana a casa, ver a las niñas y contarles lo de su madre. —Se le quebró la voz—. ¿Por qué R. J. me hace esto?

—No estoy segura —contesté—. Puede que haya un error. Déjeme hacer un par de llamadas, enseguida le llamo.

Cogió el teléfono Pearl, la persona que estaba de guardia por la noche en la oficina del forense. Una mujer negra, alegre y eficaz, que lleva diez años trabajando ahí y que cuenta con una inteligencia prodigiosa y un sentido común innato. Cuando ella está de guardia, son raros los errores.

—¡Ah, sí! —exclamó indignada—. Primero pasan varias semanas sin que nadie reclame a esa mujer. Y nosotros con el cadáver aquí en medio, ya pensábamos que tendría que ocuparse el condado del entierro; y de repente todo el mundo lo quiere y se pelea por él.

—¿Todo el mundo? —pregunté.

—Sí. Dos maridos y una amiga. Puede que muriera joven, pero desde luego no ha perdido el tiempo. Al parecer, nunca llegó a divorciarse. Los abogados también se están metiendo en el ajo.

—¿Una amiga? ¿Qué amiga?

—Déjeme ver. Tengo el historial aquí mismo. —Esperé mientras revolvía unos papeles—. Una tal Myrna Lewis —anunció—. Asegura que el funeral estaba previsto hacía mucho tiempo, que su madre dejó al morir instrucciones específicas.

—Me había olvidado de eso, pero es verdad —dije—. Aunque yo pensaba que iban a llevar el cadáver a Seattle.

—Sí, sí. Esta noche iban a llevarlo a Lithgow's y prepararlo para su transporte. Pero esta tarde, la señora Lewis se ha presentado aquí con una copia del testamento de la madre. Quiere que Van Orsdale venga a recoger a la fallecida. Al cabo de una hora, un coche fúnebre de Riverside aparece en el muelle de carga con un documento firmado por un tal Robert J. Jordan, su marido. Demasiados pretendientes tiene esta chica.

—¿Y se la han llevado o no?

—No. El jefe dio la orden de esperar, retener el cadáver y aclarar las cosas mañana. Los tres interesados dicen que contratarán un abogado. Ha habido un momento en que tenía a la tal Lewis en línea de espera, al segundo marido llorando por una línea, y al primero gritándome por la otra. Pero déjeme que le diga una cosa: el artículo ochocientos setenta y dos del estado de Florida, que regula la custodia de los difuntos, da prioridad al cónyuge legal. Luego a los padres. Si ninguno de ellos reclama al fallecido, el cadáver se le da a cualquiera que se ofrezca a pagar el entierro.

—Pero Broussard, su segundo marido, y ella llevaban nueve años viviendo en Seattle como marido y mujer. Tienen dos niñas pequeñas.

—Entonces explíqueme por qué demonios aparece muerta en Miami.

—Eso es lo que estamos intentando descubrir.

—Mire —comentó Pearl—, mi corazón me dice que tiene razón el señor de las dos niñas, pero desde un punto de vista estrictamente legal es el que menos derecho tiene a reclamar el cadáver. Ese matrimonio era bígamo. El primer marido es el pariente más cercano, seguido de la representante de la madre.

—El segundo marido quiere obtener una orden —dije.

—La señora mayor también, la que asegura venir en nombre de la madre fallecida. Debería haber visto cómo se ha puesto al enterarse de que el primer marido también reclama el cadáver. Britt, me temo que esta vez tendrá que intervenir un juez. ¿Quién sabe lo que durará esta historia? Y mientras tanto, ella pudriéndose en el depósito de cadáveres. Tendría que ver lo deteriorado que está el cuerpo —me contó, enfadada—. Los ojos se le están secando y hundiendo, y los dedos se están encogiendo y momificando.

—¡Oh, por Dios! —exclamé, empezaba a dolerme la cabeza—. No era necesario que fuera tan explícita.

—Bueno, usted es la que ha llamado. Sólo le cuento lo que hay —gruñó Pearl—. Probablemente tengamos que embalsamar el cuerpo antes de que…

—Basta —la interrumpí, muerta del asco—. Volveré a llamar mañana. No habrá ningún cambio a lo largo de la noche, ¿no?

—¡Téngalo por seguro! El cadáver hoy no se mueve de aquí.

¿Qué hora era ya?, me pregunté, agotada. Me dolía la cabeza. ¿Me apetecía realmente tomar una copa con Fitzgerald? Debería haber llamado a Myrna Lewis. Pero llamé a R. J. Cogió el teléfono enseguida.

—¡Ah, hola! —sonaba eufórico, como si hubiera estado bebiendo—. Pensé que sería otra persona.

—Lamento decepcionarle —dije—. Me he enterado de que ha reclamado el cuerpo de Kaithlin.

—¡Caramba, las noticias vuelan!

—¿Por qué lo hace?

—Porque soy su pariente más próximo.

—Supongo que sabía que su…, que el padre de sus hijas tenía pensado llevársela mañana a casa.

—Su casa es Miami —repuso—. Aquí es donde nació, creció y se casó conmigo. —Se oyó el tintineo de unos cubitos de hielo cerca del teléfono.

—¿Por qué no le da un respiro al pobre hombre?

—¡Ese hijo de puta se folló a mi mujer mientras yo estaba en el corredor de la muerte!

—Pero él no lo sabía; es una víctima inocente.

—¡La víctima soy yo! —Alzó la voz—. ¿Cómo sé yo que no influyó en Kaithlin para que hiciera lo que hizo? A lo mejor lo planearon todo juntos.

—Eso es ridículo —afirmé, tajante—. Se conocieron en el oeste después de que ella le abandonara a usted en Daytona.

—¡Nadie se ha dignado siquiera pedirme perdón! —gritó.

Era imposible hacerle entrar en razón.

—¿Por qué no llamó de inmediato a sus abogados cuando Rothman le dijo que Kaithlin estaba con vida, y aquí en Miami?

Vaciló.

—¿Y si me había mentido? Nadie me creyó nunca. Primero teníamos que encontrarla y comprobar que era ella. No estaba en el hotel que me dijo el detective. Mi madre aún la estaba buscando cuando identificaron el cadáver.

—¿Y no habría sido más fácil contratar a Rothman?

—Mi madre no confiaba en él.

Suspiré.

—Esto es tan doloroso —apunté—. ¿Por qué no deja que Broussard se lleve a Kaithlin con sus hijas?

—De eso, nada —contestó, muy alterado—. De hecho, me han dicho mis abogados que como cónyuge estoy en mi derecho de reclamar cualquier propiedad que ella tuviera con Broussard.

—¿Cómo? —No daba crédito—. No necesita el dinero.

—Oiga —dijo, cambiando de tono—, quiero que me diga lo que piensa, honestamente. ¿Por qué cree usted que volvió a Miami? ¿Cree que fue porque vio las noticas y por primera vez se dio cuenta de que iban a matarme y quiso evitarlo?

—Sí, eso creo —contesté—. Se gastó un dineral, lo arriesgó todo, y perdió la vida. ¿Por qué cree que lo hizo?

—Porque aún me quería. —Susurró como si estuviera rezando; la arrogancia de sus palabras fue envuelta por algo tierno y sensible—. Nunca dejó de quererme.

—¿Dejará que Broussard se la lleve a casa?

—No volveré a dejarla marchar.

Con el corazón en un puño, me dispuse a llamar a Broussard para darle las malas noticias, pero el teléfono sonó antes.

—¡Britt, gracias a Dios que te encuentro!

—¿Angel?

—Ha llegado la hora. —No podía ni hablar—. Tengo que ir al hospital. El bebé está en camino y no he conseguido localizar a Rooney. Tiene el busca apagado.

—Acaba de pasar por aquí hace un par de minutos —le dije, mirando nerviosa a mi alrededor—. No debe de andar muy lejos.

—¿Podrías ir a buscarle, Britt? Sé que querrá estar ahí, conmigo. Hemos ido juntos a las clases preparto.

A estas alturas, pensé, Angel podría ser hasta profesora.

—No te preocupes. Ahora mismo voy. No cuelgues.

Fui hasta el pasillo largo y medio en penumbra. Ni rastro de él.

—¡Rooney! ¿Estás ahí? —Sólo se oía el eco de mi voz. Volví corriendo a mi mesa, busqué a tientas el silbato dentro del bolso, un Acme Thunderer que llevaba en el llavero, y eché a correr hacia el vestíbulo de la quinta planta.

—¡Rooney Thomas! —grité. Cogí aire y soplé con todas mis fuerzas. Agucé el oído pero no oí más que mi propio pitido.

—¡Por lo que más quieras! —Estaba furiosa. Normalmente Rooney responde a la primera.

—¡Rooney! —grité por las escaleras y volví a pitar con tanta energía que empecé a ver lucecitas delante de los ojos.

Parpadeando, bajé dos pisos y corrí por el pasillo a toda velocidad hasta la cafetería. Estaba vacía, casi a oscuras.

—¡Rooney! —Inspiré de nuevo. Al volver a ponerme el silbato en los labios, vi a alguien junto a la máquina de café del fondo—: ¡Rooney!

Alzó la vista, sobresaltado.

—¿Britt? —Echó un vistazo a su alrededor—. ¿Ocurre algo?

—¡No te funciona el busca! —Me apresuré hacia él, farfullando—. Ha llamado Angel. ¡Tiene que ir al hospital! ¡Vas a ser padre!

Intenté contenerme, pero su reacción me hizo sonreír:

—¡Oh, Dios mío! ¡Es la hora! ¡No sé si estoy preparado!

—¡Demasiado tarde, ya está en camino!

—¡El bebé! —Lanzó un beso al aire dirigido a mi mejilla, buscó sus llaves y salió corriendo hacia la puerta—. ¡Gracias, Britt!

—¡Ve con cuidado! —le grité, con el corazón a cien por hora, aún sin aliento.

Llamé el ascensor, pero al final decidí subir por las escaleras, con una sonrisa de oreja a oreja. Rooney y Angel habían tenido la suerte de que casualmente yo estuviera en el periódico, pensé, mientras subía a la quinta planta. Y si Rooney tiene que traer a su hijo al mundo con sus propias manos por no haber comprobado si tenía el busca encendido, la culpa es suya. Ya es hora de que estos dos maduren un poco, me dije.

Tras recobrar el aliento en mi mesa, llamé a Broussard, que contestó de inmediato. Al parecer no había nadie durmiendo esta noche.

—No ha habido ningún error —anuncié con tristeza—. Es más,

hay una tercera persona involucrada. Una representante de la madre de Kaith… de Shannon.

—Ya me he enterado. —Parecía más tranquilo—. He hablado con un abogado de aquí, que ha tenido la gentileza de llamarme pese a lo tarde que es. Tomará medidas mañana por la mañana. Parece muy listo. Se llama Polack y está especializado en derecho testamentario.

—No he oído hablar de él —dije—. ¿Cree que puede ganar?

—Me ha dicho que lo único que podemos hacer es presentar el cadáver como prueba irrefutable para demostrar que Jordan no manifiesta interés legítimo alguno. Y que hay tres cosas que juegan a nuestro favor: primero, que Jordan ya había rechazado la reclamación del cadáver; segundo, que su única motivación es la venganza, y tercero, que podemos poner en duda que esté legalmente casado con una mujer declarada muerta hace diez años.

Muy inteligente, pensé. Que lo deje en manos del abogado. Ganara o perdiera, lo que estaba claro era que esos argumentos prolongarían el proceso y darían que hablar a la prensa.

—¿Qué le parece? —preguntó Broussard optimista—. Me ha dicho que no me preocupe. Parecía muy seguro de sí mismo.

—Le costará mucho dinero —le advertí.

—No me importa —repuso—. ¡No puedo dejarla aquí! Cuando nos conocimos estaba huyendo, estaba huyendo de él. Tengo que llevármela a casa.

Menuda historia, pensé, lamentando que ya fuera demasiado tarde para publicarla en la primera edición del día siguiente. Mientras ordenaba mi mesa, oí un ruido seco y metálico y la puerta del ascensor chirrió mientras se abría lentamente. Levanté la vista, esperando ver al equipo de limpieza.

—¡Angel! ¿Qué estás haciendo aquí? —Salió con dificultad del ascensor, con las manos en los riñones, como si le dolieran—. ¿Cómo es que Rooney no te ha llevado al hospital?

Se detuvo para apoyarse en la mesa de Ryan.

—¿No está aquí? —se extrañó. Estaba jadeando.

—¡No! ¡Ha salido zumbando para llevarte al hospital!

Parecía confundida.

—Yo pensaba que me esperaría aquí. Como no le he visto abajo, he subido.

—Esto es de locos —murmuré, enfadada—. Angel, si piensas casarte con Rooney, el padre de tu hijo, tendrás que aprender a comunicarte con él. ¿Cuál es tu número de teléfono? —le pregunté. Me lo dijo y lo marqué. Estaba comunicando.

Solté un suspiro.

—Deben de estar hablando los niños —comentó jadeando.

—Siéntate —le ordené.

—No —dijo resoplando—. De pie me duele menos.

—¿Quieres que llame a una ambulancia? —Nerviosa, hice el gesto de levantar el auricular.

—No —jadeó—. Creo que aguantaré.

Ese «aguantaré» no me convenció nada. Estaba a punto de marcar su número cuando sonó el teléfono.

—¡Es Rooney! Llama desde casa. —Le pasé el teléfono a Angel. La noche estaba siendo eterna, pensé.

—Cariño, el bebé está en camino. Tengo que ir… —Se retorcía de dolor.

Volví a coger el auricular.

—¡No te muevas de ahí! —gritaba Rooney—. ¡Voy para allá!

Lo que faltaba, pensé. Había visto su coche, un montón de chatarra oxidada.

—No, no vengas —repuse—. Ya no puede esperar más. Vete directo al hospital. Salimos ahora mismo. ¡Me la llevo a urgencias! Si llegas antes que nosotras, ocúpate del papeleo.

Balbució algo, pero le colgué.

Me volví hacia Angel:

—¿Qué es esto? —Se había formado un charco sobre la vieja alfombra de la sala de redacción.

—He roto aguas —gimoteó.

Me acordé de aquellas mujeres que, en mi última cita con McDonald, se habían estado contando sus batallitas del parto.

—Venga, Angel, vamos. Vámonos. —Cogí su bolsa, mi bolso, y la agarré del brazo.

—¿No esperamos a Rooney? —jadeó.

—¡No! Nos reuniremos con él en el hospital. —Hice una pausa—. Sabe a qué hospital tiene que ir, ¿no?

—¡Pues claro! —respondió indignada—. El curso preparto lo hicimos allí.

—Menos mal. ¡Vamos! —Me adelanté, apreté el botón, luego volví para llevarla al ascensor. Se retorció de dolor y lloriqueó, no podía dar un paso.

Miré a mi alrededor en busca de ayuda. La sala de redacción estaba desierta. ¿Dónde está la gente cuando se la necesita?, pensé, molesta. Siempre hay gente por todas partes: conduciendo, en Correos, en la cola del supermercado; ¿y ahora, dónde está la gente?

—Venga, vamos —la animé—. Vamos al ascensor.

—Britt, tengo miedo. —Tenía cara de cansada y estaba pálida. Debía de haberse acabado la contracción.

—Todo irá bien —quise tranquilizarla—. ¡Ni que fueras una primeriza!

—Estoy asustada —reconoció, jadeando—. Está yendo todo muy deprisa.

—Todo irá bien —repetí, y le acaricié el pelo—. Tengo el coche abajo. A estas horas no hay tráfico. Estaremos allí en diez minutos. ¡Vamos —supliqué impaciente—, sube al ascensor! —Con la espalda encorvada, caminó a paso lento hasta su interior. Suspiré aliviada y pulsé el botón de la planta baja.

Se apoyó en la pared, apretando los ojos con fuerza.

—Enseguida llegamos —comenté contenta.

El ascensor chirrió, inició el descenso, entonces se paró en seco y se fue la luz.

17

—¡Oh, Dios mío! —Busqué a tientas el panel de control, y pulsé frenéticamente todos los botones. El de alarma tenía que estar ahí. Nada.

—¡Oh, no, no! —se quejó Angel.

—No te preocupes. —Fingí estar tranquila—. Este ascensor siempre va lento pero nunca se queda parado. Enseguida empezará a bajar.

—¡Dale al botón! —jadeó.

—Ya lo hago —repuse—. Ya lo hago. —Moví los dedos por el panel como si fuera una virtuosa pianista.

Angel hipaba de dolor.

—¡Oh, Britt, voy a dar a luz!

—No, no, espera. —Busqué a oscuras el móvil en el bolso; me alivió ver la luz verde del teclado—. Pediré ayuda para que nos saquen de aquí.

Llamé al 061. Nada. Volví a llamar y oí un pitido lejano.

—Cero sesenta y uno, ¿dígame? —preguntó una voz débil y distante.

—Hola —respondí sin aliento—, tiene que ayudarnos. Estamos encerradas en un ascensor del edificio del *Miami News*. Mi amiga está de parto, íbamos de camino al hospital. Mándenos…

—Cero sesenta y uno, ¿dígame?

—¿Oiga? ¿Oiga? ¿Me oye?

Se oyeron ruidos e interferencias y la línea se cortó.

—¿Qué pasa? —chilló Angel—. ¿Ya vienen?

—La línea se corta, seguro que el asecensor se ha encallado entre dos pisos.

—¡Britt, estoy a punto de parir!

—No, Angel —repuse con rotundidad—. No. No es factible. Aquí no. Ahora no. Aguanta un poco mientras yo sigo intentándolo. Cuando Rooney vea que no hemos llegado, mandará a alguien a buscarnos o vendrá…

Angel bramaba de dolor.

—¡Capullo! —gritó—. ¡Sácanos de aquí!

Me sumé a su histeria, golpeé con fuerza la puerta del ascensor, luego me volví hacia Angel, quería abrazarla y decirle que todo iría bien. Pero no encontré más que aire.

—¿Angel? ¿Dónde estás?

—Aquí abajo —gimió—. En el suelo.

—¡Oh, no!

Me arrodillé y allí estaba. Tenía la piel húmeda.

—Muy bien. —Intenté aparentar tranquilidad mientras ella se retorcía de dolor—. Quédate ahí quietecita hasta que venga la ambulancia. —Hecha un flan, volví a llamar al 061.

—No cuelgue —grité—. ¡Es una emergencia!

—¿Llama desde un móvil? —preguntó una voz lejana.

—Sí —contesté chillando.

—¿Puede ir adonde haya mejor cobertura?

—¡No! ¡No puedo! ¡Estamos encerradas! —Le di la dirección una y otra vez hasta que por fin la repitió correctamente.

—¿Qué ha sido ese grito?

—¡La madre, por el amor de Dios! ¡Está de parto!

—Tranquilícese —dijo el operador.

—¿Podría, por favor, enviarnos a alguien que nos saque de aquí?

—Tengo su dirección. Mandaremos a los paramédicos. ¿Cómo les digo que entren en el edificio?

—Por las noches está cerrado, les tendrá que abrir el guardia de seguridad…

¡Oh, no!, pensé. Rooney. Está en el hospital.

—¡Dígales que entren como sea! ¡No tarden! ¡Por mí pueden usar dinamita!

—¿Es primeriza?

—¡No! —Exclamé—. Tiene ocho hijos. ¡Dense prisa!

—El equipo está en camino. ¿Cada cuánto son las contracciones?

—Angel —le pregunté—, ¿cada cuánto tienes contracciones?

—No llega —resopló—, no llega a los dos minutos.

Se lo comuniqué al operador.

—De acuerdo —dijo con tranquilidad—. Coja sábanas esterilizadas y toallas. ¿Tiene guantes de goma?

—No, no —contesté—. ¿Es que no lo entiende? ¡No tenemos nada!

—¿Puede lavarse las manos?

—¡Pero si estamos en un ascensor, por Dios!

—Está bien. —Su voz se alejó, luego volvió—. … mantengan la calma. Escúcheme con atención. Quiero que examine a la madre para ver si ya se asoma, ¿ve la cabeza del niño?

—¡No veo nada! —Chillé—. ¡Ya le he dicho que estamos encerradas en un jodido ascensor! Espere, un momento. —Busqué la linterna que llevaba en el bolso. La tenue luz titilaba, las pilas estaban en las últimas.

—Ponga una almohada bajo la cabeza de la madre —ordenó.

—A ver, Angel, un momento —dije. Vacié su bolsa y se la coloqué debajo de la cabeza.

—¡Tengo que ir al lavabo! —suplicó.

—¿Cuánto tardarán en llegar? —le pregunté al operador, desesperada.

—Ya han llegado —respondió—, están intentando entrar.

Gracias a Dios, pensé.

—¿Lo has oído, Angel? Ya están aquí.

—¿Qué tal se encuentra?

—Necesita ir al lavabo.

—La presión que siente probablemente se deba a que el bebé ha entrado en el canal del nacimiento y está a punto de nacer.

—No, no, aún no —le dije a Angel—. Enseguida vienen.

—¿Tiene algún periódico o trozo de plástico?

—¡No!

—Si tiene una máscara o bata consigo, póngasela. Compruebe que la cabeza de la madre está inclinada hacia un lado por si vomita.

—¡Espere! —Enfoqué con la linterna. Todo iba muy deprisa. Demasiado deprisa.

Extendí en el suelo una bata, una pequeña toalla, y un vestido que Angel llevaba en la bolsa. Al menos eso estaba limpio.

—Tranquila, tranquila —le dije, volviendo a coger el teléfono—. Respira hondo. Saldremos de ésta. —¿Cómo pueden pasarme estas cosas? ¿No lo estaré soñando?, pensé desesperada.

—Quiero que ponga una mano debajo de la cabeza del niño en cuanto salga —me decía el operador, pero apenas percibía su voz—. Sobre todo no tire, ¿entendido?

—No tirar. Casi no le oigo —grité; se me llenaron los ojos de lágrimas. ¿Y si algo va mal, y si le pasa algo al bebé, o a Angel? ¿Cómo sabré lo que tengo que hacer? Dejé de encender y apagar la linterna para ahorrar energía, la sujeté a la correa de mi reloj y me puse a rezar. Creí oír gritos en el edificio, pero todo iba muy rápido y estaba demasiado ocupada para contestar.

De repente noté la cabeza del bebé, me sentía aterrada y emocionada a la vez, luego empezó a salir un hombro y de algún modo me encontré ayudando a una nueva y diminuta vida a venir al mundo, a este gigantesco y salvaje mundo.

—¡Es un niño! ¡Un niño! —le grité a Angel—. ¡Ufff, qué cosa tan pequeña! —Le agarré desesperada para que no resbalara.

Limpié la nariz y la boca del bebé con mi pañuelo, luego busqué el teléfono. Todo estaba húmedo, caliente y pegajoso, el olor a óxido del aire se hacía irrespirable.

—¿Respira? —preguntó Angel.

—¿El bebé respira? —repitió el operador.

—No estoy segura —contesté, horrorizada.

—Póngalo de lado —comentó con frialdad—. Asegúrese de que tiene la boca limpia. Luego déle un par de golpecitos con el dedo índice en las plantas de los pies.

Mis dedos encontraron sus pies. ¡Dios mío, eran diminutos!

—Con suavidad —insistió—. Déle con el índice en las plantas de los pies.

¡Funcionó! Los tres gritamos al unísono: yo, Angel y el bebé.

Para atar el cordón umbilical no contábamos más que con los cordones de los zapatos de Angel. Mientras el equipo de bomberos organizaba nuestro rescate, yo corté el cordón por la mitad, usando la pequeña navajita suiza que llevaba en el llavero. El ascensor, al igual que el resto del maldito edificio del *News*, estaba oscuro y frío, como el corazón de los jefes de sección. Envolví al niño con cuidado en mi blusa de algodón y en mi jersey. Viendo los bomberos que sus llaves de acceso no funcionaban y ante la imposibilidad de poder llegar hasta la ventanilla del techo del ascensor, los médicos decidieron actuar sin esperar al servicio de emergencia de la compañía de ascensores. Cortaron la luz, trajeron linternas y un generador portátil, y con unas enormes tenazas abrieron las puertas del ascendor, que había quedado encallado entre el tercer y cuarto piso.

El ruido era ensordecedor, luces intensas parpadeaban. El primer paramédico dio un salto de más de un metro para reunirse con nosotras. Estaba muy contenta de verle, pero no quería deshacerme del niño. El hombre, de voz grave, prácticamente tuvo que arrancármelo de los brazos.

—Vaya con cuidado —advertí, con lágrimas en los ojos—. Cuidado con la cabeza. Es muy pequeño y ya ha sufrido bastante.

Me subí a la ambulancia, abrigada con una manta, decidida a no perder de vista ni a la madre ni al niño.

—Mírale —le dije a Angel—. Es precioso. Es el bebé más guapo que he visto en mi vida.

Ella, y todos los demás, estuvieron de acuerdo conmigo.

Rooney se apresuró a recibirnos en cuanto la ambulancia llegó a urgencias. El bebé movía las piernas y gorjeaba mientras yo, emocionada, contemplaba a la pequeña familia.

—La felicito —me dijo el médico de la voz grave—. Ha hecho un buen trabajo.

—Sí. —Su colega me dio la mano—. Bienvenida al Club de la Cigüeña. —Sus miembros, me explicó, son policías y bomberos que han traído niños al mundo.

Me prendió un pequeño pin con forma de cigüeña en la bata de papel que me había dado una enfermera.

Todavía la llevaba puesta encima de mis sucios pantalones cuando un Rooney aún aturdido me acompañó hasta el *News*, donde mi coche estaba aparcado.

—A partir de ahora tu vida será distinta —le sermoneé, nerviosa y emocionada—. Ser padre es una gran responsabilidad.

—Lo sé —repuso en tono solemne—. Cuidaremos de todos los niños. Pero necesitaremos ayuda. Por eso Angel y yo queremos que seas la madrina del pequeño Rooney. Ya lo habíamos hablado antes de lo que ha pasado hoy.

Ni que decir tiene que acepté.

Fitzgerald me esperaba sentado en las escaleras de mi casa.

—Hola —me dio la impresión de que estaba de mal humor, se puso de pie, entonces cambió el tono de voz—. ¡Joder, Britt! ¿Estás bien? ¿Qué son estas manchas de sangre? ¿Qué diablos ha pasado?

—¡Lo mejor del mundo! —Exclamé eufórica; empezaba a amanecer. Gruesas nubes blancas flotaban en el horizonte, las gotas de rocío brillaban sobre los hibiscos de color rosa intenso, y los pájaros daban los buenos días al sol en este maravilloso mundo, en el primer amanecer en la vida del pequeño Rooney Thomas Jr.

18

Como yo no paraba de hablar del niño, Fitzgerald acabó yéndose, lo que aproveché para ducharme, lavarme el pelo y llamar a todo el mundo para contarle mi experiencia.

Niños, pensé. Los niños te cambian para siempre. ¿Cómo era posible que hubiera madres que se deshicieran de sus hijos?

Aún estaba emocionada, no valía la pena que intentara dormir. Saqué a *Bitsy* de paseo; se avecinaba tormenta y el horizonte se estaba poniendo gris. Metí un impermeable en el coche, disfruté de un buen desayuno en Villa Deli, y luego conduje por calles azotadas por un viento cada vez más fuerte mientras el cielo se llenaba de nubes negras.

Llamé a mi madre, que no contestó, después a Frances Haehle, que hizo ver que no me conocía de nada. El señor Kagan estaba en el Palacio de Justicia, me explicó molesta, pero no tardaría en volver. Tampoco pude localizar a Preston Broussard, reunido con su abogado, por lo que me acerqué un momento a la sección de bebés de los almacenes Burdines.

Jamás había pensado en la cantidad de ropa que se diseñaba para que los bebés pudieran meter los pies dentro, había hasta un uniforme en miniatura de los Florida Marlins. Además, me llevé un sonajero, una camisa de Winnie the Pooh y una gorra con unas diminutas gafas de sol que protegieran a Rooney Jr. de los rayos del sur de Florida.

Cuando fui al hospital, y pese a todo lo que había pasado, me encontré a Angel rebosante de energía, despierta y animada. Sin duda, esta mujer estaba hecha para traer niños al mundo, y su bebé, rosado y con un hoyuelo, era aún más guapo de lo que yo recordaba. Rooney sacó fotos y me regaló unas cuantas.

La secretaria de Stockton encontró la cinta de vídeo y usó su llave para entrar en un cubículo adyacente a la sala de conferencias. Vi la cinta yo sola, sentada en una cómoda silla, con una libreta y un boli, y una taza de café caliente.

El presentador del reportaje se refirió a R. J. como «el heredero millonario de los grandes almacenes, que ahora se enfrentaba a su ejecución tras haberle sido denegada su última apelación».

Se mostraban fotos, R. J. joven y robusto vestido con el equipo de fútbol; un plano entero de Kaithlin en la playa, con otras dos chicas también en traje de baño, riéndose y coqueteando con la cámara. Kaithlin clavó la vista en la cámara, sonreía abiertamente y segura de sí misma, mientras Amy Hastings la rodeaba por el cuello. Cualquier espectador de Seattle que hubiera notado un parecido entre la víctima de asesinato, muerta hacía años, y la bien situada Shannon Broussard debió ser por pura causalidad. Al fin y al cabo, la víctima se llamaba de otra manera y sus fotos, hechas hacía tiempo, sólo tenían un cierto parecido con Shannon.

Las escenas más interesantes fueron las de un vídeo de los entonces felices recién casados: una entrañable pareja, contenta en su gran día, que ignoraba lo que les iba a deparar el futuro. Kaithlin encajaba perfectamente entre los brazos de un R. J. mucho más joven, que se reía mientras daban vueltas en la pista de baile del banquete de su boda.

Un montón de niños correteaban por la pista de baile y Kaithlin los recibía con cariño, rodeando a un niño con el brazo por la cintura, acariciándole el pelo a una niña.

Al arrodillarse entre los eufóricos niños, la falda con vuelo de su vestido de raso de color crema se posó a su alrededor. Tenía la mirada triste, pero a los niños se los veía encantados.

Vi la escena unas cuantas veces más. ¡Qué estúpida había sido! ¿Cómo no me había dado cuenta antes?

◆ ◆ ◆

El cielo, tan despejado y prometedor al amanecer, estaba ahora gris y encapotado y caía una fría llovizna. Este tiempo no predisponía al buen humor. Preston Broussard se presentó con media docena de rosas blancas. Las favoritas de Shannon, puntualizó. Le dije que ya lo sabía. Escuchó mi comentario, en silencio y pensativo.

—Yo estaba aquí. Aquel día el clima era perfecto, como esta mañana a primera hora. Y allí vi a dos agentes de policía. —Señalé con el dedo mientras caminábamos trabajosamente por la arena húmeda.

»Su mujer apareció ligeramente más al sur de donde se ahogó. —Volví a señalar—. El hombre que vive en aquel edificio, el que fue testigo de los hechos, llamó a la policía en cuanto vio el cuerpo. También llamó una turista neoyorquina que estaba tomando el sol con su hijo, Raymond. Después vino el detective Rychek, y los agentes la sacaron del agua. Llevaba un pendiente. Nada más. La taparon con una manta. La parte de arriba de su bikini rojo la encontró alguien mientras estaba nadando, más al sur. —Miré hacia la ventana de Marsh y saludé con desgana—. El testigo que le decía antes también vio el bikini, y avisó estando nosotros aquí, en la playa.

»Más tarde dijo que la había visto llegar. Que sabía en qué hotel se había hospedado por el logo de la toalla. ¿Sabía usted —pregunté, volviéndome hacia Broussard— que se registró con el nombre de Morrigan?

Sonrió, melancólico.

—Me lo comentó el detective. Shannon les leía cuentos sobre diosas celtas a las niñas. Morrigan, la diosa irlandesa de la guerra, tenía el poder de decidir quién debía morir en la batalla. Podía convertirse en un pájaro, y cuando se cernía sobre las cabezas de los guerreros, éstos lo consideraban una maldición. —Se encogió de hombros—. Supongo que por eso dio ese nombre.

Continué mi relato:

—Pues ese hombre de allí arriba dijo que Shannon estaba sentada en la arena contemplando una extraña nube. Al empezar a dispersarse, anduvo hasta la orilla y se metió en el agua. Estaba nadando, cuando de pronto apareció el asesino. Todo fue muy rápido. —Le acaricié el brazo.

Las lágrimas rodaron por sus mejillas:

—El testigo ése, ¿se llama Marsh?

Asentí con la cabeza.

—¿Cómo pudo ser capaz de quedarse de brazos cruzados?

—Poco habría podido hacer. Es paralítico, va en silla de ruedas. —Lo que no le conté es que, aunque hubiera podido andar, su reacción instintiva probablemente habría sido poner un carrete nuevo en la cámara—. Le gusta observar el mar y la gente, les saca fotos y las graba en vídeo. Es su hobby —añadí.

—¿Por qué no le hizo una foto al asesino?

—Había estado fotografiando las nubes, la misma extraña formación que estaba contemplando Shannon, y se le acabó el carrete. Dijo que no lo cambió con suficiente rapidez.

—¿Pudo verlo, al menos?

—Desde tan arriba, no. Un jubilado que hace gimnasia en la playa cada día nos contó que también había visto a un hombre, y que dedujo que iba con su mujer.

Broussard se agachó junto a la espumosa orilla y, con cuidado, depositó las flores en el agua en reflujo. La escena podría haberse plasmado en una conmovedora foto, pero nadie en el periódico sabía que yo estaba con Broussard. El pobre se merecía un poco de intimidad.

Regresamos a su hotel y encontramos un rincón libre en la cafetería, atestada de gente. Su abogado, me explicó, quería pedir un interdicto al juez para retener el cadáver en el depósito hasta la vista, que casi con toda seguridad tendría lugar en las próximas veinticuatro horas. Su abogado ya había hablado con el de Myrna Lewis. La mujer estaba decidida a impedir que R. J. se quedara con el cadáver de Kaithlin. Sin embargo, el abogado creía que si a R. J. le era denegada la petición, sería más fácil convencer a la señora Lewis de que renunciara al cadáver.

—Tengo que quedarme aquí por lo menos un día más —afirmó Broussard taciturno—. Las niñas no entienden por qué tienen que estar encerradas en casa, pero no puedo correr el riesgo de que en el colegio alguien les cuente lo ocurrido antes de haberlo hecho yo personalmente. Los periodistas no paran de llamar a casa. Mi familia está agobiada —aseguró con amargura—. Odio a Jordan por lo que me está haciendo. Lo mataría con mis propias manos.

—Jordan no disfruta con esto —comenté—. Es un desgraciado, él mismo es su peor enemigo.

Broussard se volvió hacia mí, tenía los ojos empañados:

—¿Cree que tuvo algo que ver en el asesinato de Shannon?

—No lo sé.

—¿Y cuándo lo sabremos? ¿Llegará la policía a resolver el caso algún día?

—Eso es imposible saberlo —respondí con honestidad—. Cuanto más se tarde, más difícil será resolverlo. Lo que normalmente aumenta las probabilidades es luchar por mantener el caso abierto. Llamar, escribir, exigir respuestas. Si no, lo que suele pasar es que los policías le dan carpetazo y se olvidan. La mayoría de las víctimas cree ingenuamente que lo mejor es tener paciencia y dejar que los profesionales hagan su trabajo. Pero es un gran error. Los detectives se olvidan, se ocupan de otras cosas, se centran en casos nuevos y más sencillos. Sobre todo aquí, donde las autoridades prefieren que las investigaciones de mucha envergadura se archiven pronto y sin hacer demasiado ruido.

—Gracias, Britt. —Suspiró—. No sabe lo que me ayuda poder hablar con usted. Por cierto —sacó un sobre del bolsillo de la chaqueta—, le he traído la foto que me pidió. Espero que le sirva. Me la envió mi madre ayer noche por correo urgente. —Miró con nostalgia la foto antes de dármela.

Kaithlin y él aparecían sentados en un sofá, junto a un inmenso árbol de Navidad, con las niñas sentadas sobre sus rodillas. Tumbado a sus pies, había un perro labrador con una graciosa cornamenta de reno. El fuego crepitaba al fondo.

—Me hacía ilusión utilizarla como felicitación de Navidad este año, pero Shannon no quiso. Le parecía demasiado íntima…. Publíquela. —Se encogió de hombros, apesadumbrado—. Ahora ya da igual. Quiero que los que la conocían vean que era feliz, que éramos una familia. La familia lo era todo para ella. Mis padres están destrozados. Se llevaba con ellos mejor de lo que yo me he llevado nunca.

—Era una madraza, ¿verdad? —pregunté, analizando los rostros de la foto.

—La mejor. —Los recuerdos le humedecieron los ojos—. Las niñas eran su vida.

—Esa impresión tenía yo.

La tormenta había cesado pero el cielo seguía estando encapotado mientras me dirigía en coche a los Apartamentos Southwind otra vez. Myrna Lewis no estaba. Le dejé una nota en su buzón, pero al salir del edificio la vi bajarse de un autobús en la parada de al lado. Al principio no estaba segura de que fuera ella. Iba muy arreglada, con una anticuada chaqueta azul marino encima de una almidonada blusa blanca, y un pequeño camafeo prendido a la altura del cuello. El pelo, gris plomizo, se le había encrespado por la humedad, y la cojera era más pronunciada.

Sin aliento, se cogió a la barandilla mientras subíamos las escaleras hasta su casa. Se fue a su habitación a cambiarse los zapatos y dejar la chaqueta antes de reunirse conmigo en la mesa de la cocina.

—He ido a ver al abogado —comentó, aún jadeando—. Haré lo que sea necesario. ¿Quiere beber algo?

—Siéntese —le ordené, levantándome—. Yo lo prepararé.

—No tengo mucho dinero —me explicó, mientras yo ponía la tetera a calentar—, pero Reva dejó lo suficiente para enterrar a Kaithlin. Los abogados son caros, pero no pienso rendirme —afirmó con rotundidad—. Reva era amiga mía. Sufrió mucho. No hay nada más doloroso en este mundo que perder un hijo. Sobre todo si se produce de manera repentina y violenta y se podía haber evitado. Y si encima no hay cuerpo que enterrar. Cada vez que aparecía un cadáver en un pantano o en algún lugar del bosque, Reva rezaba para que fuera el de Kaithlin. Por eso tengo que hacer esto. Reva no descansaría en paz si dejaran a R. J. apoderarse otra vez de Kaithlin.

—El segundo marido de Kaithlin también la reclama —afirmé—. He estado con él hace un rato.

—Por lo que he oído —repuso con tristeza—, parece una buena

persona, un buen marido. Me encantaría poder ver una foto de las niñas, de las nietas de Reva.

—¡Pues precisamente me acaba de dar una! —Saqué el sobre del bolso y extraje la foto—. ¿A que son preciosas? Se parecen a Kaithlin cuando era pequeña. —Se la di y cogió las gafas que había sobre la encimera.

Contempló los felices rostros durante un buen rato. La tetera silbó y fui a por las tazas, las bolsitas de té y las cucharas. Al volver, me la encontré con la cara hundida entre las manos, llorando.

Puse las tazas humeantes en la mesa, luego fui hasta ella, le acaricié el hombro para consolarla, bajé la cabeza y vi, a través de su fino pelo, su cuero cabelludo rosado; también mis ojos se llenaron de lágrimas.

—Le haré una copia —le prometí.

—¿Cómo se llaman, que no me acuerdo? —me preguntó, gimoteando.

—Caitlin y Devon —contesté, y le tendí un kleenex que saqué del bolso. Mientras hablábamos y tomábamos el té, no dejó de mirar la foto.

—¡Pero si tenían hasta un perro! —susurró.

—Lo que necesito saber —apunté, yendo al grano—, es qué día nació el primer hijo de Kaithlin.

Alzó la vista y parpadeó:

—¿Por qué?

—Es muy importante —la apremié—. ¿Cuándo nació?

Arrugó la frente.

—No me acuerdo. Creo que fue en primavera, o en otoño quizás. ¡Es que ha pasado tanto tiempo! Creo recordar que por Semana Santa ya se le notaba la barriga —vaciló un instante—, ¿o era en San Esteban?

—Necesito la fecha exacta —insistí—. ¿Se le ocurre alguien más que pudiera decírmelo?

Sacudió la cabeza en señal de negación.

—Reva no quería que nadie lo supiera —contestó—. Pero tenía otra amiga que intentó echarle una mano con todo lo de Kaithlin. Ahora no recuerdo su apellido.

Se mordió los labios y arrugó la frente.

—Se llamaba Catherine. Trabajaba en los almacenes Jordan. Era muy simpática, muy solícita, pero no...

—¿Catherine? —La miré fijamente—. ¿La supervisora de Kaithlin?

Asintió con la cabeza.

—Era amiga de Reva. Vino al hospital a ver a Kaithlin cuando nació el bebé. —Arqueó las cejas—. Pero ahora no sabría cómo encontrarla.

Dejé la taza en la mesa con las manos temblando.

—Yo sí —repuse.

La llamé al despacho desde el coche. El sol volvía a brillar y corría aire fresco.

No estaba, me dijo la recepcionista.

—¿Está segura? —insistí, impaciente. ¿Hasta en el despacho me esquivaba?—. ¿A qué hora cree que volverá?

—¿De parte de quién, por favor?

Lo que faltaba, pensé; si digo quién soy, no volverá a ponerse al teléfono.

—De su hija Britt.

—¿Su hija? —La mujer parecía sorprendida—. ¡Hola, Britt! ¿Está usted aquí, en la ciudad?

—Sí. ¿Por qué? ¿Ocurre algo?

—La señora Montero lleva toda la semana enferma. No sé cuándo volverá.

—¿Enferma?

—Supuse que lo sabría.

Musité algo y colgué, yo, la hija distante, despreocupada y fría. ¿Estaba enferma realmente?

Recordé el nombre de la agencia de seguros de Nelson y le llamé.

—¿Has hablado con mi madre hoy? —le pregunté—. No está en el despacho.

—Lo sé. —Se aclaró la garganta—. Estoy preocupada por ella.

—¿Qué pasa?

—Últimamente no está bien, está deprimida.

—¿Por qué?

—Tendrías que saberlo —contestó.

El descapotable estaba aparcado en su plaza de parking, junto al edificio. Dejé mi coche en la plaza de al lado y saludé al portero con la mano, que me abrió la puerta. Como al llamar al timbre mi madre no dio señales de vida, golpeé la puerta con la aldaba metálica. No hubo respuesta. Nada. La llamé desde el móvil y oí su teléfono sonando dentro. Seguía sin contestar. Se me hizo un nudo en el estómago. Me puse a buscar en el bolso la llave de su casa que me había dado para casos de emergencia.

Antes de que la encontrara, escuché un ruido al otro lado de la puerta, alguien miraba por la mirilla.

—¿Mamá? Soy yo, Britt.

—¿Puedes volver más tarde? —preguntó. Parecía atontada, como si hubiera estado durmiendo.

—No —contesté—. Abre la puerta.

—No estoy vestida.

—Me da igual. Abre.

Di gracias a Dios de que estuviera bien mientras oía el chischás del pestillo.

Pálida, sin maquillar, despeinada y descalza, iba, a media tarde, con una arrugada bata de algodón que le llegaba a los pies. Parecía que hubiera estado durmiendo con la bata puesta, cosa normal en muchas personas, pero inusual tratándose de mi quisquillosa madre. Su piso de colores pastel, siempre tan lleno de luz, estaba oscuro, las cortinas cerradas. El olor a tabaco flotaba en el aire.

—¿Tienes fiebre? —Instintivamente, le puse la mano en la frente—. ¿Estás enferma? ¿Por qué no me has llamado? —Tenía la piel fría.

—Es que no me encuentro bien —contestó con un hilo de voz—. Necesito descansar y estar sola.

—¿Hace cuánto que no comes? ¿Por qué está todo tan oscuro? —Abrí las cortinas. Hundida en el sofá, me pareció más débil que nunca, tapándose con una mano los ojos hinchados y rojos como si le molestara la luz.

—¿Tienes gripe? —pregunté.

—No —respondió en voz baja.

—¿Has comido algo?

Sacudió la cabeza.

Fui a la cocina, abrí la nevera. Lo único más o menos comestible era una hoja de lechuga ya mustia en el cajón de las verduras. Sobre la encimera había una botella de vodka medio vacía.

—¿Se puede saber qué pasa?

—¿Otra vez me vas a someter al tercer grado? —Se irguió para coger el paquete de cigarrillos.

—¿Todo esto es por el caso? —pregunté con incredulidad.

Levantó la vista, y supe que la respuesta era un sí.

Me senté frente a ella en una cómoda silla; su deplorable aspecto me preocupaba.

Me miró fijamente.

—Tú tampoco tienes muy buena pinta que digamos —dijo—. ¿Y esas ojeras? ¿Hace cuánto que no duermes? ¿Y ese pintalabios? —Hizo una mueca—. Mi vida es un desastre. Todo me sale mal.

—Pero si tú nunca te deprimes —repuse—. Llevas años sin deprimirte.

—Pues puede que ya sea hora. De vez en cuando una tiene que darse un respiro para examinar su conciencia. —Cogió un llamativo encendedor y, después de varios intentos fallidos, logró encender el cigarrillo.

—No es bueno que fumes —le reprobé—. Te prepararé algo de comida, o pediré que la traigan si hace falta. Pero antes quiero preguntarte una cosa.

Desvió la mirada y suspiró.

—¿Cómo puedo averiguar la fecha exacta del nacimiento del hijo de Kaithlin?

—Diecisiete de abril de mil novecientos ochenta y dos. —Me miró—. A las cinco menos cuarto de la mañana.

Se me cayó la libreta. Estaba literalmente boquiabierta.

—¿Cómo lo recuerdas? —pregunté, atónita—. ¿Estás segura?

Me miró a través del humo.

—Hay cosas —respondió— que no se olvidan nunca.

—Entonces tenías más relación con Kaithlin de lo que me habías dicho.

Asintió con tristeza.

—Desde el momento en que vi a esa chica supe que llegaría lejos. —Se rió de su propio chiste—. Aunque no tanto. Pero tenía algo especial.

—Ya —repuse—. Te habría gustado que yo fuera como ella.

Parecía sorprendida.

—No lo estarás diciendo en serio, Britt.

—Sí.

Soltó una carcajada de puro asombro.

—¿Crees que habría preferido una hija como Kaithlin? ¿Una hija que se quedó embarazada siendo aún una niña? ¿Que hizo sufrir a su madre? ¿Que malgastó su propia vida? ¿Su talento? ¿Que destrozó a todos los que la quisieron? —Apagó el cigarrillo con fuerza en un cenicero con forma de concha, luego se inclinó hacia delante y clavó los ojos en mí—. Ahora en serio —continuó, incrédula—, ¿cómo puedes pensar una cosa así? A lo mejor no he sido todo lo cariñosa que debería, pero me era tan difícil ser madre y padre a la vez, traer el dinero a casa...

»Britt, no te puedes imaginar lo orgullosa que estoy de ti. Incluso cuando te involucras en casos que me ponen los pelos de punta, ¡me alegra tanto que seas mi hija! Reconozco que a veces soy una pesada, pero eso es porque quiero lo mejor para ti. Y si me preocupo por ti es porque eres muy valiente, como tu padre. Me da miedo perderte a ti también. Te quiero muchísimo.

—Siempre me ha dado la sensación de que te he decepcionado —le dije; me costaba creer en sus palabras.

Sacudió la cabeza.

—Tú eres mejor persona que yo. Le he fallado a tanta gente. —Se le inundaron los ojos de lágrimas.

—A mí nunca me has fallado —repuse, y le di un cálido y largo abrazo. Nuestras lágrimas no eran sólo producto del agotamiento.

Me tocó a mí ocuparme de la comida. Eché un vistazo a la despensa de mi madre y luego llamé a un restaurante chino cercano. Llamé desde el teléfono blanco antiguo, parecido al que usaba Lana Turner en una de esas películas en blanco y negro que dan de madrugada, y después me senté junto a mi madre.

Estaba deprimida, me dijo, por la culpa que había arrastrado todos esos años.

—Pobre Reva —afirmó—, que descanse en paz.

—Me cuesta creer que fuerais amigas —comenté—. ¡Erais tan distintas!

—Era mayor que yo, pero teníamos más cosas en común de lo que te imaginas —me contó mi madre—. Las dos habíamos sido abandonadas, o al menos eso es lo que creía yo en aquella época, por hombres que nos habían dejado solas al cuidado de nuestras hijas. Las dos trabajábamos para salir adelante.

»Al día siguiente de que Kaithlin empezara a trabajar en los almacenes, vino a verme para pedirme que vigilara un poco a su hija. Era una madre cauta y protectora, y ése era el primer trabajo de Kaithlin. Me sentía identificada con ella. Le prometí que lo haría; que me volcaría en ella y le enseñaría. Y cumplí mi promesa.

»Todo el mundo se dio cuenta cuando R. J. se fijó en ella. No era un hombre muy sutil que digamos. En ese momento yo tendría que haber, debería haber hecho algo para cortar aquella historia. Pero R. J.…. —Cerró los ojos, y pegó los brazos al cuerpo, como si tuvese frío—. Era el hijo de mi jefe, el heredero lógico, para quien se suponía que yo trabajaría en su día. Britt, te juro —prosiguió, abriendo los ojos como platos, clavándolos en mí— que no fue por ambición, por querer ascender. ¡Por Dios, yo sólo quería trabajar! Necesitábamos seguridad. Me decía a mí misma que R. J. flirteaba con todas las chicas, que sería algo pasajero, como siempre…, y me puse una venda en los ojos.

»Yo quise creer que la relación no prosperaría, pero me equivoqué. Reva confió en mí, y yo ni siquiera le advertí de lo que ocurría. Cuando se enteró, ya no había nada que hacer. No me atreví a decirle que lo sabía desde hacía tiempo. Kaithlin se había vuelto muy rebelde, no quería dejar el trabajo. Reva estaba desesperada. Me pidió que la ayudara.

—¿Y qué hiciste? —pregunté.

—Casi nada. —Susurró. Cogió el paquete de tabaco, lo agitó, y sacó un cigarrillo—. Como supervisora de Kaithlin le cambié el horario, reorganizándolo de tal manera que viera menos a R. J. o que le fuera más difícil verle a la salida del trabajo, pero fue como intentar nadar a contracorriente. Me dije a mí misma que era lo mejor que podía hacer. Reva me suplicó que la echara, pero no había motivo alguno para hacerlo. Kaithlin era muy profesional, y el hombre que Reva quería apartar de su hija era el hijo de mi jefe.

—¿Qué más podrías haber hecho?

—Un montón de cosas. —Se encogió de hombros, abatida, mientras se peleaba con el mechero—. Podría haber hablado con R. J.; o con su padre. Kaithlin era menor de edad. No le habría interesado un escándalo. Podría haber advertido a Kaithlin sobre R. J. A su madre no la escuchó, pero tal vez a mí sí me hubiera escuchado.

—Lo más probable es que nada de todo eso hubiera funcionado —apunté.

—Bueno, ahora —repuso, consiguiendo al fin encender el mechero—, ahora ya no lo sabremos nunca, porque nunca lo intenté. Cuando Kaithlin estaba embarazada, Reva misma fue a hablar con R. J. Estuvo muy antipático con ella; no se portó bien. Reva estaba destrozada. Pero Con, él sí me habría escuchado. Nos llevábamos bien. En casa no era tan feliz como parecía. Confiaba en mí... para muchas cosas.

—¡Mamá! —exclamé, sorprendida.

—Éramos amigos —afirmó tajante, exhalando humo azulado contra la tenue luz—, almas gemelas. Él necesitaba una amiga con quien poder desahogarse, en quien poder confiar y con la que poder charlar. Su vida no era fácil. Pero era un gran tipo, tenía carácter. Él habría intentado hacer algo. Pero —continuó, afligida— fui una cobarde. No hice nada.

—No fue culpa tuya.

—Pero me siento culpable —repuso seria—. ¿Cómo no voy a sentirme culpable después de la manera en que acabó todo? Todos murieron: Kaithlin, su madre, Con. Tras la condena de R. J., Con se vino abajo. Y mírame, aquí estoy, era la única que podía haberlo evitado todo, y nunca hice nada. Al revés, mi principal preocupación eran mi trabajo y mantener a mi hija.

»¿Ahora entiendes por qué era tan reticente a que salieras con chicos? ¿Por qué te he protegido siempre tanto?

—Entiendo algunas cosas —coincidí con ella—. Pero eres demasiado dura contigo misma.

Sacudió la cabeza.

—Cuando vi aquella horrible foto y empezaste a hacerme preguntas… El caso volvió a oírse en todas partes, todo el mundo hablaba de lo mismo. Y me trajo a la memoria los recuerdos y la culpa. Me he estado preguntando por qué yo estoy viva y todos ellos han muerto. Durante estos días ni siquiera he podido levantarme de la cama. Me he portado fatal, contigo y con Nelson. No he ido al despacho en toda la semana. Soy un desastre —gimió.

—Lo hiciste lo mejor que supiste —protesté—. Tú no eres responsable de lo que los demás decidieron hacer con sus propias vidas. ¿Y si Kaithlin y R. J. hubieran sido un matrimonio feliz? Podría haber pasado, y lo sabes. No tenías una bola de cristal. Ni tú ni nadie.

Se enjugó las lágrimas.

—Gracias, Britt. ¡Me siento tan afortunada por tenerte! —Me cogió la mano—. ¿Sabes una cosa? Siempre que veía a Reva o pensaba en ella, me decía a mí misma la suerte que tenía de…

Llegó la comida y la devoramos, en la mesa del comedor. Mi madre se había puesto una bata floreada de seda, se había pintado los labios y se había pasado un cepillo por el pelo.

—¿Por qué —me preguntó, mientras yo servía el pollo Kung Po— es tan importante la fecha de nacimiento del bebé?

—No estoy segura —contesté—, pero creo que de algún modo es la clave.

—Le vi una vez —explicó, susurrando—, el día que nació. Fui al Jackson Memorial Hospital. ¡Pobrecita mía! El parto fue difícil; ¡era tan joven! Me llevé a Reva al bar a tomar un café y picar algo. Luego vimos al bebé, era una preciosidad. Sus nuevos padres venían a buscarle por la tarde.

—¿Y cómo te acuerdas aún del día y la hora en que nació?

—Le había pedido a Reva que me llamara cuando naciera el bebé, para saber si todo había ido bien. Me despertó a las cinco de la mañana y me dijo que había nacido hacía más o menos un cuarto de hora.

»La fecha era fácil de recordar. Hacía exactamente doce años que había visto a tu padre por última vez, justo antes de que se fuera a esa fatídica misión para liberar Cuba. Es una fecha que siempre se me hace cuesta arriba, procuro estar ocupada para no pensar. Pero cada vez que pienso en Tony Montero, pienso también que esa pobre criatura está celebrando su cumpleaños en alguna otra parte.

—Tú y tus secretos —comenté—. Nunca me habías hablado de esa fecha.

—Es que no es un día para celebrar nada. ¿Para qué iba a darte la lata?

—Oye, mamá —repliqué—, sólo nos tenemos la una a la otra. Tu cruz es mi cruz.

—Estás como una cabra —dijo, y se echó a reír.

De vuelta en el despacho, entré en Internet para encontrar una página web. Nunca me había imaginado que había tantas dedicadas al tema de la adopción. Finalmente di con el registro donde tanto los niños de Florida adoptados como los padres que los dieron en adopción pueden saber si el otro los está buscando.

Eché un vistazo a toda la gente que albergaba la esperanza de encontrar a otros seres queridos. Aquellos que quieren ser encontrados no dejan más que su primer apellido, la fecha y lugar de nacimiento, y el lugar de adopción, con algunas excepciones.

El hijo de Kaithlin, entre ellas. Diecisiete de abril de mil novecientos ochenta y dos; hora de nacimiento: 4.46 de la mañana, Jackson Memorial Hospital, condado de Miami-Dade. ¡Dios mío!, pensé, tiene que ser él.

Un vínculo me mostró un recuadro donde se escribían mensajes especiales. Lo que decía no era muy habitual.

Más que un mensaje, breve y conciso, era una súplica.

«Tengo diecinueve años —decía el mensaje—, y unos padres maravillosos, pero si no localizo a mis padres biológicos, no llegaré a cumplir los veinte.»

Estaba en segundo de carrera, explicaba, sacaba muy buenas notas, y tenía leucemia. Había sufrido una recaída recientemente, después de dos años de remisión de la enfermedad. Su única esperanza, lo único que podía salvarle, era un transplante de médula de un padre o familiar que tuviera el poco común grupo sanguíneo AB.

Solté un grito. A lo mejor ya estaba muerto.

Cogí la transcripción del juicio, busqué rápidamente la declaración del forense. La sangre de Kaithlin, encontrada en su ropa rasgada y en la habitación del hotel, era del grupo A-positivo.

R. J. era el único que podía salvarle.

19

Mandé un e-mail al responsable de la página web.

Respuesta: ¿ES USTED UN FAMILIAR? NO contesté. SOY PERIO-DISTA. ES UN CASO DE VIDA O MUERTE.

Respuesta: ESTAMOS AL TANTO DE ESTE CASO. LE PASAREMOS EL MENSAJE AL CHICO, PERO EN PRINCIPIO NO PODEMOS PONERLE EN CONTACTO CON ÉL DIRECTAMENTE.

ES UN CASO DE VIDA O MUERTE. PUEDO AYUDARLE.

NO SOY MÁS QUE UN VOLUNTARIO, Y AHORA MISMO ESTOY SOLO.

UN CASO DE VIDA O MUERTE.

HACE DÍAS QUE NO SABEMOS NADA DE ÉL. ESTAMOS PREOCU-PADOS.

El corazón me dio un vuelco. El mensaje continuaba.

BOCA RATÓN, FLORIDA, NOMBRE: DANIEL SINCLAIR.

Pulsé con el cursor en las últimas notas necrológicas del periódi-co de Boca Ratón, en el condado de Palm Beach. No encontré su nombre. Quizás aún estábamos a tiempo.

En las páginas amarillas on line sólo aparecía un D. Sinclair, con una dirección. Llamé a R. J., no estaba en casa. Dejé el recado de que me llamara urgentemente.

Dije en el departamento que estaría ilocalizable unas cuantas horas por motivos personales y me fui a Boca, temiéndome lo peor.

Cogí la Interestatal 95 en dirección norte, tardé tres cuartos de hora en llegar y quince minutos más en encontrar el sitio. La casa, adosada, de una sola planta y estucada, con una plaza de aparcamiento a cada lado de ésta, era muy discreta para estar en Boca, o donde fuera.

En el camino de entrada a la casa, un antiguo Buick con el capó levantado, y un hombre joven, alto y delgado, con tejanos y camiseta parecía estar cambiándole la batería. Aparqué en la calle y me acerqué a él, libreta en mano.

—¿Daniel Sinclair? —Antes de preguntarle, ya sabía la respuesta. Aunque un poco más alto, era la viva imagen de su padre. Al mirarle más de cerca, reconocí el pelo y la boca de Kaithlin.

—Yo mismo —contestó contento. Sacó del coche la batería vieja y la dejó en el suelo. Estaba fuerte, tenía buen color. A lo mejor la enfermedad había vuelto a remitir.

Le expliqué quién era mientras él instalaba la batería nueva y conectaba los cables. Le di mi tarjeta.

Cerró el capó y se limpió las manos con un trapo antes de cogerla.

—¿Es usted periodista? —preguntó.

—Sí —respondí, aliviada—. ¡Y no sabes cuánto me alegro de verte!

Alzó la vista lentamente y me miró, confundido.

—Estoy trabajando en un artículo sobre niños adoptados que buscan a sus padres biológicos —mentí—, y vi tu mensaje en la página web.

—¡La Virgen! —Se ruborizó.

—¿Hubo suerte?

—Sí. —Se apoyó sobre el otro pie, como si estuviera incómodo—. Mi madre se puso en contacto conmigo.

—¿La viste?

—Sí, más o menos. —Le brillaban los ojos, anegados en lágrimas. Se sentó en el capó, los brazos cruzados a la altura del pecho—. Mierda. Lo estropeé todo.

—¿Qué pasó? —Abrí la libreta.

Miró a un lado y otro de la calle, como si temiera la materialización repentina de unos paparazzis.

—¿Qué le parece si entramos?

—¡Claro! ¿Y tus padres? —le pregunté, mientras abría la puerta de la casa.

—Mi madre murió. Un conductor borracho se estrelló contra su coche cuando yo tenía nueve años. Era su cuarta detención por conducir ebrio. Mi padre está ingresado en una clínica. Cuando me adoptaron, ya era mayor, estaba en la cincuentena. Por eso recurrieron a la adopción privada. Las agencias ni siquiera los hubieran puesto en lista de espera, debido a su edad. ¿Le apetece una coca-cola? —me preguntó.

Un pequeño crucifijo de madera estaba colgado en la pared cerca de la puerta. Le seguí hasta la cocina, donde abrió la nevera, sacó un par de latas de coca-cola y me dio una. Las cortinas eran de color amarillo chillón. Una placa con forma de ángel que había en la pared de detrás del fregadero rezaba así: QUE DIOS BENDIGA NUESTRO HOGAR.

—Papá ha tenido un par de derrames cerebrales —me contó mientras abría la lata—. En este último hubo que ingresarle. Estará en tratamiento mucho tiempo antes de que le dejen volver a casa.

—¡Qué horror! —exclamé, sorprendida de lo mucho que había sufrido el chico en su todavía corta vida.

—Para él pero no para mí. Yo estoy bien. —Me condujo hasta el cobertizo de la parte posterior de la casa, donde nos sentamos en sillas de mimbre—. Me defiendo —dijo, con la cabeza inclinada en una postura que me recordó a R. J.—. Voy a clase, y por las noches trabajo en un restaurante. De vez en cuando hasta vendo algún cuadro. Soy pintor aficionado —afirmó sonriendo.

—¿Y cómo andas de salud?

Se le borró la sonrisa de los labios.

—No escriba sobre esto —me pidió—. No tendría que haberlo hecho nunca. Estoy bien. Nunca he estado enfermo. Nunca he tenido leucemia.

—¿Mentiste?

Suspiró, asintiendo con la cabeza.

—Cindy, mi novia, me lo advirtió. Me decía: «Danny, no lo hagas». Pero fui un estúpido. Verá, llevo desde los dieciséis años intentando encontrar a mis verdaderos padres. Esa fue la primera vez que me apunté a la web. A mi padre le pareció bien; de hecho, me dio permiso para hacerlo. Pero no obtuve respuesta. Después del derrame

que tuvo el año pasado, vi en la tele la historia de una mujer adopta-
da que necesitaba un riñón. Quería buscar a sus padres biológicos;
los localizó y tuvieron un reencuentro feliz. Conoció a sus hermanos,
a toda su familia. De ahí saqué la idea.

»Hoy en día todo el mundo tiene Internet y pensé que, quizá, si
mi madre biológica leía el mensaje y veía que era cuestión de vida o
muerte, me contestaría.

»Funcionó. Si no llego a hacerlo así, nunca se hubiera puesto en
contacto conmigo. No vivía aquí, se mostró distante, no quiso decirme cómo se llamaba. Me dijo que no tenía mi mismo grupo sanguíneo, pero que sabía dónde podía encontrar a mi padre. Pensé, ¡genial!, los conoceré a los dos. ¿Quién sabe?, me dije. A lo mejor hasta
se vuelven a juntar. Sé que suena estúpido…

—No —repuse, los pensamientos se agolpaban en mi mente—.
Todos los niños quieren que sus padres estén juntos.

—Creo que no sabía bien lo que quería. Cindy fue precavida.
Me ayudó a informarme sobre la enfermedad, para poder cubrirme
las espaldas. Yo pensaba, sé que es una tontería, pero pensaba que
cuando mi madre me viera todo iría bien. No sé —se encogió de
hombros, emocionado—, ¿por qué no iba a quererme? —Sonrió con
desgana—. Me equivoqué.

—¿Dónde la viste?

—Ella no quería que fuera en un sitio público, supongo que no
quería que la vieran conmigo. Pensé que estaría bien quedar en casa.
Así podría enseñarle mis trofeos, mis pinturas, ya sabe, mis cosas.
Quería impresionarla.

»Y finalmente llegó el gran día, el día que había estado esperando desde que era pequeño. Vino en taxi, llevaba un fular y unas gafas
de sol, como si fuera de incógnito. Todo empezó muy bien. Luego le
dije que tenía una sorpresa para ella. "Buenas noticias —le dije—, no
estoy enfermo."

Sacudió la cabeza, triste.

—Creí que se pondría contenta, que se alegraría de tener un hijo
sano, en lugar de uno enfermo que necesitara de su ayuda. Fue horrible. Se puso furiosa.

—¿Qué te dijo?

—«No sabes lo que me has costado» o algo por el estilo.

—¿Qué crees que quiso decir con eso? —le pregunté.

Se encogió de hombros.

—Pues que había perdido horas de trabajo o de estar con su familia por mi culpa. Venir en avión no es barato; no es de aquí.

»Yo le dije: "Eres mi madre. ¿Cómo puedes decir una cosa así?". Pero se dio la vuelta y se fue. Su frase de despedida fue que soy igual que mi padre. Y por la forma en que lo dijo deduje que no se llevan bien.

»Lo estropeé todo. Todo. En cuanto supo que le había mentido, ya no quiso ver ni oír nada más. Se largó, estaba muy enfadada. Y ya no he vuelto a saber nada de ella. Ya no está en Internet. La dirección de su e-mail ha desaparecido. No la culpo por ello. No tendría que haberlo hecho. A lo mejor algún día me perdona y me llama. Si no, al menos me habrá servido para aprender la lección. El reencuentro que uno sueña siempre es mejor que el que ocurre en la realidad.

»Debería poner esto en su artículo —me sugirió, pensativo, reclinándose en su silla, que crujía, y estirando las piernas—. Cuando se es adoptado, uno sueña y tiene la ilusión de que sus padres biológicos son personas maravillosas que tienen sus propias vidas. Claro que si fueran tan maravillosos… Ya me entiende, los padres siempre dan a sus hijos en adopción por un motivo: porque son un error.

»Desde aquel día he madurado —confesó—, y me siento afortunado por todo lo que tengo. Me he vuelto más realista. Me pase lo que me pase, soy jodidamente mejor que el noventa por ciento de los habitantes de este planeta; y si quiero algo, si quiero una familia, tendré que crearla yo solito. Y lo haré, a su debido tiempo. Pero —se volvió hacia mí, la mirada suplicante— no soportaría sentirme más avergonzado de lo que ya me siento, así que le pido por favor que no cuente esto. Al menos hasta que me vaya de la ciudad.

—¿Adónde vas?

—Me han concedido una beca para ir a la Universidad de Boston. Una hermana de papá vive allí. En cuanto se encuentre mejor, me lo traeré conmigo. De hecho acabo de llegar, he estado allí un par de semanas para conocer a mi tía y a su familia y ver la universidad. Me apetece el cambio. A veces no te queda más remedio que seguir adelante, ser tú mismo —afirmó—; seguir tu camino y hacer tu vida.

—Tienes razón —repuse, cerrando la libreta—. Hay que dejar atrás el pasado.

—Eso es. —Sonrió—. ¡Ufff… qué tarde es! Dentro de un rato me tengo que ir a trabajar.

Estuvo unos minutos más conmigo enseñándome sus pinturas: bocetos al carboncillo y acuarelas, puentes con juegos de luces y sombras, edificios pintorescos y coches antiguos. Estaban colgadas en la pared de su habitación y amontonadas en su mesa, compitiendo por el espacio con los trofeos de béisbol y del equipo de debate y con el ordenador y su pantalla oscura, que estaba en una pequeña mesita de la esquina. Su cuadro más reciente aún estaba en el caballete. Una chica de pelo rubio rojizo y un perro peludo de tamaño mediano posaban en lo que me pareció el mismo cobertizo donde precisamente Daniel y yo acabábamos de estar.

—Son Cindy y *Boscoe*.

—Es precioso. —Me encantaron la dulzura del rostro de la chica, la elegante caída de su fular y la mirada traviesa del perro.

Danny Sinclair me acompañó hasta el coche, sonriendo con perspicacia.

—Suerte con el artículo —me dijo, y se despidió con la mano mientras me alejaba.

—¡Suerte a ti también! —le deseé.

Encendí la radio, subí el volumen y canté en voz alta para mantenerme despierta durante el largo viaje de vuelta. Es verdad, pensé, los hijos te cambian la vida. Te la cambian para siempre. Fui directamente al despacho de Kagan.

—¿Está aquí?

—¿Tiene usted hora con él, señorita…? —preguntó Frances, la mirada temerosa.

—No —respondí—, pero espero que pueda hacerme un hueco.

—Veamos —repuso—. ¿Cómo se llama?

Cansada ya de tanta pantomima, incluso cuando nadie nos veía, la miré fijamente a los ojos. Me miró como si no me conociera de nada.

—Montero —contesté con cansancio, preguntándome qué era lo que le daba tanto miedo—. Britt Montero, del *Miami News*. Kagan ya sabe quién soy.

Llamó a la puerta del despacho de su jefe, entró y volvió a salir tras cruzar unas palabras con él.

—Está con una visita —anunció—. La atenderá enseguida.

Apartó la vista y se puso a teclear con delicadeza en su ordenador, mientras yo hojeaba un antiguo ejemplar de la revista *The American Trial Lawyer*.

Estaba leyendo por encima un artículo que hablaba de las leyes sobre difamación cuando una mujer de color salió del despacho de Kagan, seguida de un joven con cara de pocos amigos. Deduje que era su abuela y que el chico se había metido en algún lío. Andaba tras ella cabizbajo, estaba en una edad conflictiva, demasiado joven para entrar en la prisión estatal y demasiado mayor para el correccional de menores.

—¿Qué ha hecho ese chico? —le pregunté a Kagan cuando Frances me condujo a su despacho—. ¿Robar coches o bolsos?

—Mis clientes son inocentes hasta que se demuestre lo contrario —contestó. En mangas de camisa, con la mesa llena de papeles, parecía un abogado de verdad.

—O hasta que se declaren culpables.

—¿A qué se debe su visita? —Su mirada decía: corta el rollo.

—Se olvidó de mencionar al bebé de Kaithlin.

Golpeó suavemente su costosa pluma estilográfica en el papel secante mientras sonreía con ironía.

—Ha sido el bocazas de Rothman, ¿verdad? ¡Menudo hijo de puta!

—No era a R. J. a quien Kaithlin quería salvar —dije—, sino a su hijo, ¿no?

Kagan apretó un botón, le ordenó a Frances que no le pasara más llamadas, luego juntó las manos en un vano intento por parecer sincero.

—Era una niña cuando tuvo a su hijo. Después de tanto tiempo, había aparcado su pasado y tenía una vida estupenda en Seattle. Pero, como les ocurre a muchas mujeres —me miró refiriéndose a mí también—, la curiosidad fue superior a ella. Todo empezó por culpa de Internet, y que conste que no tengo nada en contra de Internet. Un día, navegando, no pudo evitar la tentación de entrar en las webs de niños adoptados que buscan a sus padres biológicos. —Separó las manos en un gesto de sorpresa—. ¡Y mira por dónde, su hijo aparece en una de ellas!

—¿Y? —le azucé para que siguiera hablando.

Vaciló unos instantes, después sacó unas llaves de su bolsillo y abrió un cajón de la mesa. Tras hojear un grueso cartapacio, extrajo una única hoja y me entregó una copia del mensaje de Danny, de su falsa petición de auxilio.

Casi ni lo miré.

—Ya lo he visto —dije—. Kaithlin debió de pensar que si ejecutaban a R. J., su hijo también moriría. El vínculo madre-hijo fue el único lazo lo suficientemente fuerte para traerla de nuevo a Miami. ¡No sé cómo no se me había ocurrido antes! ¿Y cómo pensaba reunir a padre e hijo sin aparecer en escena?

—¿Quién sabe? —Kagan se encogió de hombros—. Nunca llegó a hacerlo. —Se relamió los labios—. Cuando se presentó en mi despacho completamente fuera de sí, le salí al paso con la información que tenía. Es más, le di una copia. Le enseñé las fotos, los informes de Rothman, los recortes de antiguas noticias sobre ella y R. J. Aquello fue un mazazo para ella, no se podía creer que supiéramos toda la historia.

»Como era de esperar, se fue a ver a su hijo, para saber cuál era su estado y de cuánto tiempo disponía para organizarlo todo. Al día siguiente me llamó diciendo que quería reunirse conmigo y con Rothman. Por lo que se ve, el encuentro con él fue otro mazazo.

—Porque le dijo que no estaba enfermo, que nunca lo había estado —me adelanté.

—Exacto. Entonces vino; tendría que haberla visto. Era la primera vez que nos hablaba de él. Al parecer el chico es clavado a su padre. Nos dijo que le había mentido y que la había intentado manipular igual que hacía R. J. La verdad es que no tiene un pelo de tonto —añadió Kagan, que admiraba la perspicacia del muchacho.

—De modo que ella arriesgó su familia y su nueva vida para salvar al hijo perdido y se encontró con que no necesitaba ninguna ayuda. Pero para entonces usted y Rothman ya han descubierto quién es, se produce el chivatazo y alguien la quiere muerta.

Me imaginé la reacción de Kaithlin al ver cómo la vida que había construido con tanto esmero se venía abajo. Seguro que sabía que su muerte era sólo cuestión de tiempo.

—¿Por qué no me había hablado antes del chico? —pregunté.

—Nunca se sabe —respondió, mirándome con astucia— cuándo este tipo de información puede ser útil, cuándo puede ser valiosa.

Sigue jugando a dos bandas, me dije, sigue dispuesto a enriquecerse a costa de la desgracia ajena.

—Estaba indignada por haber caído en la trampa —prosiguió—, por haberse creído la historia de la leucemia.

—¿Cuándo fue la última vez que la vio?

—Después de que Rothman y yo nos reuniéramos con ella por segunda vez, se volvió realmente paranoica. Dijo que alguien la había visto y que no podía salir de la habitación del hotel. Por eso fui a verla por la noche, para cenar con ella. Quise tratar de salvar la situación, por decirlo de alguna manera. Ya sabe, disuadirla de que no cometiera ninguna locura.

—¿Estaba bien cuando la dejó?

—Como una rosa —respondió.

—La mataron a la mañana siguiente —apunté.

Se encogió de hombros; parecía inocente.

—¿Le dijo quién la había visto?

—No, pero estaba obsesionada, paralizada.

—¿Qué clase de locuras quería usted evitar que cometiera? ¿Que hablara con los medios? ¿Que le delatara?

—¡No, mucho peor que eso! La primera vez que la vi estaba furiosa, histérica. La segunda, fría como el hielo, lo que en su caso era, si cabe, aún más preocupante. Si le digo la verdad, la prefería histérica.

—¿Preocupante, en qué sentido?

Habló en voz baja y se inclinó hacia delante:

—Pensó que si nosotros habíamos averiguado la verdad, el chico también podía hacerlo. Tenía miedo de que le creara problemas, como su padre. De hecho, nos preguntó si conocíamos a alguien que en un momento dado pudiera sacar a su hijo del medio, liquidarlo. Tenía miedo de que se presentara un día en su casa de Seattle pidiéndole explicaciones. Rothman y yo nos miramos, no dábamos crédito.

—¿Y qué le dijeron?

—¡Joder, hasta yo tengo escrúpulos!

—¡Quién lo diría! —exclamé con amargura, sin saber si creerle o no.

—¡Eh! —Frunció los labios, disgustado—. Todo el mundo odia a los penalistas hasta que necesita uno. Ésta no ha sido la primera vez que uno de mis clientes me pone los pelos de punta. —Se levantó de la silla con tal energía que la lanzó contra la pared—. Esa mujer —continuó, apuntándome con el dedo mientras paseaba por la habitación— tenía a sus espaldas todo un historial de fechorías, y tenía mucho que perder. —Hizo una pausa, los brazos cruzados—. Si era capaz de arremeter contra su propio hijo, ¿quién sabe qué más podía haber hecho? Podría haber decidido darnos una paliza a nosotros también y haberse ido a casa tan campante.

Estuve a punto de echarme a reír. ¿Acaso pretendía que me creyera que se había asustado? ¿Que lo había hecho en defensa propia?

—¿Cómo estaba Kaithlin —pregunté intencionadamente— cuando abandonó el hotel aquella noche?

—Normal. —Se sentó en el borde de la mesa—. Bueno, bien. Ya no hablaba de su hijo como una amenaza, parecía más tranquila. Relajada. A lo mejor era por el Prozac, o porque se le había pasado el síndrome premenstrual, qué sé yo. Estaba más calmada. Se encontraba mejor, incluso sonreía. Yo también. Cuando me fui, estaba más animada.

—¿Sabía usted que Rothman se había chivado a R. J., que le había revelado el paradero de Kaithlin?

—¿En serio? —Kagan me miró simulando estar sorprendido—. ¿Y cuánto cobró el muy hijo de puta?

—Pregúnteselo a él —respondí, encogiéndome de hombros. Seguro que su indignación se debía únicamente a que Rothman se le había adelantado.

—¡Dichosa ambición! Te portas bien con la gente —comentó decepcionado— y siempre acaba traicionándote.

—Sí, así es la vida —afirmé—. ¿Quién la mató, Kagan?

Miró fijamente sus costosos zapatos de piel italianos.

—Hombre, R. J. tenía un móvil evidente; tal vez Rothman quería que Kaithlin cerrara el pico. ¡Quién sabe!

¿Qué había de cierto en todo lo que me había contado?, me pregunté, mientras volvía en coche al periódico. Viendo que el chantaje sería interminable, tal vez Kaithlin lo amenazó con delatarlo. El régimen de limitaciones de cualquiera de los crímenes que pudiera haber cometido hacía ya tiempo que había prescrito. Lo único que quería era proteger su matrimonio, su familia.

En el vestíbulo, unos operarios estaban arreglando el ascensor que se había encallado. Los demás funcionaban sin problemas, aunque me daban náuseas cada vez que me metía en uno de ellos.

Fred me estaba esperando en la sala de redacción.

—¿Qué ocurrió anoche en el ascensor exactamente? —Me observó con curiosidad.

—Será mejor que te ahorre los detalles, créeme —afirmé.

—Costará miles de dólares reparar las jodidas puertas del ascensor.

—Pues descuéntamelo del sueldo —repuse.

—Dime una cosa —me pidió—. ¿Qué hacíais tú y esa mujer embarazada en la redacción a esas horas?

Se lo expliqué.

—¿Se encuentran bien la madre y el bebé?

—Sí. —Le enseñé las fotos—. No hay derecho a que sólo hubiera un ascensor en servicio. Todo el mundo ha protestado por eso.

Asintió con solemnidad mientras yo le enseñaba mi foto favorita: Rooney Jr., haciendo pucheros y apretando sus pequeños puños.

—Tendríamos que enviarle unas flores —comentó, observando la foto.

—Sería todo un detalle —repliqué—. Pero unos pañales le serían más útiles.

Le enviaron flores. Recibí una llamada de Zachary Marsh.

—Adivine a quién he visto hoy en la playa —me preguntó a modo de saludo.

—¿A mí? —repuse, resignada.

—¡Ha dado en el clavo! —se rió—. ¿Es su nuevo novio, el marido de la mujer fallecida, o ambas cosas?

—No tiene gracia, Zack. El pobre hombre está destrozado.

—Sí, ya lo veo.

—¿Cómo que ya lo ve?

—Lo tengo aquí delante. He revelado las fotos. La secuencia de las rosas es conmovedora. Aunque usted parece algo cansada.

—Estaba cansada, y lo estoy. No he pegado ojo en toda la noche.

—Cuénteme —me apremió.

—Lo haré —le prometí, y me relajé por un momento—. Le encantará la historia. Ha tenido un final feliz. Pero ahora tengo que trabajar. Se lo contaré luego.

Llamé a Eunice y mentí al ama de llaves. Le pasó la llamada tras identificarme como la directora de una revista de moda.

—Pensaba que era Helen —me espetó Eunice, molesta al ver que era yo.

—Lo siento —volví a mentir—. La persona que se ha puesto al teléfono debe haberse equivocado. Tengo que hacerle una pregunta sobre Kaithlin.

—Ya-estoy-harta —recalcó Eunice—. No me la saco de encima ni muerta.

—Entiendo cómo se siente después de todo lo que ha pasado.

—R. J. sigue obsesionado con el tema. Y ahora este espantoso escándalo de la reclamación del cadáver de esa mujer —se autocompadeció—. Saldrá en el periódico, ¿verdad?

—Me temo que sí —dije—. Es de interés público. Me imagino lo avergonzada que debe de sentirse. Usted, como madre, ha hecho todo lo que estaba en su mano. Incluso intentó encontrarla, para salvar a su hijo, después de que el detective Rothman le dijera que Kaithlin estaba en Miami.

—¡Menudo pájaro ese Rothman! —suspiró—. En mi vida me había tropezado con un elemento de tal calibre.

—Es un miserable —le di la razón—. ¿Qué hizo usted cuando le dijo dónde estaba Kaithlin?

—Verá —vaciló—. Antes de ponerme histérica y hacer el ridículo, tenía que ver con mis propios ojos si era realmente Kaithlin. No sabía si me había dicho la verdad o si se trataba de alguna estratagema que R. J. y él habían organizado. Durante todos estos años yo pensé que estaba muerta. De modo que fui hasta el hotel donde Rothman me dijo que estaba.

—¿Al día siguiente de enterarse? —le pregunté.

—Exacto. Me senté en el vestíbulo, estuve allí todo el día, mirando, para comprobar que realmente estaba allí. Ni siquiera comí. Sólo fui un momento a retocarme el maquillaje. Me pasé el día esperando y observando.

—¿Y?

Hizo una pausa.

—Vislumbré a alguien que me pareció ser ella, pero fue sólo un segundo. Luego desapareció de mi vista. No estoy segura de que fuera ella.

—Y esa persona, ¿la vio a usted?

—A lo mejor sí. No lo sé.

Por eso Kaithlin se escondió en su habitación, pensé. Por eso Kagan fue a verla al hotel aquella noche.

—Al cabo de un par de días volví al hotel —me contó Eunice— con una vieja foto de Kaithlin que conseguí encontrar. Un empleado me dijo que su cara le resultaba familiar, pero que ya debía de haberse ido del hotel.

Así era. A esas alturas, Kaithlin yacía en el depósito de cadáveres sin nadie que la reclamara.

Las poco entusiastas investigaciones de Eunice me hicieron pensar que tenía miedo de que la información se confirmara. Quizá no acababa de gustarle la idea de que R. J. volviera a casa. Quizá prefería que permaneciera entre rejas.

—Sé que es su hijo y le quiere —afirmé con suavidad—. Pero, ¿cree usted que R. J. pudo contratar a alguien para que matara a Kaithlin? ¿Le pidió a usted que hiciera algo por el estilo?

—Por supuesto que no —me espetó—. El muy estúpido sigue obsesionado con ella. Y sabe perfectamente que yo jamás me involucraría en algo tan desagradable.

La audiencia que daría fin a la encarnizada lucha por el cadáver de Kaithlin se había fijado para fines de esa semana. Casi había terminado mi artículo cuando me llamó Fitzgerald.

—Hay alguien aquí que quiere hablar contigo —me anunció; se oía música de fondo. Sonidos demasiado estridentes y alegres como para no tratarse de un bar.

—¿Quién?

—¡Hola!

—¿Emery, qué ocurre?

—No te lo vas a creer, Britt. ¡Estamos de enhorabuena! —exclamó eufórico—. El caso Jordan. *Finito*. Resuelto. No publiques nada aún, espera a que hablemos mañana con el forense. ¡Pero el caso está cerrado!

20

—¿Qué dices, que se suicidó? ¡Imposible!

—No —repuso—. Ha sido gracias al FBI. A su laboratorio y al ADE, abreviatura del Aparato de Detección Electroestática. Tiene el tamaño de un fax. Increíble. Recrearon lo que Kaithlin escribió en ese diario de la habitación del hotel. Era una nota de despedida antes de su suicidio.

—¿Para quién?

—Para Broussard, su marido. ¿Para quién si no?

—Pero él no…

—Evidentemente no ha abierto el correo estos días. Escucha esto. Eh, Dennis, pásame la carpeta. Gracias —dijo—. Apunta, Britt.

Tomé notas mientras Emery leía en voz alta.

—«Querido Pres:

»"Cuando leas esto estaré muerta. Mi baño matutino, amor mío, me llevará hasta donde el horizonte se encuentra con el cielo. No volveré. No sé si me encontrarán o no, pero quiero que sepas que me voy en paz. Os quiero demasiado a ti y a las niñas como para cargaros con mi pasado. He intentado proteger nuestra vida juntos, pero debo seguir el dictado de mi conciencia para intentar pagar por los errores que cometí en el pasado. Pero he cometido un error aún mayor que me ha atrapado entre mi horrible pasado y algunas presencias indeseables. Mi vida se ha hecho añicos, no hay vuelta atrás.

»"Si supieras lo ocurrido, nunca podrías volverte a mirar a la cara. Sé lo mucho que significa para ti la honestidad, y no soportaría perderte. Ésta es la más pura verdad: has sido mi bálsamo en una vida llena de equivocaciones. Por desgracia, el pasado nos atormenta hasta el más allá. Créeme si te digo que nunca ha sido mi intención herir a nadie, especialmente a ti y a las niñas, la razón de mi existencia. Por eso te enviaré esta carta al despacho; no quisiera mandarla a casa y que cayera en manos de nuestras niñas.

»"¡Hemos sido tan felices! ¿Cuánta gente puede presumir de haber vivido diez años tan maravillosos? Fue una bendición encontrarte. Fuiste mi tabla de salvación. Tú has sido mi amor, mi amor eterno. Por favor, no me odies.

»"Te quiere para siempre,

»"Shannon."»

»¿Qué? —preguntó Emery—. ¿Suena o no suena como una nota de despedida?

—Pero, ¿y lo que dijo el médico forense? ¿Las heridas que detectó? Aseguró que se trataba de un homicidio.

—Algunas debieron ser causadas por lo que yo me imaginé en un principio —comentó—, por la propia marea, que la arrastró al fondo; quizás algunas incluso se las provocó ella misma o se dio un golpe peleándose con alguien. Eran lesiones leves.

—Tuvo una discusión con Kagan y quién sabe si con el detective Rothman también —apunté sin estar del todo segura.

—¿Lo ves? —murmuró—. El médico forense es bueno, pero los de su despacho ya se han equivocado otras veces. No sería la primera vez, ni la última. Por eso tengo que reunirme con él. Quiero pedirle, en vista de los acontecimientos, que vuelva a examinar el cadáver y lo reclasifique como un suicidio. Lo que también explica por qué cortó las etiquetas de su ropa y arrancó las de facturación de sus maletas. Muchos suicidas suelen hacerlo para ocultar sus identidades.

—¿Estás seguro de que fue ella quien escribió la nota? —pregunté, dudosa.

—Haré que un experto en caligrafía le eche un vistazo —anunció—, pero la firma parece idéntica a la de las copias de sus cheques y a lo que nos ha enseñado Preston Broussard. Y está la frase de su anillo de boda. Ya sabes, la cursilada esa de «amor eterno». Es su forma de hablar. Tuvo que escribirlo ella. Podré descansar, para variar. A lo mejor mi suerte ha cambiado. ¡Que Dios bendiga al FBI! Sólo hay una persona que está más feliz que yo de poderse sacar este peso de encima, mi jefe. Esto hará que descienda el índice de asesinatos, y podremos cerrar el caso sin necesidad de que se convierta en una pista de circo. Perfecto.

—Las piezas parece que encajan —coincidí con él. Eso explicaba por qué Kaithlin no salió corriendo después de ver a Eunice merodeando por el vestíbulo. Se había rendido. No intentó seguir huyendo—. Pero ¿estás seguro?

—¿En serio crees que cerraría el caso si no lo estuviera?

—Pero Kagan estuvo con ella la noche antes de morir —objeté—. Cenó con ella en la habitación. Me lo acaba de contar. Me ha dicho que Kaithlin estaba bastante animada, que se encontraba mejor que en ocasiones anteriores.

—¿Ves? Lo que yo digo. Todo cuadra —insistió—. Los suicidas potenciales suelen sentirse mejor una vez que toman la decisión de suicidarse. En cuanto tienen claro lo que van a hacer, se sienten bien porque recuperan un poco el control sobre sus vidas. Por eso a sus parientes más cercanos siempre les cuesta aceptar lo ocurrido. Siempre dicen: «Pero si estaba muy contenta, muy tranquila», y ¡zas! Pasa constantemente.

—Sí —afirmé, nada convencida—. Pero, ¿y qué hay de Zachary Marsh? ¿El testigo? Por Dios, Emery, si la vio peleándose con alguien en el agua.

—Eso —repuso— es lo único que no encaja. Pero entre tú y yo, ambos sabemos que el señor Zachary Marsh no es ningún ornitólogo. Se deja llevar por la prensa. Sólo quiere llamar la atención. Si mal no recuerdo, nunca comentó nada de un homicidio; después, leyó en los periódicos que la víctima fue golpeada, y de pronto recuperó la memoria: «¡Ah, por cierto! Vi quién la mató. Vi cómo ocurrió todo. Sí. Estoy seguro».

»Y sin embargo no mencionó nada de eso cuando llamó para informar de que había un cadáver. Es como los depravados sexuales que están tan sedientos de que se les haga caso que confiesan sobre todos los casos de asesinatos que están por resolver. Tendrías que tomarte lo que diga el señor Marsh con algo más de escepticismo.

—¿Qué ha dicho Broussard?

—Aún no he hablado con él. He ido a verle al hotel, pero había salido. Hazme un favor, espera un poco; no escribas nada hasta que me reúna mañana con el forense. Mientras, Fitz y yo estaremos aquí, en el Eighteen Hundred Club, brindando. ¿Te apuntas?

—Tal vez más tarde —contesté.

Releí mi artículo sobre la batalla legal por el cadáver y cambié «crimen sin resolver» por «ahogamiento». En lugar de homicidio, puse que el caso «aún estaba siendo investigado por los detectives de homicidios».

Luego hice una llamada.

—Hola, Zack —saludé—. Necesito hablarle del caso Jordan.

Parecía encantado de oírme.

—No esperaba que me llamara tan pronto. ¿Qué pasó anoche?

—La policía dice que ha resuelto el caso.

—¿Han detenido al asesino?

—No ha habido ninguna detención —contesté—. ¿Puedo ir a verle? Estoy a punto de salir del despacho. En media hora estaré allí.

—Estupendo —repuso—. Le prepararé algo de beber. Así podrá explicarme lo que le pasó ayer noche, y yo le enseñaré las fotos que he sacado esta mañana en las que sale usted con el marido de la víctima.

—De acuerdo.

—La estaré esperando —afirmó—. Me encantará volver a verla.

Me llevó más tiempo de lo previsto abandonar la redacción. Tubbs cuestionó mis repentinos cambios en el artículo. Luego tuve problemas para salir con el coche del parking. Un grupo de exiliados cubanos se estaba manifestando delante del edificio, bloqueando el tráfico y ondeando pancartas. Se ve que los últimos editoriales del *News* no les habían parecido lo bastante anticastristas.

Yo misma soy medio cubana. Castro mató a mi padre. Pero en momentos así, me pregunto por qué esta gente no se va a la Habana a protestar, bloquear el tránsito y pasear sus pancartas en contra de Castro. ¿En qué ayuda a la causa bloquear el tráfico de Miami? Mi padre se comprometió; estuvo luchando en Cuba por la liberación de su país.

Las luces de las farolas se veían borrosas, parpadeé y me froté los ojos en el neblinoso atardecer invernal. La jornada había sido dura. Podría dejarlo para mañana, me dije. Pero algo en mi interior me empujaba a seguir investigando, a encontrar la respuesta esta noche. Por suerte, pude aparcar en zona azul en una calle lateral. Detesto los parkings en los que me obligan a dejar el coche en manos de extraños ansiosos por posar su enorme pie en mi acelerador.

El ascensor recubierto de espejos me subió directamente al piso dieciséis. Salí de él sonriendo, pensando de nuevo en la llegada del pequeño Rooney, en cómo entramos dos y salimos tres del ascensor.

Llamé al timbre, dos veces. Marsh sabía que vendría, pensé, contrariada. Impaciente y molesta, volví a llamar. Una pareja de mediana edad y bien vestida salió de un piso al otro lado del pasillo. Sin mediar palabra fueron directos hacia el ascensor. Probablemente conozcan a Marsh, pensé, y se estarán preguntando para qué querría alguien, en su sano juicio, hacerle una visita. Llamé de nuevo.

¿Por qué no me limité a jugar con él por teléfono al juego de las preguntas? A estas horas ya estaría en casa. No, quería saber si me había mentido mirándole a los ojos. A lo mejor por eso no me abría. Llamé otra vez al timbre y me sobresaltó el zumbido de la puerta al abrirse.

Mis pasos resonaban en el suelo embaldosado.

—¿Hola? —grité.

—Aquí. —La voz metálica respondió lo mismo que la vez anterior—, a su derecha. —Al acercarme se abrió el cerrojo de la segunda puerta.

Entré, sorprendida al verme en la pantalla, en color y a escala real. Tenía el pelo hecho un desastre y la camisa arrugada. Necesitaba dormir un poco. Los ventanales dejaban ver el cielo oscuro y el mar. La habitación estaba inundada de sus juguetes, de sus equipos electrónicos, del ligero olor a antiséptico que flotaba en el aire, y de algo más, un desagradable aunque familiar olor que no acababa de saber de qué era.

Como de costumbre, su silla de ruedas estaba de cara a las ventanas y al horizonte.

—Lamento llegar tarde —me excusé—. Los manifestantes cubanos han vuelto a bloquear la salida del despacho.

Siguió de espaldas a mí. Supuse que estaba de mal humor porque le había hecho esperar.

—Necesito hablar con usted del día en que murió Kaithlin Jordan.

Murmuró algo. Me pareció extraño. No entendí lo que me dijo.

—¿Qué? —Caminé hacia él mientras la silla daba la vuelta y el motor rechinaba.

Solté un grito. ¿Sería una alucinación?

—¿Sorprendida? —preguntó en voz baja.

El hombre que estaba en la silla de ruedas era Preston Broussard.

21

Me reí asombrada.

—¿Se puede saber que está haciendo aquí?

—He venido a hablar con el señor Marsh para que me cuente lo que vio —respondió Broussard en voz baja.

—¿Dónde está Zack? —Recorrí con la mirada la habitación tenuemente iluminada. Todo parecía estar en el mismo sitio, a excepción de una foto de 8×10 puesta boca abajo en la mesa con cubierta de cristal, pero no había ni rastro de Marsh.

—Me he enterado de que el caso se ha resuelto —comentó Broussard, ignorando mi pregunta.

—¿Cómo lo sabe?

—Me lo dijo por casualidad el señor Marsh, y un recepcionista de mi hotel me comentó que un detective me estaba buscando.

El piso estaba en silencio.

—¿Zack? —Anduve hacia otra de las puertas, tras la que deduje que estarían el dormitorio y el cuarto de baño—. ¿Dónde está Zack? —insistí—. He quedado con él.

—Está indispuesto. —Broussard examinó los botones de control, pulsó uno de ellos, y la silla giró bruscamente hacia la izquierda—. ¿Qué ha dicho la policía?

—¿Sabe Zack que está usted jugueteando con su silla? Es muy quisquilloso con sus cosas —le advertí, molesta mientras giraba de nuevo hacia la derecha.

—¿Qué ha dicho la policía? —repitió, con voz inexpresiva.

Suspiré y me apoyé en el brazo de una silla tallada.

—Antes debería saber un par de cosas.

—¡Adelante! —Dejó de jugar con los botoncitos para mirarme fijamente, expectante.

Puede que Marsh estuviera en el lavabo, pero desde luego no se oía el ruido del agua, ni de la cadena, ni nada de nada.

—¿Sabía —empecé— que el hijo que Kaithlin tuvo con R. J. nació muchos años antes de que se casaran, cuando ella era aún menor de edad e iba al colegio?

Parecía sorprendido.

—No.

—Fue un niño —añadí—. La madre de Kaithlin lo dio en adopción.

—Espere un momento. —Levantó un dedo, como si me estuviera riñendo por portarme mal—. Se llama Shannon. Mi mujer se llamaba Shannon.

—De acuerdo —concedí, demasiado cansada para discutírselo—. Más tarde, cuando se casaron, R. J. quiso recuperar a su hijo, pero su suegra se negó a cooperar. R. J. no consiguió encontrarlo y se puso furioso. Ese hijo fue tema de grandes altercados en su matrimonio.

Con los dedos, Broussard daba golpecitos rítmicos en el brazo metálico de la silla.

—¿Recuerda que me dijo que de repente Shannon empezó a navegar por Internet durante horas?

Me miró lleno de curiosidad.

—Fue por su hijo. —Me incliné hacia delante y le expliqué detalladamente cómo había encontrado a su hijo, cómo éste le había mentido y cuál había sido su reacción. Cómo había solicitado los servicios de Kagan porque conocía la reputación de su padre, y el gran error que había cometido contratándole.

En eso se gastó el dinero, en pagar a Kagan. Volvió a Miami para salvar a su hijo.

Broussard parecía desconcertado.

—Y para hacerlo, pensó que antes tenía que salvar a R. J. Pero Kagan la estafó y luego la amenazó con delatarla. Fue Rothman, el detective privado que averiguó el paradero de su mujer, el que la delató. Vendió la información a R. J. Shannon estaba desesperada, se sentía traicionada y no sabía cómo salir del embrollo.

Broussard seguía mirándome con incredulidad.

Como no dijo nada, continué hablando:

—La noche antes de su muerte, Kagan cenó con ella en la habitación del hotel. Pretendía seguir sacándole dinero. Ella lo amenazó con contar lo sucedido, pero le daba miedo perderle a usted. Kagan me comentó que aquella noche la notó más animada, pero…

—¿Era el abogado? —susurró Broussard atónito—. ¿Era el abogado el hombre que estaba en su habitación?

—Sí. Ya no podía salir del hotel. La madre de R. J. había estado merodeando por allí en un vano intento de dar con ella. Estoy segura de que Kaith… Shannon la vio. Supo que todo había terminado. No tenía adónde huir.

—¿Era el jodido abogado el hombre del hotel? —repitió Broussard, alzando la voz.

—Así es.

—¡Dios mío! ¡Oh, Dios mío! —Se dio una palmada en la frente como si estuviera demasiado perplejo para asimilar mis palabras—. ¿Shannon vino a Miami para salvar a su hijo enfermo?

Asentí con la cabeza.

—Exacto. Pensaba que tenía leucemia.

Respiró hondo con dificultad.

—No quería que usted se enterara; tenía miedo de que eso estropeara su relación. En realidad, no…

Salió disparado de la silla de ruedas, me agarró por los brazos y me levantó de mi silla con tal brusquedad que el boli y la libreta se me cayeron al suelo.

—Pero, ¿se da cuenta de lo que está diciendo? —gritó—. ¡Oh, Dios mío!

—¡Suélteme! —Aparté con fuerza sus manos de mis brazos—. ¡Sé que está muy dolido, pero haga el favor de controlarse!

¿Dónde demonios estaba Zachary Marsh? Por una vez habría estado encantada de verle.

Broussard permaneció de pie, jadeando, los ojos fuera de sus órbitas.

—Le di todo. —Le temblaba la voz—. Todo lo que quiso. Sólo le pedí que fuera honrada conmigo. Sabía que no soportaba las mentiras. Hace tres años —me contó—, en un cóctel, por casualidad oí una conversación. Alguien le preguntó a Shannon de dónde era. Dijo que era de Omaha, cosa que me extrañó. Hay una gran diferencia entre Omaha y Oklahoma. Pero eran las tantas de la noche y Shannon había bebido un poco. Lo atribuí a un mero desliz, pero nunca me olvidé de aquello. El año pasado, en una conferencia en Seattle, conocí a un hombre de Stanley, Oklahoma. «Qué pena que no esté aquí mi mujer», le comenté ingenuamente. «Perdió a toda su familia en el huracán.» Ese hombre conocía a la familia Sullivan. Era de la generación de la joven que murió con su bebé. Me dijo que debía de haberme equivocado, que en esa familia no había ninguna Shannon. Esa joven no tenía ninguna hermana.

»Hice mis indagaciones. Aquel hombre estaba en lo cierto. Entonces supe que no podía confiar en ella. Su pasado no era la tragedia que me había contado, sino una parte secreta de ella de la que yo no sabía nada. Empecé a observarla.

Hizo una pausa, tenía la cara empapada de lágrimas; guardó silencio hasta que pudo continuar.

—Mis temores empezaron a confirmarse. El tiempo que pasaba conectada a Internet, el dinero que sacaba del banco, su actitud reservada...

—¿Antes de su desaparición ya sabía que estaba sacando dinero del banco?

—Cuando el ser que amas te miente, averiguar sus mentiras se convierte en una cruzada personal.

—Sin embargo, no es eso lo que le contó a la policía, ni a mí.

—Intuía que planeaba dejarme, bueno, dejarnos. Sabía que su repentino viaje en solitario no era a Nueva York. La oí informándose por teléfono de los vuelos a Miami y de hoteles donde hospedarse. No soy idiota. Sabía que planeaba un encuentro con su amante on line.

—De modo que la espió.

—¿Qué otro recurso le queda a un hombre traicionado? —Su voz temblaba—. La seguí, reservé una habitación en el hotel de al lado. Cuando vi a un individuo saliendo de su habitación aquella noche, supe que era cierto.

—Se pensó que…

—No puede imaginarse lo que llegué a sufrir esa noche. —Sacudió la cabeza con ímpetu—. Sabía que Shannon iría a nadar por la mañana. Era una persona de costumbres muy fijas. —Su voz pasó a ser un susurro—. Me vestí como un turista, con una camiseta y unos pantalones cortos encima de un bañador. En cuanto ella bajó a la playa, fui a su habitación. Le dije a una de las empleadas que había olvidado la llave. Me abrió la puerta. Quería saber cómo se llamaba su amante, cómo era ese hijo de puta. Lo que encontré fue mucho peor de lo que me había imaginado.

Se desplomó en la silla de ruedas, la cabeza hundida entre las manos.

—Vi que habían tirado una carpeta a la papelera. Recortes de artículos de viejas noticias, fotos de Shannon con otro nombre, con otro marido. Artículos que hablaban de su «asesinato», del dinero desaparecido, del juicio de su otro marido. La escena era dantesca. Había abandonado e incriminado a su primer marido y al parecer planeaba hacer algo similar conmigo.

»¿Cómo cree que me sentí? —Levantó la cabeza, los ojos llenos de lágrimas, los labios apretados—. Me entraron ganas de matarla, de estrangularla. Me estaba volviendo loco —argumentó—, estaba a punto de explotar.

Me atravesó con la mirada, me habló con un hilo de voz:

—La sorprendí en el agua, donde ya no se hace pie. Quería hacerle daño por tantos secretos, por tanta falsedad y tantas mentiras, por haberme sido infiel. —El dolor le dificultaba la respiración—. Pero nunca olvidaré su cara. Esa imagen me persigue, su cara al mirarme. Estaba estupefacta, pero sus ojos desprendían cierta ternura, como si realmente todo aquello le doliera. Intentó decir algo, pero yo no estaba dispuesto a escuchar más mentiras. No la dejé hablar.

En ese instante previo al terror, pensé, de pronto mareada, Kaithlin debió de suponer que su marido estaba ahí para salvarla otra vez.

—¿Dónde está Zachary? —le pregunté, preocupada—. ¿Está bien?

Broussard se encogió de hombros, un leve e indescifrable gesto.

—Se me ocurrió que a lo mejor esa mañana me había grabado o fotografiado. Cada dos por tres vemos por la tele cintas de vídeo o fotos borrosas de atracos a bancos que la policía ha manipulado hasta poder identificar los rostros. Llamé al señor Marsh para sondearle y confesó haberme visto en la playa, incluso me dijo que tenía fotos que podrían interesarme.

¡Oh, Zachary!, pensé, pero ¿qué has hecho?

—Sabía —me explicó Broussard— que se pasaría toda la vida chantajeándome, que me torturaría para, al final, darle las fotos a la policía.

—No —me apresuré a decir—. Es un pobre hombre, enfermo e inofensivo, que lo único que quiere es que le hagan caso. Es un minusválido. ¿Dónde está? —imploré.

Se encogió de hombros con indiferencia:

—Supongo que entenderá que no puedo dejar huérfanas a mis hijas. Vine aquí a destruir las fotos y los negativos para cubrirme las espaldas. Marsh me comentó que usted acababa de llamar, que la policía había resuelto el caso. No quiso entregarme las fotos; es más, negó que hubiera tales fotos. Fue una mentira tras otra. No creí una sola palabra de lo que me dijo. Pero luego, al llamar a mi hotel desde su teléfono para ver si había recibido algún mensaje, me comunicaron que la policía había ido preguntando por mí.

—Le ha hecho daño, ¿verdad? —No lo mates, por favor, recé.

Me miró con frialdad, asintiendo.

—¿Está aún con vida? —pregunté—. ¿Por qué no llamamos una ambulancia?

Sonrió, le brillaban los ojos, como a un doliente en un funeral.

—No era necesario que lo hiciera —comenté asustada, la boca seca, las cuerdas vocales de pronto agarrotadas—. Sólo tenía fotos de cuando sacaron el cadáver del agua.

—Haga el favor de no mentirme usted también —me advirtió con voz amenazante—. No soporto a los mentirosos. ¿Y qué me dice de esto? —Fue hasta la mesa, le dio la vuelta a la foto y me la tiró con violencia. Era él, agachado junto a la orilla, arrojando al mar la última rosa blanca. También estaba yo, en la esquina inferior izquierda, observándole.

—¿Lo ve? —Me la quitó de las manos—. Ha escondido las demás fotos, pero sé que están por aquí. —Durante un momento, me miró conmovido—. ¡Ojalá no hubiera venido usted hasta aquí! Me caía bien.

—Usted a mí también me cae bien. —Intenté aparentar tranquilidad—. Sé lo mucho que ha sufrido. Es lógico que…

—Demasiado tarde. —Sacudió la cabeza, firme en su postura—. La policía me está buscando. Aún no tengo esas fotos, pero las encontraré.

—La policía lo único que quiere es que usted declare que su mujer se suicidó; que le dejó una nota.

—¿Qué nota?

—Una nota de despedida. Están cerrando el caso —expliqué desesperada—. El laboratorio del FBI ha logrado desvelar el débil rastro de escritura del diario que había en la habitación de Shannon.

—Sí, lo vi junto a su cama —repuso despectivamente—. Estaba en blanco.

—Le envió la carta a su despacho —continué—. Ya debe de haberle llegado. La poli no se ha creído la explicación de Zachary. Están encantados de dar carpetazo al asunto y clasificarlo de suicidio. Shannon no tenía intención de volver de ese baño matutino.

—¡Miente!

—¡Puedo demostrárselo ahora mismo! Le leeré exactamente lo que escribió. Lo copié mientras el detective me lo leía. Está —respiré hondo— en mi libreta.

—Pues cójala —ordenó Broussard.

La busqué y pasé las páginas nerviosa hasta encontrar el texto.

—«Querido Pres…» —empecé a leer, me temblaba la voz.

Broussard permaneció inmóvil en la silla, sin apartar sus temerosos ojos de mí. Mientras leía gimió, un sonido que me puso la piel de gallina.

—¿Cómo pudo pensar que la abandonaría? —Lloraba cuando terminé de leer—. Si lo hubiera sabido, si hubiera sabido que en realidad… —Sumido en la desesperación, su voz se apagó—. Aquella mañana… fue como un sueño. No podía creer lo que había hecho. Me temblaba todo el cuerpo. No sabía si sería capaz de caminar cuando saliera del agua. Pero me dejé llevar por el instinto; siempre interviene en casos de emergencia. El instinto de supervivencia. De vivir, por mis hijas. Me necesitan. No quisiera que mis padres tuvieran que criarlas. —Prosiguió, conmocionado—: No sabrían por dónde empezar. De pequeño me dejaron al cuidado de unos extraños a los que yo aborrecía, para poder viajar y ser libres. Estuvimos muchos años sin vernos, hasta que Shannon nos volvió a unir. Tengo que proteger a las niñas. Todos sabemos que el cónyuge de una víctima es siempre el primero del que se sospecha. Fue peligroso, pero tenía que correr el riesgo. Volví a su habitación. Al entrar la primera vez, cogí la llave de encima del tocador. Supuse que se la había olvidado… —Se quedó sin voz.

—No se la olvidó —repliqué—. No pretendía volver. No la necesitaba.

—Fui para borrar cualquier huella, cualquier cosa que tuviera relación con Seattle. Me llevé las carpetas. Sabía que se había registrado en el hotel con un nombre falso. Si nadie la identificaba como Shannon Broussard, sería imposible que la relacionaran conmigo. Pero todo fue muy extraño —continuó, mirándome a los ojos—. Las etiquetas de la ropa habían sido cortadas y las de facturación de las maletas arrancadas.

—Lo hizo por la misma razón —apunté—. Para no ser identificada.

—Podría haberla salvado —farfulló.

—Sí —afirmé—. Podría haberlo hecho.

Pensativo, se mordió con fuerza el labio inferior.

—¿Aceptaría dinero? —preguntó—. ¿Qué cobra, cuatrocientos dólares semanales?

—Me pagan poco —contesté—, pero no tanto.

—¿Y qué me dice de su futuro? —inquirió—. No pretenderá seguir jugando a Indiana Jones a los sesenta y cinco años, ¿no?

—Tengo que irme —susurré.

Suspiró, desesperado.

—Demasiado tarde. Hay que solucionar lo del señor Marsh. No —comentó afligido—, no puede irse.

—No empeore más las cosas.

—Venga. —Intentó agarrarme—. Vayamos a dar un paseo.

—¿Adónde? —retrocedí, el corazón me latía a cien por hora.

—Todo irá bien —afirmó, como si estuviera pensando en voz alta—. Nadie me ha visto subir. Marsh la encontraba muy atractiva, él mismo me lo dijo. Los dos tenían una especie de relación, entonces discutieron, se pelearon, y ambos murieron.

—No. —Procuré mantener la calma y no mirar por las ventanas, el cielo oscuro y el mar en el horizonte—. Ni siquiera me gustaba. Sólo era una fuente de información. Todo el mundo lo sabe.

—Razón de más para que Marsh perdiera los estribos cuando usted se le resistió.

—¡Pero si iba en silla de ruedas, por el amor de Dios! —exclamé con un hilo de voz, aterrorizada—. Esto es de locos. No se saldrá con la suya.

—¿Por qué no? Ese hombre tenía esclerosis múltiple. Tenía días mejores que otros. Era más fuerte de lo que yo imaginaba.

Di un salto hacia el teléfono inalámbrico de la mesa. Con mayor rapidez si cabe, Broussard me agarró de la muñeca. El teléfono cayó al suelo estrepitosamente, rodando por las lustrosas baldosas, fuera de mi alcance.

Nos peleamos mientras me llevaba hacia el dormitorio. Pataleé, chillé y lo empujé contra el telescopio de tres pies, que le hizo perder el equilibrio al caerse y estrellarse contra el suelo. Me solté de un tirón y corrí hacia la puerta aún abierta que daba a la entrada. Pensé que iría tras de mí, pero al volver la vista me lo encontré sentado en la silla de ruedas. Extrajo algo del bolsillo. El mando a distancia.

Pegué tal patinazo en el suelo que por poco me di de bruces contra la puerta del vestíbulo. Estaba cerrada. Giré el pomo a ambos lados buscando desesperadamente algún botón, palanca o cualquier cosa que la abriera. Imposible.

—¡Fuego! ¡Fuego! —grité, dando puñetazos en las gruesas hojas de madera, con la esperanza de que alguien me oyera desde el pasillo—. ¡Fuego! ¡Fuego!

Broussard, alto y caminando de puntillas con sigilo, se acercó a mí con el mando en la mano.

—¡Cállese! —exclamó—. ¡No me lo ponga más difícil!

—¡Apártese de mí! —Acurrucada contra la puerta, observé el macabro espectáculo reflejado en la pared revestida de espejos.

Me apuntó con el mando como si se tratara de un arma. Apretó un botón y la puerta que había a mis espaldas emitió un breve chasquido al abrirse. Al poner la mano en el pomo, Broussard volvió a darle al botón y la puerta se cerró. Pulsó otro botón y una conmovedora música de piano y violines inundó la habitación.

Grité con todas mis fuerzas, y lo esquivé corriendo de nuevo hacia la habitación principal. La puerta seguía abierta. Pensé en entrar, coger el teléfono, pedir ayuda; así ya no se atrevería… Casi había llegado cuando de pronto la puerta se cerró.

Sonrió con ironía.

—¡Si no me deja salir de aquí —exclamé furiosa, gritando más alto que Dean Martin, que canturreaba: *When the moon hits your eye like a big pizza pie…*— acabará también en el corredor de la muerte!

Se le tensó la mandíbula.

Había muy pocos muebles. Eché un vistazo a mi alrededor en busca de algo para romper los cristales.

Intentó impedírmelo cortándome el paso mientras yo me apresuraba hacia una puerta que había en el rincón izquierdo de la habitación, rezando para que no estuviera cerrada. El pomo giró y la puerta se abrió. Un pequeño pasillo conducía a la cocina. Tenía encimeras y fregaderos a poca altura del suelo. Un teléfono en la pared, colgado a la altura de la cintura, para que Marsh pudiera hablar desde su silla de ruedas. Cogí un cuchillo de la encimera más cercana y me di la vuelta. Broussard, justo detrás de mí, dijo alguna palabrota al caerse al suelo.

Recuperó el equilibrio mientras yo iba hacia el teléfono, blandiendo el cuchillo. Su larga hoja centelleaba en la semipenumbra.

—¡Lo mataré! —advertí—. ¡Le juro que si se acerca…!

En un abrir y cerrar de ojos pilló una fuente con base de cobre de los fogones y me golpeó con ella en la cabeza como si se tratara de un bate de béisbol. Sonó como el repicar de unas campanas.

Al abrir los ojos, me lo encontré sentado a horcajadas sobre mí. Me zumbaban los oídos, me daba vueltas la cabeza y me dolían los codos, como si se hubieran caído al suelo antes que yo. Con la boca ensangrentada, busqué a tientas y casi sin fuerzas el cuchillo; lo tenía él.

—¡Vamos! —ordenó.

Mareada y con náuseas, y como si estuviera viendo una película, me observé en el inmenso espejo mientras Broussard me arrastraba por el piso. La puerta de la habitación principal se abrió y nos vimos reflejados en la enorme pantalla, en color y a escala real. El miedo que había en mis ojos me atemorizó más que mi cara ensangrentada o el cuchillo que apuntaba a mi garganta. Broussard también miró la pantalla, empuñó el cuchillo con más fuerza y lo paseó bajo mi barbilla. Clavé los pies en el suelo, oponiendo resistencia mientras me empujaba hacia el dormitorio. Las cristaleras correderas que llevaban a la terraza, que rodeaba todo el piso, estaban abiertas de par en par. Las delgadas cortinas blancas ondeaban como las alas de los ángeles mecidas por la brisa del mar.

Me condujo afuera, me tapó la boca con la mano y soltó un improperio cuando tropezamos con algo. Era Zachary, echado en posición fetal, los brazos cruzados sobre el pecho, intentando protegerse. Tenía la cara morada.

Aparté la mano de Broussard de mi boca; me sentía muy mareada:

—Piense en sus hijas —grité—. Si vieran…

—Es lo que estoy haciendo. —Me cogió por las axilas y las piernas y me levantó en volandas. En ese horrible instante, y mientras mis gritos se los llevaba el viento, vislumbré las piscina vallada dieciséis pisos más abajo y me acordé de casos de suicidas que había visto, con los cráneos aplastados y los cerebros esparcidos a su alrededor. Con la mano que tenía libre le arañé la cara con violencia, así Rychek o quien fuera podría saber cómo había muerto.

El aire nocturno me sacudió mientras, pese a mi forcejeo, Broussard me tiraba por la barandilla. Buscando desesperadamente algo firme a lo que agarrarse, mis dedos se sujetaron a la estrecha repisa que había en el lado exterior de ésta. Así permanecí durante un segundo aterrador, con las piernas colgando en el vacío. Broussard trató de soltarme los dedos, ayudándose de un pie que intentó meter entre los travesaños de la barandilla, pero éstos estaban demasiado juntos. Soltó una palabrota, pasó una pierna por encima de la barandilla, y se agachó para despegar mis dedos de la repisa.

Eché las piernas hacia delante, mientras mis dedos se soltaban lentamente y caía. En pleno chillido, me estrellé dolorosamente contra la terraza del piso de abajo. Aturdida, me di la vuelta, me arrastré como pude hasta una pequeña mesa que había con dos sillas, me levanté con dificultad y golpeé la puerta de cristal.

—¡Socorro! ¡Abran la puerta! ¡Por favor! —supliqué. No hubo respuesta. El interior seguía oscuro.

Broussard ya estaba colgándose de la barandilla para reunirse conmigo de un salto en la terraza. Tambaleándome, me acerqué a otra puerta corredera que había en la esquina. Busqué la manivela a tientas para abrirla, pero también estaba cerrada. Sollozando y temblando, grité, aporreé y di patadas a la puerta, luego escudriñé el interior. Vi formas fantasmagóricas, muebles cubiertos por sábanas, y la silueta de una escalera y unos botes de pintura. Con la cara manché de sangre el cristal tintado, un mero anticipo de lo que estaba por llegar. Al oír un ruido a mis espaldas gemí. Vi a Broussard colgado de la repisa con las piernas suspendidas, a punto de dar un salto para venir tras de mí.

—¡Vete! —grité.

Sin tener dónde esconderme, agarré una de las sillas, blandiéndola como haría alguien que se defiende de una bestia salvaje.

Sus largas piernas se balancearon hacia mí, las rodillas flexionadas, los pies juntos. Como era más alto que yo, tuvo que doblarlas mucho para saltar la barandilla. Chillando, me abalancé contra él empleando la silla como un ariete. Las patas le dieron justo debajo de la cintura.

Su expresión, la boca completamente abierta, era de sorpresa total. Trató de sostenerse en el aire, luego desapareció. La silla se precipitó con él, cayendo al vacío.

22

Temblando y aturdida, me apoyé contra la fría fachada del piso inhabitado y esperé a escuchar las sirenas. Pero todo lo que oí fue el viento.

Mi mente divagaba. ¿Volvería a ver a mi madre o estaría condenada a permanecer para siempre en esta tumba exterior? La muerte zumbaba a mi alrededor, ¿o era el viento? En un tiempo lejano, ¿o tal vez era un recuerdo?, me vi en algún lugar también lejano, de pie, sola, al borde de un abrupto acantilado sobre el mar embravecido, el viento revolviéndome el pelo. Las estrellas brillaban en lo alto, la muerte me aguardaba abajo.

Finalmente, me despertaron unos destellos de colores que rebotaban rítmica y escalofriantemente en el ala sur del edificio: eran las luces giratorias de los vehículos de emergencia. Me levanté despacio y saludé secamente con la mano, intentando gritar desde mi prisión al aire libre.

El tiempo se me hizo eterno hasta que la luz de las linternas de dos polis uniformados penetró en la oscuridad del interior del apartamento que había a mis espaldas.

Encontraron el interruptor de la luz, y al abrir la puerta corredera de cristal salí a su encuentro.

—¿Sabe usted algo del tipo de ahí abajo? —preguntó uno, cogiéndome del brazo.

—Todo. Y del de arriba también —musité, y rompí a llorar—. Llame a Rychek —dije, y mis rodillas cedieron.

—¿Cómo ha llegado aquí fuera? —El agente frunció el ceño y se agachó conmigo.

—Me he caído —dije con la voz áspera de tanto chillar—. Ese hombre me tiró —expliqué—, desde el piso de arriba. —Intenté señalar con el dedo, pero un médico de ojos pardos vestido con mono azul no quiso soltarme el brazo. Me estaba tomando el pulso.

No había visto llegar a los médicos. Me preguntaron cómo me encontraba. Sollozando, les mostré mis uñas rotas y ensangrentadas.

Intercambiaron miradas, me pusieron un collarín en el cuello y me colocaron en una camilla.

—No me hace falta —insistí—. Estoy bien. —Querían sacarme de allí en camilla. Les comenté que prefería andar, que me dieran un par de minutos. Hasta entonces permanecería estirada. La manta era suave y estaba caliente, y cerré los ojos un instante. Los abrí cuando me dejaron de castañetear los dientes y vi que tenía un tubo intravenoso en el brazo.

Tenía que esperar a Rychek para explicárselo todo, les dije. Sin embargo los médicos insistieron en llevarme al hospital. Y me llevaron.

El rígido collarín apenas si me permitía hablar o girar la cabeza. Le dije al médico de ojos pardos que no lo necesitaba y que *Billy Boots* había llevado uno parecido después de que le operaran.

—¿De qué le operaron? —preguntó, siguiendo la conversación mientras me metían en el ascensor.

—Le castraron —respondí con indiferencia—. A lo mejor por eso se come los cepillos de dientes.

—Podría ser. —Miró con complicidad a su compañero.

Forcé la vista, procurando ver con claridad.

—Escúcheme. Es importante —le advertí, pero olvidé lo que quería decirle—. Soy del Club de la Cigüeña —confesé.

En urgencias oí que hablaban de shock, hematoma y posibles lesiones cervicales. Intenté enterarme de quién estaban hablando. Les dije que lo único que necesitaba era irme a casa a dormir. Querían hacerme un TAC craneal. Se salieron con la suya.

Rychek y Fitzgerald vinieron en algún momento entre la radiografía y la resonancia magnética.

—Broussard está muerto. Marsh también —anuncié a modo de saludo; a pesar del terrible dolor de cabeza que tenía, ahora podía pensar con más claridad.

Ya lo sabían. Habían ido hasta Casa Milagro. Rychek tomó notas mientras les contaba la historia con todo detalle. Fitzgerald me cogió de la mano y me acarició el pelo.

Nadie vio caer a Broussard, apuntó Rychek. Le encontró una pareja de recién casados que, volviendo de un romántico paseo por la playa, siguió un río de sangre que los llevó hasta la verja de hierro.

—Los bomberos y los del despacho del forense se las están viendo y deseando para sacarle de ahí —explicó Rychek—. Están usando una linterna de acetileno para ver mejor. Lástima que haya muerto, podríamos haberlo acusado por desafiar la ley de la gravedad.

—De eso nada —repuso Fitzgerald—. La ley de la gravedad ha quedado más que probada.

Tuve suerte. Ningún hueso roto, ninguna lesión incurable. Los cortes y las contusiones desaparecerían. Me diagnosticaron un shock y una conmoción cerebral, y me fui a casa a las veinticuatro horas. Querían que me quedara cuarenta y ocho, pero les supliqué que me dejaran irme. Mi madre, Lottie, Onnie, la señora Goldstein y Dennis Fitzgerald estuvieron muy pendientes de mí. Hasta me llamó Kendall McDonald. Le dije que estaba bien, que estaba en buenas manos.

Janowitz escribió un primer artículo relatando todas las muertes. El mío, exhaustivo, lo escribí un par de días después.

Obvié mencionar a alguien, la misma persona a la que excluí de mi declaración a la policía. Danny Sinclair.

Volví a excluirle una vez más.

—Sé por qué me llamó —afirmó R. J., refiriéndose al mensaje urgente que le había dejado hacía ya tiempo, antes de ir a Boca en busca de Danny—. Se dio cuenta de que yo tenía razón. Kaithlin no me había olvidado. Aún me quería. Por eso volvió.

—Así es —mentí—. Aún le quería.

—Me alegro de que ese hijo de puta esté muerto —dijo—. Mató a mi mujer.

R. J. permitió que Myrna Lewis enterrara a Kaithlin en Woodlawn. Incluso se ofreció a correr con los gastos. Cuando la mujer, que apenas tiene para llegar a fin de mes, rechazó su dinero, se sorprendió. Yo no.

Fuimos juntas a hacerle una visita. Mi madre condujo porque a mí aún me dolía la cabeza. Tomamos una taza de té en su cocina y hablamos de Danny.

—¿Cree que deberíamos decírselo? —pregunté.

—¿Querrías que te lo dijeran a ti —me preguntó mi madre— si se tratara de tus padres?

—Tengo entendido que es un chico estupendo —comentó Myrna con nostalgia.

—Su familia no es rica ni conocida y también han pasado lo suyo, pero Reva escogió muy bien a esos padres —dije—. Se sentiría muy orgullosa de su nieto.

Les sonreí a las dos. Hay verdades que es mejor no decir.

Aliviada al ver que su jefe no había matado a nadie, o por lo menos a nadie que nosotros supiéramos, Frances Haehle confesó por fin por qué había tenido tanto miedo de ir a la cárcel si arrestaban a Kagan. Su hermana había muerto hacía tres años. Todavía sumida en el dolor, Kagan le había preguntado en qué fecha había nacido su hermana y cuál era su número de la Seguridad Social. Frances se lo dio, y Kagan puso a su hermana en nómina, una empleada fantasma que le ayudaría a aligerar sus gastos y a eludir impuestos.

Kagan me vio en cuanto llegué a su despacho.

—¿Qué le dije yo? —gritó, encantado de no estar implicado en el asesinato de Kaithlin—. Y eso que usted me miraba como si yo fuese el responsable.

—Indirectamente, lo fue —repuse—. No se limitó únicamente a mirar.

—Está llena de moratones. —Su expresión era arrogante.

—Sí. Cualquiera diría que he sufrido un encontronazo con alguno de sus maravillosos clientes. Oiga —dije con firmeza—, quiero que tanto Rothman como usted se olviden del hijo de Kaithlin.

Sus ojos llenos de astucia brillaron.

—Claro, claro —accedió—. No hay problema.

—De acuerdo —afirmé—. Entonces tire a la basura la carpeta, la que sacó delante de mí el otro día. Ahora.

Se relamió los labios y sonrió burlonamente:

—¿Y por qué tendría que hacerlo?

—Porque —respondí— la policía sabe exactamente cuánto dinero ganó usted con Kaithlin. Ellos no se tomarán la molestia de informar a Hacienda, pero yo sí. En cuanto salga de aquí. Conozco a un par de agentes que estarían encantados de saberlo. Quién sabe qué encontrarían si empezaran a revisar sus ingresos de los últimos siete años. —Sonreí.

—Me desharé de ella —aseguró Kagan—. Le doy mi palabra.

—No —repliqué—. Eso no me sirve. Cójala ahora, dígale a su secretaria que venga y que la tire delante de nosotros.

Cogió el cartapacio y cerró el cajón de golpe.

—¡Venga inmediatamente! —vociferó.

Frances entró en el despacho, esquivando mi mirada. Eché un vistazo a la carpeta, y luego fui testigo de cómo la máquina la reducía a confeti.

Lo último en ser destruido fue una foto hecha por Rothman en una de sus guardias. Kaithlin, con una taza de café en una mano y la correa en la otra, riéndose del perro, que correteaba alrededor de las dos niñas, vestidas con el equipo de montar a caballo, mientras salían de su casa de Seattle.

La ironía de la historia es que Kaithlin logró escapar con éxito de la violencia de su primer marido, al que tanto temía, para acabar siendo asesinada por el segundo, el dócil, al que amaba.

El amor es muy frágil y en ocasiones, funesto. Me sorprende que haya gente que tenga la valentía de ponerlo en peligro.

La boda fue preciosa, emotiva y sencilla, como todas las de las vidas afortunadas. Fitzgerald vino en coche desde Daytona para asistir conmigo. El gran acontecimiento tuvo lugar en la pequeña iglesia de Lincoln Road. La novia, radiante, llevaba flores en el pelo y un largo vestido de color marfil.

El portador de los anillos, Harry, de cinco años, se tomó su cometido tan en serio que llegado el momento se mostró reacio a deshacerse de ellos.

Misty, de once años, estaba guapísima, el pelo rubio suelto con un flequillo que le llegaba hasta las cejas. Lottie llevaba su melena pelirroja elegantemente recogida. Me gustó cómo crujían nuestros largos vestidos de color salmón mientras caminábamos a pequeños pasos por la alfombra roja al son de la marcha nupcial de *Lohengrin*, de Wagner. Ese día, tan lleno de promesas, me limité simplemente a disfrutar de la vida y de todo lo que ésta nos depara.

Los gemelos tiraron pétalos de rosas, y el pequeño Beppo se levantó de su asiento junto a la madre de Angel, que sostenía al bebé en brazos, y corrió al altar a reunirse con los novios. A nadie le extrañó que Rooney le cogiera en brazos mientras él y Angel intercambiaban sus promesas.

—Creo que me voy a desmayar —susurró la novia mientras cantaba el solista.

—No, no te desmayarás —repuso el cura.

Tenía razón.

Igual que Lottie, pensé, mientras los recién casados salían de la parroquia al son de los alegres compases de Mendelssohn. ¡Hay tan pocas cosas en el mundo que tengan un final feliz!

El amor y la decencia todavía existen, aunque tal creencia perdiera fuerza brevemente por culpa de un funcionario que nos entregó una citación judicial al vernos en el vestíbulo del *News*. Sonrió y se marchó andando como una cucaracha.

Habíamos sido citadas en calidad de testigos para declarar en el pleito civil del caso «Janet y Stanley Buckholz, padres naturales y tutores del demandante y menor de edad Raymond Buckholz». Figuraban como demandados un hotel de Miami Beach, una agencia de viajes y la Cámara de Comercio de la ciudad.

—¡Por el amor de Dios! —Lottie arrugó su pecosa frente—. ¿Se puede saber quién...?

—¡Raymond! —exclamé—. ¡El niño que vio el cadáver en la playa!

El matrimonio neoyorquino alega que, a consecuencia de aquella escena, Raymond sufre de «síndrome de estrés postraumático, angustia nerviosa, trauma psíquico y trastorno emocional». Solicitan una indemnización por daños y perjuicios basándose en «una publicidad falsa y engañosa» que los convenció de que eligieran Miami Beach como destino vacacional.

Al margen de esto, lo de Kaithlin ya es agua pasada. Pero su imagen aún me persigue. Yo creía que, con voluntad, llegaría a descubrir quién era y cómo era en realidad. Pero cuantas más cosas sabía y averiguaba, más dudaba de lo que era verdad. ¿Fue víctima, villana, o simplemente un ser humano, envuelto en pasiones y acontecimientos que escaparon a su control? Ahora me doy cuenta de que nunca lo sabré. Todos aquellos que aún siguen con vida tienen versiones distintas y opuestas de lo que sucedió, y los muertos no hablan. El pasado es un misterio por resolver, y la verdad siempre es relativa.

Al amanecer salgo a hacer footing, me doy un baño, y luego me tumbo a tomar el sol sobre la arena dorada de mi zona favorita de la playa. Sueño despierta y contemplo el reconfortante horizonte, infinito pese a la larga sombra que proyecta un rascacielos. Cada vez que estoy allí, no puedo evitar desviar la mirada de los llamativos veleros que surcan el mar, sus colores pintando el despejado cielo azul, y levantar los ojos hacia una ventana desde la que se ve el océano. Siempre hago un saludo con la mano.

Agradecimientos

Quiero dar las gracias a los sospechosos habituales, por brindarme, como siempre, su experiencia, su amistad y su apoyo, especialmente al doctor Joseph H. Davis, un auténtico héroe y el mejor patólogo del mundo; a Renee Turolla, amiga donde las haya y verdadera investigadora; a mi maravilloso equipo de superabogados Joel Hirschhorn, Arthur Tifford e Ira Dubitsky, además del honorable juez Arthur Rothenberg; y al capitán Tom Osbourne, prestigioso piloto de reactores. Gracias, también, a Jared Lazarus, un as de la fotografía; a mi siempre cómplice Arnie Markowitz; a Jerry Dobby; a Bill Dobson y a su preciosa Amalia; a Douglas A. Deam, odontólogo; al doctor Howard Gordon; a Patty Gruman, que siempre consigue estar en el sitio oportuno en el momento oportuno; a Brooke y al doctor Howard Engle; a mi agente, Michael Congdon; a mi paciente editora literaria, Carrie Feron; y a Terry Nelson y David Attenberger, fieles agentes del FBI. Janet Baker me ayuda a ir por el buen camino, y soy afortunada por poder contar con el entusiasmo de Cynnie Cagney y el doctor Garth Thompson, junto con el de mis leales hermanas Molly Lonstein, Karen McFadyen, Ann Hughes y Charlotte Caffrey, quienes me brindan su amistad, perspicacia y empeño en evitar que me meta en líos. Tengo la suerte de contar con la colaboración de Pam Stone Blackwell, la mejor enfermera de urgencias del mundo; y William Venturi, sagaz detective privado, y, una vez más, quiero darle las gracias a Marilyn Lane, por su sensatez, su ingenio y por salvarme siempre el pellejo.

La verdad es que mi vida tiene un reparto de personajes fantástico.

Otras obras en Umbriel Editores

El último caso del inspector Anders

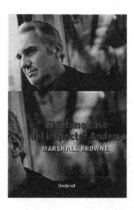

«Hoy moriré, probablemente», piensa el inspector Anders al levantarse. La idea le inquieta, pero no demasiado. Ha tomado una decisión. Cuando sólo faltan unos meses para su jubilación anticipada, abandona la actitud de resignada comprensión y permisividad con los intereses de la mafia que constituye el único salvoconducto en Italia. Es un riesgo muy alto, y tal vez no sirva de nada.

Cuando llega a Sicilia para cumplir con su última misión antes de jubilarse, el inspector Anders sólo tiene prisa por marcharse. Se merece el retiro. Es uno de los inspectores más condecorados de Italia, un héroe nacional, un lisiado. Ahora quiere descansar, dedicarse a investigar la vida de un antepasado suyo, un pintor que perdió la vida en un duelo de honor. También él se levantó una mañana sabiendo que, probablemente, le había llegado la hora...

Pero el asesinato de un juez requiere más explicaciones de las que la policía siciliana ha podido ofrecer, y Anders debe asegurarse de que los procedimientos han sido los correctos. El inspector Anders tomará precauciones para que su labor no incomode ni a la policía ni a la mafia local. Corrección y credulidad, aceptación de la versión oficial. Es lo que todos esperan, desde el alcalde hasta el obispo.

Y Anders conoce las reglas. A su edad, romperlas sería una estupidez. Sabe lo que les ocurre a aquellos que, de vez en cuando, deciden quebrantarlas. Pero también conoce qué les empuja a salirse del camino marcado, qué les hace intentar lo imposible: acabar con el monstruo de la corrupción.

La niña de sus ojos

Sentada en el suelo, agotada por el esfuerzo y las largas horas de angustia, Tyler observa a la recién nacida que acaba de traer al mundo con sus propias manos. La pequeña, que todavía no tiene nombre, duerme en brazos de su madre. Tyler se inclina hacia ella. «¿Quién eres tú?», le pregunta en silencio.

En un hogar sembrado de los recuerdos de su madre fallecida, dos adolescentes se enfrentan sin ayuda a la llegada de un bebé. Kate no se atreve a revelar su secreto, y ni siquiera quiere ir al hospital. En los largos meses de embarazo, nadie parece enterarse de su irregular asistencia a clase, de sus largas siestas, sus accesos de hambre. Con la sola ayuda de Tyler, su valiente hermana, dará a luz a una preciosa niña...

Mucho más tarde, cuando el secreto se descubre, todos se preguntan cómo fue posible que nadie se hubiera dado cuenta. ¿Cómo pudo ser que Davis, padre de las chicas, no viera lo que ocurría en su propio hogar? No le intrigó que Kate, su hija de diecisiete años, llevara ropas cada vez más anchas y se levantara cada vez menos de la cama. No entendió las señales de auxilio que Tyler, su hija menor, le lanzaba. Pero en realidad, hace tiempo que Davis apenas pone los pies en su casa.

Una hermosa e incisiva novela sobre la familia, sus vacíos, sus responsabilidades y sus dolorosos silencios. Una historia conmovedora y punzante que nos habla de la soledad que se puede sentir en el propio hogar, y viene a recordarnos lo caro que se paga a veces el anhelo de libertad.

Visite nuestra web en:

www.umbrieleditores.com